박태원 옮김

# 三國志

박태원

완역

三國志

큰 별 하늘로 돌아가다

9

나관중 지음

# 박태원 삼국지 9
## 큰 별 하늘로 돌아가다

1판 1쇄 인쇄    2008년 5월 2일
1판 1쇄 발행    2008년 5월 6일

지은이     나관중
옮긴이     박태원
발행인     박현숙
펴낸곳     도서출판 깊은샘

등   록     1980년 2월 6일 제2-69
주   소     서울시 종로구 낙원동 58-1 종로오피스텔 606호 우편번호 110-320
전   화     764-3018, 764-3019
팩   스     764-3011

ISBN 978-89-7416-199-6 04810
ISBN 978-89-7416-190-3 (전10권)

## 《 등장인물 》

### 제갈량(諸葛亮)*

자는 공명(孔明). 삼고의 예로써 유비가 그를 찾았을 때 천하삼분지계를 설파하면서 유비의 군사가 되었다. 손권과 유비의 동맹을 성사시키고 적벽대전에서 조조의 군대를 크게 무찔렀다. 유비가 촉한의 황위에 오른 뒤 승상이 되었다. 유비가 병으로 죽자 후주 유선을 받들어 촉나라를 다스리는 데 전념했다. 남만의 수령 맹획을 일곱 번 잡아 일곱 번 놓아주어 맹획의 충성을 서약받기도 했다. 위나라를 정벌하기 위해 후주 유선에게 올린 출사표는 천하의 명문장이다. 오장원에서 병을 얻어 죽었다.

### 사마의(司馬懿)*

자는 중달(仲達).조조 밑에서 승상부 주부로 있으면서부터 두각을 나타내기 시작하였는데 그 생김부터가 범상하지 아니하였다. 제갈량이 자기 못지않은 계략을 지닌 그를 꺼려 반간계를 써서 조정에서 멀리 보냈었는데, 뒤에 복귀하자 과연 좋은 적수로서 대전하였다. 조비 사후 모든 권력을 손아귀에 쥐었다.

### 강유(姜維)*

촉한의 장수. 자는 백약(伯約). 제갈량 신임을 크게 얻었으며, 제갈량이 터득한 병법을 모조리 전수받았다. 제갈량이 세상을 떠난 뒤 역시 뜻을 이어 여러 차례 중원을 도모하려 하였으나 그때마다 성공할 만하면 조정에서 환관 황호의 농간으로 일을 이루지 못했다. 촉의 패망후 종회를 이용해 부흥을 도모했으나 실패하고 죽었다.

### 손권(孫權)*

오의 대제(大帝). 자는 중모(仲謨). 손견의 둘째 아들로 형 손책이 죽자 그 뒤를 이어 주유 등의 보좌를 받아 강남의 경영에 힘썼다. 유비와 연합하여 남하한 조조의 대군을 적벽에서 격파함으로써 강남에서의 그의 지위는 확립되었다. 그 후 형주의 귀속 문제를 둘러싸고 유비와 대립하다가 219년 관우를 죽이고 형주를 점령했다. 그 결과 위, 오, 촉 3국의 영토가 거의 확정되었다.

### 등지(鄧芝)

촉한의 문신. 자는 백묘(伯苗). 유비를 받들어 정무를 담당하고, 그가 죽었을 때는 오에 수호 사절로 가서 대임을 완수했다. 제갈량의 북정에 참가하고 그가 죽은 뒤에는 중직을 역임하며 국정을 맡아보았다.

## 등애(鄧艾)*

위나라의 명장. 자는 사재(士載). 하급관리였다가 사마의에게 재능을 인정받아 관직이 오르기 시작했다. 험한 길을 개척하여 촉한의 수도인 성도(成都)에 들어가 제갈첨, 장준 등의 목을 베고 유선의 항복을 받아 드디어 촉의 정벌을 성공했다.

## 비위(費褘)

촉의 중신. 자는 문위(問偉). 제갈량은 출사표에서 내정을 맡길 사람으로 그와 곽유지, 동윤 등을 지적했다. 남보다 몇 배나 빠른 속도로 서류를 읽고도 일단 읽은 것은 절대로 잊지 않는 능력을 소유했다. 제갈량이 죽은 뒤에는 수성의 자세를 무너뜨리지 않고 강경파인 강유를 억제하며 촉을 잘 유지했다.

## 맹달(孟達)

유비의 장수. 자는 자도(子度). 촉의 의도태수였으나 형주의 관우군이 궤멸하자 위에 항복하여 신성태수에 임명되었다. 그 후 제1차 위나라 정벌을 계획한 제갈량과 내응하였다가 사마의의 급습을 받고 죽었다.

## 유선(劉禪)

촉한의 2대 황제. 자는 공사(公嗣). 유비가 죽자 대위를 잇고 후주(後主)라 칭해짐. 사람됨이 유약하고 우둔하며 주색에 탐닉했다. 제갈량이 죽은 후 유선은 국정은 팽개친 체 환관 황호와 더불어 국정의 부패를 초래했다. 유선에 의해 썩어버린 촉은 위의 등애에 의해 종말을 고했다.

## 관흥(關興)

촉의 장수. 관우의 아들로 자는 안국(安國). 이릉전투때 장비의 아들 장포와 함께 종군하여 유비를 도왔다. 난군 중에서 아버지의 원수인 동오의 반장을 찾아내어 죽이고 아버지가 쓰던 청룡도를 도로 찾아 평생 사용했다. 활도 잘 쏘고 무용이 질륜하여 아버지 못지않다는 평을 들었다.

## 장포(張苞)

장비의 아들. 아버지가 죽은 뒤 관우의 아들 관흥과 함께 유비의 총애를 받으며 크고 작은 싸움에 공을 세웠다. 사마의의 선봉 곽회를 공격하다가 말에서 떨어져 부상을 입고 그 상처가 도져 병으로 죽었다.

## 사마사(司馬師)

위의 승상. 사마의의 장자로 자는 자원(子元). 성질이 침착하고 병서에 능통하여 아비의 대를 이어 위의 정권을 잡았다. 강유와 국산에서 싸웠고 동오를 원정하였다가 혹을 짼 자리가 터져 진중에서 죽었다.

## 사마소(司馬昭)

사마의의 둘째 아들. 자는 자상(子尙). 권모술수가 뛰어났으며 음험하고 잔혹했다. 군사 지위에도 역량이 있어, 형 사마사가 죽은 뒤 대장군이 되어 국정을 손아귀에 넣었다. 진왕이 되어 천자 못지 않은 권세를 누렸는데, 담을 앓아 죽었다.

## 종회(種會)

자는 사계(士季). 위의 대신(大臣)으로 태부 종요의 막내아들. 사마소의 중요한 모사로 제갈탄이 수춘에서 반역하자 종회는 뛰어난 계략으로 제압하면서 사마소의 절대적인 신임을 받았다. 촉이 망한 후 천하에 두려울 것이 없다고 여겨 모반을 꾀하였으나 실패하고 죽었다.

## 하후패(夏候霸)

위의 장수. 자는 중권(仲權). 제갈량의 6차 북벌 때 사마의의 장수로 선봉을 맡았다. 사마의가 조상을 죽이자 신변의 위험을 느껴 촉한에 항복하였다. 강유의 8차 공격의 선봉에 서서 조양성을 치다가 등애의 계교에 의해 화살을 맞고 죽었다.

## 조휴(曹休)

조조의 조카. 자는 문열(文烈). 조조의 아들 조비를 섬겨 정동대장군이 되고, 조비가 죽을 때 그 아들 조예의 보필을 부탁받았다.

## 제갈각(諸葛恪)

오의 대신(大臣). 제갈량의 형인 근의 장남. 자는 원손(元遜). 어려서부터 재주가 있어 오의 손권으로부터 총애를 받았다. 손권이 병으로 쓰러지자 국정의 전반을 맡았다. 위가 손권의 상중을 기회로 대군을 이끌고 오자 이를 대파하여 명성을 얻었다.

《 삼국지 일러두기 》

1. 이 책은 1959년~1964년 국립문학예술서적출판사와 조선문학예술총동맹출판사에서
   간행된 박태원 역『삼국연의(전 6권)』를 저본으로 삼았다.

2. 저본의 용어나 표현은 모두 그대로 살렸으나, 두음법칙에 따라 그리고 우리말 맞춤법
   에 따라 일부 용어를 바꾸었다. 예) 령도→영도, 렬혈→열혈

3. 저본에는 한자가 병기되어 있으나, 이 책에서는 맨 처음에 나올 때는 한자를 병기하고
   이후에는 생략했다.

4. 저본의 주는 가능하면 유지하였으나 독자의 편의를 위해 약간의 수정을 가하였다.

5. 저본에 충실하게 하는 것을 원칙으로 하였으나 매회 끝에 반복해 나오는 "하회를 분해
   하라"와 같은 말은 삭제했다.

6. 본서에 이용된 삽화는 청대초기 모종강 본에 나오는 등장 인물도를 썼으며 인물에 대
   한 한시 해석은 한성대학교 국문과 정후수 교수의 도움을 받았다.

삼국정립도

한군을 쫓다가 왕쌍은 죽고
진창을 엄습하여 무후는 이기다

| *98* |

사마의가 조예에게 아뢰되

"신이 일찍이 폐하께 아뢰옵기를, 공명이 제 반드시 진창으로
나오리다 하여 학소로 지키게 한 것이온데 이제 과연 그러하오이
다. 제가 만약에 진창으로 해서 들어오면 군량을 운반하기가 심
히 편하오나 이제 다행히 학소와 왕쌍이 그곳을 지키고 있으므로
제가 감히 이 길로는 군량을 운반하지 못할 것이요 그 밖의 소로
들은 운반하기가 극히 지난하옵니다. 신이 헤아리건대 촉병이 가
지고 온 양식이 한 달 먹을 것 밖에는 없을 것이매 저희는 속히
싸우는 것이 이롭고 우리 군사는 오직 오래 지키고 있는 것이 유
리하옵니다. 폐하께서는 부디 조서를 내리시되 조진으로 하여금
각처 관애를 굳게 지키고 나가서 싸우지 말라 하시면 한 달이 못
가서 촉병이 스스로 달아날 것이오니 그때에 그 허한 틈을 타서

15

치며는 제갈량을 가히 사로잡을 수 있을까 하나이다."

한다.

조예가 듣고

"경이 이미 선견지명이 있거늘 어찌 몸소 일군을 거느리고 가서 치지 않는고."

하고 흔연히 말한다.

사마의는

"신이 몸을 아끼고 목숨을 중히 여기는 것이 아니오라 실상은 이 군사를 남겨 두었다가 동오의 육손을 방비하려 할 뿐이옵니다. 손권이 오래지 않아 반드시 제호를 참칭할 것이온바, 만일 제호를 일컫게 되면 폐하께서 정벌하실 것을 두려워하여 반드시 먼저 지경을 범해 들어올 것이라 그러므로 신이 군사를 머물러 두고 기다리는 것이옵니다."

하고 아뢴다.

이처럼 이야기하고 있을 때 문득 근신이 아뢰기를

"조 도독이 표문을 올려 군정을 주달해 왔사옵니다."

한다.

사마의는 조예에게

"폐하께서는 곧 사람을 보내서 조진을 경계하시되, 무릇 촉병의 뒤를 쫓을 때는 그 허실을 보아야 할 것이니 행여 중지에 깊이 들어가 제갈량의 계책에 빠지지 않게 하라 하시옵소서."

하니, 조예는 즉시 조서를 내려 태상경 한기(韓曁)로 하여금 절을 가지고 가서 조진을 경계하게 하되,

"결코 싸우지 말고 삼가 지키기만 힘쓰며 오직 촉병이 물러가

기를 기다려서 비로소 치도록 하라.”

하였다.

사마의는 한기를 성 밖까지 배웅해 나가서 그에게 부탁하는 말이

“내가 이 공을 자단에게 물려주는 것이니, 공은 자단을 보고 이 것이 내가 한 말이라 말고 다만 천자께서 조서를 내리셨노라고만 말해서, 그저 굳게 지키는 것을 위주하라 하고, 뒤를 쫓는 사람은 아주 찬찬해야만 하니, 성미 조급한 사람을 보내서 쫓게 하지 말 라고 하오.”

하였다.

한기는 그와 작별하고 떠났다.


한편 조진이 바야흐로 장상에 올라 일을 의논하고 있노라니까 문득 천자의 칙지를 받들어 태상경 한기가 절을 가지고 왔다고 보한다.

조진이 영채에서 나가 그를 맞아들여 천자의 조서를 받은 뒤에 물러나 곽회·손예와 상의하니, 곽회가 웃으며

“이것은 바로 사마중달의 의견이외다.”

하고 말한다.

조진은 물었다.

“이 의견이 어떻소.”

곽회가 말한다.

“이 말이 제갈량의 용병하는 법을 깊이 알고 하는 말이니 오랜 뒤에 능히 촉병을 막을 자는 반드시 중달일 것입니다.”

조진이 다시

큰 별 하늘로 돌아가다

"만일에 촉병이 물러가지 않으면 그때는 또 어떻게 하오."

하고 물어서, 곽회가

"가만히 왕쌍에게 사람을 보내셔서 영을 전하되, 군사를 거느리고 소로를 순초하라 하십시오. 그러면 저희가 감히 군량을 나르지 못할 것이니 양식이 떨어져서 퇴군할 때를 기다려 승세해서 뒤를 치면 가히 전승을 얻을 수 있사오리다."

하고 말하는데, 곁에서 손예가 있다가

"내가 한 번 기산에 가서 운량병(運糧兵) 놀음을 해 볼까요. 수레에다가 군량 대신에 모조리 마른 나무와 띠를 싣고 그 위에 유황염초를 뿌려 두고는 사람을 시켜서 농서로부터 군량을 운반해 왔다고 헛소문을 냅니다. 만약 촉병이 양식이 없으면 필연 뺏으러 올 것이니 안으로 들어오기만 하면 수레에다 불을 지르고 밖에서 복병이 응하면 꼭 이깁니다."

하고 계책을 드린다.

조진은

"이 계책이 아주 묘하군."

하고 기뻐하며 즉시 손예로 하여금 군사를 거느리고 가서 계책대로 행하게 하고, 또 사람을 보내서 왕쌍에게 일러 군사를 거느리고 소로들을 순초하게 하며, 곽회는 군사를 거느리고 기곡과 가정을 도맡아서 각처 군마로 하여금 요해처들을 굳게 지키게 하는데, 조진은 또 장료의 아들 장호로 선봉을 삼고 악진의 아들 악림으로 부선봉을 삼아서 함께 전채를 지키게 하되 나가서 싸우는 것을 허락하지 않았다.

한편 공명이 기산 영채 안에 있으며 매일 사람을 시켜서 싸움을 돋우는데 위병이 굳게 지키고 나오지 않는다.

공명은 강유의 무리를 불러 의논하였다.

"위병이 굳게 지키고 나오지 않으니 이는 우리 군중에 양식이 없음을 짐작하기 때문이라. 이제 진창은 길이 통하지 않고 그 밖의 소로들은 운반이 곤란한데 내 헤아려 보매 군중에 있는 양초가 앞으로 한 달을 대지 못하리니 어찌하면 좋을꼬."

의논을 정하지 못하고 있을 때 문득 보하되, 농서로부터 위군이 군량 수천 수레를 기산 서편으로 날라 왔는데 운량관은 손예라고 한다.

"그게 어떤 사람이냐."

하고 공명이 물으니, 위국 사람이 있다가

"이 사람이 전에 위제를 모시고 대석산으로 사냥을 나갔는데 홀지에 호랑이 한 마리가 놀라 뛰어나와서 바로 어전으로 달려드는 것을 손예가 보고 말에서 뛰어내리자 한 칼에 베어 버렸더랍니다. 이로 인해 상장군을 봉했으니 바로 조진의 심복인입지요."

하고 아뢴다.

공명은 웃으며

"이는 곧 위장이 우리에게 양식이 없음을 헤아리고 이 계책을 쓴 것이니 수레에 실은 것은 필시 띠와 불 댕길 물건이라. 내 평생에 전혀 화공을 써 왔는데 저희가 그래 이 계교를 가지고 나를 속이려 든단 말이냐. 우리 군사가 군량 수레를 겁탈하러 가는 줄을 저희가 만약 알 말이면 반드시 우리 영채를 뺏으러 올 것이니 장계취계해서 행해야겠다."

하고, 드디어 마대를 불러 분부하되

"네 삼천 군을 거느리고 바로 위병의 군량 쌓아 놓은 곳으로 가되 영채에는 들어가지 말고 다만 바람결에다가 불을 놓아라. 만약 수레에 불이 붙고 보면 위병이 반드시 우리 영채를 와서 에울 것이다."

하고, 또 마충과 장의를 보내는데 각기 오천 병을 거느리고 밖에 있다가 에워싸고 내외 협공하라 하였다.

세 사람이 계책을 받아 가지고 가자 공명은 또 관흥·장포를 불러

"위병의 앞채가 사면으로 통하는 길과 연해 있는데, 오늘밤 만약 서산에 불이 일어나면 위병이 반드시 우리 영채를 겁칙하러 올 것이니 너희 두 사람은 위병 앞채 좌우에 가서 매복해 있다가 저희 군사들이 영채에서 나가는 것만 보거든 둘이서 곧 앞채를 들이쳐라."

하고 분부하고, 다음에 또 오반과 오의를 불러서

"너희 두 사람은 각기 일군을 거느리고 영채 밖에 매복해 있다가 만일에 위병이 이르거든 내달아 그 돌아갈 길을 끊어 버려라."

한다.

공명은 분별하기를 마치자 자기는 기산 위로 올라가 높은 곳에 자리를 잡고 앉았다.

위병은 촉병이 양초를 겁탈하러 온다는 것을 탐지하자 황급히 손예에게 보하였다.

손예가 사람을 시켜 나는 듯 조진에게 보하니, 조진이 또 사람을 앞채로 보내서 장호·악림에게 영을 전하되

“오늘밤 산 서편에서 불이 일어나는 것을 보면 촉병이 반드시 구응하러 올 것이니 군사를 내도록 하되 이리이리하라.”
하였다.

두 장수는 계책을 받자 사람을 시켜 높은 다락에 올라가서 전혀 군호로 불이 오르는 것을 살피게 하였다.


한편 손예는 군사를 산 서편에다 매복해 놓고 오직 촉병이 이르기만 기다리고 있었다.

이날 밤 이경에 마대가 삼천군을 거느리고 오는데 사람은 모두 매를 물고 말에게는 모조리 함을 물려 바로 산 서편에 이르렀다.

보니 허다한 수레가 중중첩첩하게 둘려 있어 영채를 이루었고 수레에는 거짓 정기들을 꽂아 놓았는데 때마침 서남풍이 불어온다.

마대는 군사를 시켜 바로 영채 남쪽에 가서 불을 놓게 하였다. 수레에 모조리 불이 댕기자 화광이 충천한다.

손예는 촉병이 위병 영채 안에 들어와서 군호로 불을 놓은 줄만 여겨 급히 군사를 거느리고 일제히 덮쳐들었다.

그러자 이때 배후에서 북소리·각적소리가 천지를 진동하며 양로병이 짓쳐 들어오니 이는 바로 마충과 장의다. 위군을 한가운데 넣고 에워싸 버렸다.

손예가 소스라쳐 놀라는 판에 또 위군들 속에서 함성이 일어나며 화광을 좇아 일표군이 짓쳐 나오니 이는 바로 마대다.

안팎으로 끼고 쳐서 위병은 크게 패하였다.

바람은 급하고 불길은 맹렬하다.

군사들이 저마다 살길을 찾아 어지러이 도망치는데 죽는 자가 무수하다.

　손예는 상처를 입은 군사들을 이끌고 연기를 뚫고 불을 무릅쓰고 그냥 달아난다.

　이때 장호는 영채 안에서 화광을 바라보자 채문을 크게 열고 악림으로 더불어 군사를 모조리 데리고서 촉병의 영채를 바라고 달려갔다.

　그러나 막상 들어가 보니 영채 안에 사람이라고는 단 한 명도 없다.

　급히 군사를 수습해 가지고 돌아가려고 하는데 이때 오반과 오의의 양로병이 짓쳐 나와서 돌아갈 길을 끊어 놓는다.

　장호·악림 두 장수는 급히 포위를 뚫고 말을 달려 본채를 바라고 돌아왔다.

　그러나 이때 토성 위에서 화살이 빗발치듯 하였다. 원래 관흥·장포에게 영채는 이미 엄습을 당하고 만 것이다.

　위병은 또 크게 패해서 모두들 조진의 대채를 바라고 달렸다.

　그들이 막 영채 안으로 들어가려 할 때 문득 패잔병 한 떼가 나는 듯이 달려 들어왔다.

　보니 바로 손예라, 함께 영채 안으로 들어가서 조진을 보고 각기 계책에 속은 일을 이야기하니 조진은 듣고서 오직 대채를 굳게 지키며 다시는 나가서 싸우려 하지 않았다.

　촉병이 이기고 돌아가서 공명을 보니, 공명은 곧 사람을 진창으로 보내서 비밀히 위연에게 계책을 주게 하고, 일변 영을 전해서 영채를 빼어 일제히 일어나게 하였다.

양의가 이상히 생각하여

"이제 이미 크게 이겨 위병의 예기를 다 꺾어 놓았는데 승상께서는 어인 연고로 도리어 군사를 거두려 하시나이까."

하고 물으니, 공명은

"우리 군사가 양식이 없어서 급히 싸워야만 이로운데 이제 저희가 굳게 지키고 나오지 않으니 우리가 야단이오. 저희가 이제 비록 한때 싸움에 패했지만 중원에서 반드시 군사를 더 보내 올 것이며 만약에 경기로써 우리 양도를 끊어 놓으면 그때는 돌아가고 싶어도 못 가게 되오. 그래 이번에 위병이 갓 패해서 제 감히 우리 촉병을 바로보지 못하는 때를 타서 곧 출기불의로 퇴군하자는 것이오. 다만 근심하는 바는 위연이 일군을 거느리고 진창 도구에서 왕쌍을 막고 있어 갑자기 탈신할 수 없게 된 일이오마는, 내 이미 사람을 시켜서 적에게 밀계를 주어 왕쌍을 베어 위병으로 하여금 감히 우리의 뒤를 쫓지 못하게 하도록 했소. 이제 후대를 먼저 떠나게 하오."

하고 말하였다.

이날 밤에 공명이 다만 금고수(金鼓手)만을 영채 안에 남겨 두어 경점을 치게 하고 하룻밤 사이에 군사들이 모조리 물러가 버리니 뒤에는 오직 빈 영채만이 덩그렇게 남아 있을 뿐이다.

한편 조진은 자기 영채 안에서 바야흐로 번민 중에 있었는데 문득 보하되 좌장군 장합이 군사를 거느리고 당도하였다 한다.

장합이 말에서 내려 장중으로 들어오자 조진을 보고 말한다.

"제가 성지를 받들고서 특히 도독의 영을 들으러 왔습니다."

조진이 그에게

"올 때에 중달을 만나 보셨소."

하고 한마디 물으니, 장합이

"중달 말씀이 '우리 군사가 이기면 촉병이 반드시 곧 물러가지는 않을 것이지만 만약에 우리 군사가 패하고 보면 촉병이 반드시 곧 물러가 버릴 것이라'고 하시더군요."

하고 대답하고,

"이제 우리 군사가 싸움에 패를 보았는데 도독께서는 그 뒤 촉병의 소식을 초탐해 보셨습니까."

하고 되묻는다.

조진은

"아직 못했소."

하고 그제야 사람을 보내서 알아보게 하였는데, 과연 영채는 비어 있어 다만 정기 수십 개만 꽂혀 있을 뿐이요 군사들이 물러간 지 이미 이틀이나 되었다. 조진은 후회하기를 마지않았다.


한편 위연은 공명의 밀계를 받고 그날 밤 이경에 영채를 빼어 급히 한중을 바라고 돌아갔다.

어느 틈에 이것을 세작이 탐지해다가 왕쌍에게 보해서, 왕쌍은 군사를 크게 몰아 힘을 다해서 촉병의 뒤를 쫓았다.

이십여 리나 줄기차게 쫓아가서 거의 따라 이르러 위연의 기호가 저 앞에 있는 것을 보자 왕쌍은 큰 소리로

"위연은 도망하지 마라."

하고 외쳤다.

그러나 촉병들은 뒤도 돌아보지 않는 것이다.

왕쌍이 더욱 말을 급히 몰아 쫓아가는데 문득 등 뒤에서 수하 군사가

"성 밖 영채 안에서 불이 일어나니 적의 간계에 빠졌는가 두렵습니다."

하고 외친다.

왕쌍이 급히 말을 멈추고 돌아다보니 과연 한 줄기 화광이 하늘을 찌른다.

왕쌍은 황망히 퇴군령을 놓아서 군사를 돌려 영채로 돌아가는데 산 언덕 왼편에 이르자 홀연 수림 속에서 한 장수가 풍우같이 말을 몰아 나오며

"위연이 예 있다."

하고 벽력같이 호통 친다.

왕쌍은 소스라쳐 놀라 미처 손도 놀려 볼 사이 없이 위연의 칼에 찍혀 말 아래 거꾸러지고 말았다.

수하 위병들은 매복이 있으리라 해서 사면으로 흩어져 다 도망해 버렸다.

그러나 이때 위연의 수하에는 단지 삼십 기가 있었을 뿐이다. 위연은 그들을 거느리고 천천히 말을 걸려서 한중을 바라고 돌아가는 것이었다.

후세 사람이 칭찬해서 지은 시가 있다.

공명의 묘한 계책 손빈도 못 미치리
혜성처럼 나타나서 촉중을 비춰 주네.
진퇴 행병(行兵)을 귀신이면 측량하랴
진창 도구에서 왕쌍을 베도다.


원래 위연이 공명의 밀계를 받고서 먼저 삼십 기를 남겨 왕쌍의 영채 가에 깔아 두고 오직 왕쌍이 군사를 일으켜 촉병의 뒤를 쫓기를 기다려 그의 영채 안에다 불을 놓고는, 그가 되돌아오기를 기다려서 출기불의로 갑자기 뛰어나와 한 칼에 베어 버린 것이다.

위연은 왕쌍을 벤 다음 군사를 거느리고 한중으로 돌아가서 공명을 보고 인마를 넘겨주었다.

공명은 연석을 배설하고 장졸을 위로하였는데, 이 이야기는 더하지 않기로 한다.

한편 장합은 촉병을 쫓았으나 이미 멀리 가 버린 뒤라 허탕을 치고 영채로 돌아와 버렸다.

그러자 문득 진창성의 학소가 사람을 보내서 보하는데, 왕쌍이 촉병을 쫓다가 위연의 손에 죽었다 한다.

조진은 이 소식을 듣고 슬퍼하기를 마지않으며 이로 인하여 심화 끝에 병이 되어 마침내 곽회·손예·장합에게 명해서 장안의 여러 요로를 지키게 하고 자기는 낙양으로 돌아가 버렸다.


한편 오왕 손권이 조회를 받고 있노라니까 세작이 들어와 보하되

“촉의 제갈 승상이 두 차례 출병하였사온데, 위 도독 조진이 패해서 군사를 잃고 장수가 죽었다고 하옵니다.”

한다.

이에 여러 신하들이 모두 오왕을 보고 군사를 일으켜 위를 치고 중원을 도모하라고 권한다.

손권이 마음을 정하지 못하고 군신들의 동정만 살피려니 장소가 나서서 아뢰었다.

“근자에 듣자오매 무창 동쪽 산에 봉황이 날아들며 대강 가운데서 황룡이 여러 차례 나타났다고 하옵니다. 주공께서 성덕은 당·우와 짝하실 만하고 영명하심은 문왕·무왕에게 비기시리니 황제의 위에 오르신 연후에 군사를 일으키심이 가할까 하나이다.”

여러 문무 신하들이 모두 그 말에

“자포의 말씀이 옳은가 하나이다.”

하고 찬동을 하며 제일이 손권의 결단을 재촉한다.

손권이 이를 윤종해서, 드디어 여름 사월 병인일로 날을 정하고 대를 무창 남교에다 쌓았다.

그날이 되자 신하들은 손권을 단상으로 청해 올려 황제의 위에 나아가게 하고, 황무(黃武) 팔년을 고쳐서 황룡(黃龍) 원년으로 하며, 선친 손견에게 시호를 바쳐 무열황제(武烈皇帝)라 하고, 모친 오씨를 무열황후라 하며 형 손책을 장사 환왕(桓王)이라 하고, 아들 손등을 세워서 황태자를 봉하고 제갈근의 장자 제갈각(諸葛恪)으로 태자 좌보(左輔)를 삼으며 장소의 차자 장휴(張休)로 태자 우필(右弼)을 삼았다.

제갈각의 자는 원손(元遜)이니 신장이 칠 척이요 극히 총명하며 응대를 잘 해서 손권이 심히 사랑하였다.

　나이 여섯 살 때에 나라에 잔치가 있어서 제갈각이 부친을 따라가 자리에 앉았는데, 손권이 제갈근의 얼굴이 긴 것을 놀리느라 사람을 시켜서 나귀 한 필을 끌어 오게 하여 분필로 그 얼굴에다 '제갈자유'라 써 놓으니 사람들이 모두 크게 웃었다.

　이때 제갈각이 쪼르르 앞으로 뛰어나가 분필을 집어 들고 그 아래에다 '지려(之驢)' 두 글자를 보태 써서 '제갈자유의 당나귀'라 하여 놓았다.

　만좌한 사람들이 누구라 놀라서 혀를 내두르지 않는 이가 없었다. 손권은 대단히 기특하게 생각해서 드디어 그 나귀를 그에게 상으로 내렸다 한다.

　또 한 번은 관료들을 모아 놓고 크게 잔치를 하는데 손권이 제갈각에게 명해서 잔을 돌리게 한 일이 있다.

　제갈각이 잔을 차례로 돌려서 장소 앞에 이르렀는데, 장소가 잔을 받으려 아니 하며

　"이는 노인을 봉양하는 예가 아니니라."

하고 언짢은 기색으로 말하는 것이다.

　손권이 이를 보고 제갈각에게 가만히

　"네가 능히 자포에게 술을 권해 자시도록 할 수 있겠느냐."

하고 말하니, 제갈각은 명을 받고 장소에게 이렇게 말하였다 한다.

　"옛날에 강태공은 나이 구십에 대장이 되어 삼군을 거느리면서도 일찍이 늙었다는 말을 한 일이 없었습니다. 이제 싸우러 나가시는 날에는 선생님이 남의 뒤에 계시고, 약주를 자시는 날에는 선생님이 남의 앞에 계신데 어찌하여 노인을 봉양하지 않는다고

말씀하십니까."

장소는 그만 대답할 말이 없어서 그냥 잔을 받아 마실 수밖에 없었다.

이런 일들로 인하여 손권이 그를 못내 사랑하는 까닭에 이번에 태자 좌보를 삼은 것이요, 또 장소는 오왕을 보좌하여 그 지위가 삼공의 위에 있는 까닭에 그 아들 장휴로 태자 우필을 삼은 것이다. 손권은 또 고옹으로 승상을 삼고 육손으로 상장군을 봉해서 태자를 보좌하여 무창을 지키고 있게 하였다.

손권이 다시 건업으로 돌아가서 여러 신하들을 모아 놓고 위를 칠 계책을 같이 의논하는데 장소가 있다가

"폐하께서 처음으로 보위에 오르셨으매 아직은 군사를 동하시지 않는 것이 가하오니, 오직 문학을 닦으며 무사(武事)는 중지하고 학교를 증설해서 민심을 안정시키시고, 사신을 서천으로 들여보내셔서 촉으로 더불어 동맹하여 함께 천하를 나누고 서서히 도모하심이 옳을까 하나이다."

하고 아뢴다.

손권이 그의 말을 좇아서 즉시 사신으로 하여금 밤을 도와 서천으로 들어가게 하였다.

동오 사신이 후주에게 알현하고 그 일을 자세히 상주하니 후주는 듣고 나자 드디어 여러 신하들과 상의하였다.

여러 사람이 다들 손권이 참람하니 동맹을 끊어 버리는 것이 좋겠다고 말하는데, 장완이 있다가

"사람을 보내셔서 승상에게 하문하심이 가할까 하나이다."

하고 아뢰어서 후주는 곧 사자를 한중으로 보내 공명에게 물었다.

공명은 글을 올려

　가히 사신을 보내시되 예물을 가지고 동오로 들어가서 하례
하게 하시며 손권에게 청하여 육손으로 군사를 일으켜 위를 치
도록 하옵소서. 동오에서 군사를 일으키면 위가 반드시 사마의
를 시켜서 막을 것이오니 사마의가 만약 남으로 내려가 동오를
막사오면 신이 다시 기산으로 나아가서 장안을 도모할 수 있사
오리다.

하고 아뢰었다.
　후주는 공명의 말에 의하여 드디어 태위 진진으로 명마 · 옥
대 · 금주 · 보패(寶貝)를 가지고 동오로 가서 하례하게 하였다.
　진진이 동오에 이르러 손권을 보고 국서를 올리니 손권은 크
게 기뻐하여 연석을 배설해서 대접한 다음에 촉으로 돌아가게 하
였다.
　손권이 육손을 불러들여, 서촉에서 군사를 일으켜 위를 치기를
약회해 온 일을 이야기하니 육손이
　"이는 바로 공명이 사마의를 두려워해서 낸 꾀입니다. 그러나
우리가 이미 저희와 동맹하였으매 부득불 좋아야 하오리니 이제
짐짓 기병하는 기세를 취하여 멀리 서촉에 응하고, 공명이 위를
쳐서 그 형세가 급하기를 기다려 우리가 그 틈을 타서 중원을 취
하는 것이 가할까 하옵니다."
하고, 즉시 영을 내려 형양 각처로 하여금 모두 군사를 훈련하여
날을 가려서 기병하게 하였다.

한편 진진은 한중으로 돌아가서 공명에게 보하였다.

그러나 공명은 오히려 진창으로 경선히 나갈 수 없음을 근심해서 우선 사람을 보내서 초탐해 보게 하였다.

그러자 돌아와 보하는데

"진창 성중에 학소가 병이 중해 누워 있답니다."

한다. 공명은 듣고

"이제는 대사를 이루리로다."

하고, 드디어 위연과 강유를 불러

"너희 두 사람은 오천 병을 거느리고 밤을 도와 바로 진창성 아래로 달려가되, 성내에 불이 일어나는 것을 보거든 힘을 합해서 성을 치도록 하라."

하고 분부하였다.

두 사람이 모두 그 말을 꽉 믿지 않으면서도 다시

"어느 날 떠나라십니까."

하고 묻는다.

공명은

"사흘에 모두 준비를 끝내되 내게 하직하러 오려 말고 바로 떠나거라."

하고 분부하였다.

두 사람이 영을 받고 나가자 공명은 또 관흥·장포를 불러들여 귀에 입을 대고 이리이리하라 하고 가만히 말을 일렀다.

두 사람은 각각 밀계를 받아 가지고 갔다.


이때 곽회는 학소가 병이 중하다는 말을 듣고, 이에 장합으로

더불어 의논하는 말이

"학소가 병이 중하다니 공이 속히 가서 그를 대신하여 성을 지켜야겠소. 내 표문을 써서 조정에 올리고 따로 정탈(定奪)[1]을 받도록 하리다."

해서, 장합은 삼천병을 거느리고 급히 진창성을 바라고 떠났다.

때에 학소는 병이 위중하였다. 이날 밤 그가 한창 신음하고 있을 때 홀연 촉병이 성 아래 이르렀다고 보해서 학소는 급히 사람을 시켜 성 위로 올라가서 지키게 하였다.

그러나 이때 각 문 위에서 불이 일어나 성중이 벌컥 뒤집혔다.

학소는 이 말을 듣자 놀라서 죽어 버리고 촉병은 일시에 성 안으로 몰려 들어왔다.

한편 위연과 강유가 군사를 거느리고 진창성 아래 이르러 보니 성 위에는 기 하나 꽂혀 있지 않고 또한 경점 군사도 없다.

두 사람은 마음에 놀라고 의아해서 감히 성을 못 치고 있는데, 홀지에 성 위에서 호포소리가 한 번 크게 울리더니 사면에 기치가 일제히 서며 한 사람이 머리에 윤건 쓰고 손에 우선 들고 몸에 학창의 입고 성 위에 나서서

"너희 두 사람이 늦게 오는구나."

하고 큰 소리로 말한다.

위연과 강유가 쳐다보니 바로 공명이라 두 사람은 황망히 말에서 내려 절하고 땅에 엎드려

"승상께서는 참으로 신출귀몰하십니다."

---

1) 임금의 재결(裁決).

하고 말하였다.

공명은 그들을 성 안으로 들어오게 하여

"학소가 병이 중하다는 소식을 탐지하자 내가 너희더러 사흘 안으로 군사를 거느리고 성을 취하게 하라 이른 것은 곧 여러 사람의 마음을 안온하게 하자는 것이라, 내 한편으로 관흥·장포를 시켜 점군(點軍)한다 핑계하고 몰래 한중에서 나가게 하는데, 그 군중에 내가 가만히 끼어 주야배도(晝夜倍道)해서 바로 성 아래 이르렀으니 이는 저희로 하여금 미처 군사를 조발할 겨를을 주지 않기 위함이다. 내 이에 앞서 성내에 세작을 들여보내 안에서 불 놓고 소리 질러 위병으로 하여금 놀라고 의아해 불안 속에 빠지게 하였으니, 군사가 주장이 없고 보면 반드시 스스로 어지러운 법이라, 그래서 내 이 성 취하기를 여반장으로 한 것이니 병법에 이르는 '출기불의 공기무비(出其不意 攻其無備)'란 바로 이것을 두고 한 말이다."

하고 말하니 위연과 강유가 배복한다.

공명은 학소의 죽음을 가엾이 생각해서 그 처자로 하여금 영구를 모시고 위로 돌아가 그 충성을 표하도록 해 주었다.

공명은 다시 위연과 강유를 보고

"너희 두 사람은 아직 갑옷을 벗지 말고 군사를 거느리고 가서 산관을 엄습해라. 관 지키는 자가 만약에 군사가 이른 것을 보면 필연 놀라서 달아날 것이다. 그러나 만약에 자칫 늦고 보면 바로 위병이 와서 졸연히 치기가 어렵게 될 것이다."

하고 분부하였다.

위연과 강유는 영을 받고 즉시 군사를 거느려 곧장 산관으로 갔다.

관을 지키고 있던 자들이 과연 모조리 달아나 버린다.

두 사람은 관으로 들어갔다. 그러나 겨우 갑옷을 벗었을까 말까 해서 멀리 관 밖에 티끌이 자욱하게 일어나며 위병이 들어왔다.

두 사람은 서로 돌아보며

"승상의 신산(神算)은 어떻게 측량할 길이 없구먼."

하고 급히 적루 위로 올라가서 바라보았다. 오는 장수는 바로 위장 장합이다.

두 사람은 그 길로 군사를 나누어서 각기 요해를 지켰다.

장합이 왔다가 촉병들이 요로를 지키고 있는 것을 보자 드디어 군사를 돌려서 돌아가는데 위연이 그 뒤를 쫓아 한 진을 몰아쳤다.

위병으로서 죽은 자가 무수하다.

장합이 대패해서 돌아가자 위연은 군사를 거두어 관으로 올라와서 사람을 시켜 공명에게 첩보를 올렸다.

공명은 먼저 친히 군사를 영솔하고 진창·야곡을 나가 건위(建威)를 취하였다. 그 뒤로 촉병이 육속 나아간다.

후주가 또 대장 진식에게 명하여 와서 돕게 하였다.

공명은 대병을 몰아 다시 기산으로 나가 영채를 세운 다음에 여러 장수를 모아 놓고

"내가 두 차례 기산으로 나왔으나 다 공을 얻지 못하고 이제 또 이곳에 이르렀으니 내 생각건대 위병이 필시 전에 싸우던 곳을 의지해서 나로 더불어 상적하러 들 것이라. 저희는 내가 옹성과 미성 두 곳을 취하려 하지나 않나 의심해서 반드시 군사를 두 곳

에 두어 지키리라 짐작하거니와, 내 보건대 음평·무도 두 고을이 우리 지경과 연접해 있으니 만약 이 성들을 얻으면 또한 위병의 형세를 나눌 수 있는데 뉘 감히 가서 취해 볼꼬."

라고 말하였다.

강유가 나서며

"제가 가고 싶습니다."

하고, 또 뒤를 이어 왕평이

"저도 가고 싶소이다."

하고 나선다.

공명은 크게 기뻐하여 드디어 강유로 하여금 군사 일만을 거느리고 가서 무도를 취하게 하며 또 왕평으로 군사 일만을 거느리고 가서 음평을 취하게 하였다.

두 사람은 군사를 거느리고 떠났다.


한편 장합이 장안으로 돌아가서 곽회와 손예를 보고, 진창이 이미 함몰하고 학소가 이미 죽었으며 산관이 또한 촉병의 손에 들어가 버렸는데 이제 공명이 다시 기산으로 나와서 길을 나누어 진병한다고 말하니, 곽회가 듣고 크게 놀라

"만약에 그렇다면 제가 반드시 옹성과 미성을 취하러 들 것이오."

하고 이에 장합을 남겨 두어서 장안을 지키게 하고, 손예로 하여금 옹성을 보전하게 하며 곽회 자기는 군사를 거느리고 밤을 도와 미성을 가서 지키기로 하는데, 한편으로 낙양으로 표문을 올려서 형세가 자못 급한 것을 고하였다.

한편 위제 조예가 조회를 받고 있노라니까 근신이 아뢰되

"진창성이 이미 함몰하옵고 학소가 죽었사오며 제갈량이 또 기산으로 나오고 산관이 역시 촉병의 수중에 들어갔다 하옵니다."

한다.

조예가 크게 놀라는데, 문득 만총의 무리가 또 표문을 올려서

동오 손권이 제호를 참칭하며 촉으로 더불어 동맹하였삽고, 이제 육손이 무창에서 인마를 조련하여 영이 내리기만 기다리고 있사온데 미구에 반드시 지경을 범해 들어올 형세이옵니다.

하고 위급함을 고한다.

조예는 두 곳 형세가 다 위급하다는 말을 듣자 수각이 황란해서 어찌할 바를 몰랐다.

이때 조진은 병이 아직 낫지 않았으므로 조예는 곧 사마의를 불러서 상의하였다.

사마의가 아뢴다.

"신의 어리석은 생각에는, 필시 동오는 군사를 일으키지 않을 줄로 요량하옵니다."

조예는 물었다.

"경은 어떻게 그것을 아오."

사마의는 말한다.

"공명이 항상 효정의 원수를 갚으려 생각하고 있으니, 오를 삼키려 아니 하는 것이 아니라 다만 중원에서 허한 틈을 타 저를 칠 것이 두려우므로 잠시 동오로 더불어 동맹을 맺고 있는 것이옵

고, 육손이 또한 그 뜻을 알고 있는 까닭에 짐짓 군사를 일으키는 기세를 보여서 응할 뿐이옵지 실상은 앉아서 성패를 관망하자는 것이옵니다. 그러므로 폐하께서는 구태여 동오는 방비하실 것이 없사옵고 다만 촉만 방비하시도록 하소서."

들고 나자 조예는

"참으로 고견이로고."

하고 드디어 사마의를 봉해서 대도독을 삼아 농서 제로 군마를 총섭하게 하고 근신으로 하여금 조진에게 가서 총병장 인(印)을 가져 오라 하니, 사마의는

"신이 스스로 가서 받아오리다."

하고 드디어 천자를 하직하고 궁중에서 물러나왔다.

그는 그 길로 바로 조진 부하에 이르러 사람을 들여보내서 선통한 다음에 그제야 들어가 보았다.

문병하기를 마치자 사마의는 한마디 물었다.

"동오와 서촉이 서로 만나 군사를 일으켜서 지경을 범해 들어오기로 하여 이제 공명이 또 기산으로 나와 하채하였는데, 명공께서는 이것을 아십니까."

조진이 놀라고 의아해하며

"집안사람들이 내 병이 중함을 아는 까닭에 통 내게 알려 주지를 않소. 이 같으면 국가가 위급한데 어찌하여 중달로 도독을 봉해서 촉병을 물리치게 아니 하실까."

한다.

사마의가 짐짓

"이 사람이 재주가 없고 지식이 천단해서 그러한 중임을 감당하

지 못합니다."

하고 말하자, 조진은 곧

 "인을 가져다 중달을 드려라."

하고 분부하는 것이다.

  사마의는 다시

 "도독께서는 근심하지 마십시오. 이 사람은 다만 일비지력을 도우려 원할 뿐이지 감히 이 인은 받지 못하겠습니다."

하고 사양하였다.

  조진은 자리에서 뛰어 일어나며

 "만일에 중달이 이 소임을 맡지 않는다면 중국은 반드시 위태할 것이오. 내 마땅히 병을 안고 들어가 천자를 뵈옵고 천거하리다."

하고 말한다.

  사마의가 있다가

 "천자께서는 이미 은명이 계셨으나 다만 이 사람이 감히 받지 못하였습니다."

하고 말하니, 조진은

 "중달이 이제 이 소임을 맡았으니 가히 촉병을 물리칠 수 있으리다."

하고 크게 기뻐한다.

  사마의는 조진이 재삼 권하는 것을 보고 드디어 총병장 인을 받아 가지고 다시 예궐하여 위제에게 하직을 고한 다음에 군사를 거느리고 장안으로 공명과 결전하러 갔다.

구 도독 차던 인(印)은 신 도독이 빼앗아 차고
양로로 올 군사는 일로로 오는구나.

승부가 어찌 되려는고.

큰 별 하늘로 돌아가다

제갈량은 위병을 크게 깨뜨리고
사마의는 서촉을 범해 들어오다

| *99* |

촉한 건흥 칠년 여름 사월에 공명은 군사를 거느리고 기산에 나와 영채 셋을 나누어 세워 놓고 위병이 오기만 기다렸다.

한편 사마의가 군사를 거느리고 장안에 이르니 장합이 나와서 맞으며 지난 일을 자세히 이야기한다.

사마의는 장합으로 선봉을 삼고 대릉으로 부장을 삼아 십만 병을 거느리고 기산에 이르러 위수 남쪽에다 하채하였다.

곽회와 손예가 영채로 들어와서 뵙는다.

사마의는 그들을 보고

"너희들이 그 사이 촉병과 대진해 본 일이 있느냐."

하고 물었다. 두 사람이

"아직 없소이다."

하고 대답한다.

사마의는

"촉병이 천 리 먼 길을 와서 속히 싸우는 것이 이로운 터에, 이제 이곳에 와서 싸우려 아니 하니 이는 반드시 꾀하는 바가 있는 것이다."

하고 말한 다음,

"그 사이 농서 각 군의 소식을 들었느냐."

하고 묻는다.

곽회는 대답하였다.

"이미 세작이 탐지한 바에 의하면, 각 군에서 충분히 마음을 써서 주야로 방비를 하고 있으며 아무 다른 일은 없다고들 하는데, 다만 무도·음평 두 곳에서만 아직 회보가 없소이다."

듣고 나자 사마의는 영을 내렸다.

"내 친히 사람을 보내서 공명과 싸울 것이매 너희 두 사람은 급히 소로로 해서 무도와 음평을 구하러 가되, 촉병의 뒤를 엄습하면 저희가 필시 제풀에 어지러워질 것이다."

두 사람은 계책을 받자 군사 오천을 거느리고 농서 소로로 해서 무도·음평을 구하러 가는데 촉병의 뒤로 나가 엄습하기로 하였다.

길에서 곽회가 손예를 보고 물었다.

"중달이 공명하고 비해서 어떨까."

손예가 대답한다.

"그야 공명이 중달보다 훨씬 수가 높지."

곽회가 말한다.

"공명이 비록 윗수이기는 하지만 이번 계책은 역시 중달이 남에 지나는 지모를 가지고 있음을 보여 주는걸세. 촉병들이 만일에 두 고을을 바로 치고 있다면 우리한테 뒤로 엄습을 받고 저희가 어찌 혼란에 빠지지 않겠나."

이렇듯 이야기를 하며 가는 중에 문득 초마가 와서 보하는데, 음평은 이미 왕평의 손에 함몰되었고 무도는 또 강유 손에 깨어졌는데 앞으로 멀지 않은 곳에 촉병들이 있다는 것이다.

그 말을 듣더니 손예가

"촉병이 이미 성지를 깨뜨렸다면 어째서 군사를 밖에다 벌려 놓고 있을까. 필시 무슨 간계가 있을 것이니 속히 퇴군하느니만 못할까 보오."

하고 말한다.

곽회가 그 말을 좇아서 바야흐로 영을 전해 군사들을 물리려고 하는 판에, 홀연 일성 포향에 산 뒤로부터 군마가 나타나니 기 위에는 '한 승상 제갈량'이라 크게 씌어 있는데 중앙 사륜거 위에 공명이 단정히 앉아 있고 좌편은 관흥이요 우편은 장포다.

손예·곽회 두 사람이 보고 깜짝 놀라니 공명이 크게 웃으며

"곽회·손예는 달아나려 마라. 사마의의 계책을 가지고 어찌 나를 속이겠느냐. 제가 매일 사람을 시켜 앞으로 와서 싸우게 하고는 한편으로 너희들을 보내 우리 군사의 뒤를 엄습하게 했구나. 무도·음평을 내 이미 취해 버렸는데 너희 둘이 빨리 항복하지 않으니 그럼 군사를 몰아 나로 더불어 승부를 결해 볼 작정이냐."

하니 듣고 나자 곽회, 손예가 새삼스럽게 당황해하는데, 이때 홀지에 배후에서 함성이 하늘에 닿아 일어나며 왕평·강유가 군사

를 거느리고 뒤로부터 짓쳐 나오고 관흥·장포 두 장수가 또한 군사를 이끌고 앞에서 짓쳐 들어온다. 전후로 협공을 받고 위병은 대패하였다. 곽회·손예 두 사람이 말을 버리고 산으로 기어올라 달아났다.

장포는 이것을 바라보자 말을 급히 몰아 그 뒤를 쫓았다. 그러나 누가 생각했으랴. 험한 산길에 말이 한 번 헛디디자 그대로 사람과 말이 함께 계곡 안으로 떨어지고 만다.

후군이 보고 황망히 쫓아 들어가서 붙들어 일으켰으나 머리가 이미 깨어져 있었다.

공명은 사람을 안동해 성도로 돌아가서 치료를 받게 하였다.

이때 곽회, 손예 두 사람이 간신히 도망쳐서 돌아가 사마의를 보고

"무도·음평 두 고을은 이미 촉병 손에 떨어졌고, 공명이 요로에 군사를 매복해 두었다가 앞뒤로 들이쳐서 그 때문에 크게 패했고, 우리는 말을 버리고 걸어서 간신히 도망해 왔소이다."

하고 말하니, 사마의가

"이는 너희들의 죄가 아니라 공명의 지모가 나보다 한 수 위이기 때문이다. 너희는 다시 군사를 거느리고 가서 옹성과 미성을 각각 지키되 결코 나가서 싸우려 마라. 내게 적을 깨뜨릴 계책이 있느니라."

하고 말한다.

두 사람은 절하여 하직하고 떠났다.

사마의는 장합과 대릉을 불러 분부하였다.

"이제 공명이 무도와 음평을 얻었으매 필연 백성을 어루만져 민

심을 안정시키려고 그리로 가서 영채에 있지 않을 것이다. 너희 두 사람은 각기 일만 정병을 거느리고 오늘 밤에 진병해서 촉병 영채의 뒤로 들어가 한 번 용맹을 뽐내서 일제히 들이치도록 해라. 나는 군사를 거느리고 앞에서 진 치고 있다가 촉병의 형세가 어지러워지기를 기다려 군사를 크게 몰아쳐 들어갈 것이매 양군이 힘을 합하면 촉병의 영채를 뺏을 수 있을 것이다. 만약에 이곳 산세만 얻고 보면 적을 깨뜨리기가 무에 어려우랴."

두 사람이 계책을 받아 군사를 거느리고 가는데, 대릉은 좌편으로 장합은 우편으로 각기 소로로 나가 촉병의 진지 뒤로 깊숙이 들어갔다.

삼경에 큰 길로 나와 양군이 서로 만나서 군사를 한곳에 합친 다음에 촉병의 배후로 짓쳐 들어갔다.

그러나 삼십 리를 채 안 가서 전군이 나가지를 않는다. 장합·대릉 두 사람이 친히 말을 달려가서 보니 마초 실은 수레 수백 대가 앞길을 막고 있는 것이다.

장합이

"이는 필시 준비가 있는걸세. 급히 길을 잡아 돌아가는 것이 좋겠네."

하고, 겨우 퇴군령을 내렸을 때 문득 산에 가득하게 화광이 비치며 북소리·각적소리가 크게 진동하더니 복병이 사면에서 일시에 나와 두 사람을 에워싼다.

공명이 산 위에서

"대릉과 장합은 내 말을 들어 보아라."

하고 큰 소리로 외친다.

"사마의는 내가 무도·음평으로 백성을 안무하러 가서 영채에 없을 줄로 생각하고 너희 두 사람을 시켜서 내 영채를 겁칙하러 오게 하였다마는 도리어 내 계책에 떨어지고 만 것이다. 너희들은 무명 하장이라 내 죽이지 않을 것이매 말에서 내려 빨리 항복하라."

장합은 크게 노해서 손을 들어 공명을 가리키며

"너는 한낱 산속의 촌놈으로서 우리 대국 지경을 범하며 어찌 감히 그런 수작을 하느냐. 내 만약에 너를 잡는 때에는 육시를 하고야 말 테다."

하고 꾸짖고 나자, 그는 바로 창을 꼬나 잡고 말을 달려 산 위를 바라고 짓쳐 올랐다.

그러나 산 위에서는 시석이 비 퍼붓듯 한다.

장합은 산 위로 올라가지 못하게 되자 곧 말을 몰아 창을 춤추며 겹겹이 에운 속을 헤치고 나갔다. 감히 그의 앞을 막는 자가 없다.

이때 촉병은 대릉을 한가운데 넣고 에워싸고 있었다.

장합은 먼저 온 길까지 짓쳐 나왔는데 대릉이 보이지 않는다.

그는 곧 용맹을 떨쳐서 몸을 돌이키자 다시 철통같이 에워싼 속을 헤치고 들어가서 대릉을 구해 가지고 밖으로 나왔다.

이때 공명은 산 위에서 장합이 천군만마 중에 왕래 충돌하는데 그 영용함이 배나 더한 것을 보자 좌우를 돌아보며

"내 일찍이 들으매, 장익덕이 장합과 크게 싸울 때 사람들이 모두 놀라고 두려워했다던데, 오늘에 보니 바야흐로 그 용맹을 알겠구먼. 만약 이 사람을 그대로 두었다가는 필연 촉중의 해가 될

것이매 내 마땅히 없애고 말리라."

하고 드디어 군사를 거두어 가지고 영채로 돌아갔다.

한편 사마의가 군사를 거느리고 나서서 진세를 벌려 놓고 촉병이 난동하기를 기다려서 일제히 치려 하는데 홀연 장합과 대릉이 낭패해서 돌아오더니

"공명이 미리 이처럼 방비하고 있어서 그만 크게 패하고 돌아오는 길이외다."

하고 고한다.

사마의는 깜짝 놀라

"공명은 참말 귀신같은 사람이로군. 어서 물러가느니만 못하겠다."

하고 즉시 영을 전해서 대군으로 하여금 모조리 본채로 돌아가게 한 다음 굳게 지키며 나오지 않았다.


이때 공명은 싸움에 크게 이겨 기기와 마필을 얻은 것이 수효를 셀 수 없게 많았다. 그는 대군을 거느리고 영채로 돌아갔다.

그 뒤로 공명은 매일 위연을 내보내서 싸움을 돋우게 하였다.

그러나 위병이 나오지 않아서 연달아 보름 동안이나 촉병은 한번도 싸워 보지 못했다.

공명이 바야흐로 장중에서 근심하고 있노라니까 문득 보하되 천자의 조서를 받들고 시중 비위가 이르렀다고 한다.

공명이 그를 영중으로 맞아 들여 분향 사배한 다음에 조서를 받으니 조서의 내용은 이러하다.

가정 싸움은 죄가 마속에게 있건만 그대가 자기 허물로 인정해 스스로 벼슬을 깎아 내리매 그대의 뜻을 거스르기 어려워 그대가 지키려 하는 바를 윤허했더니라.

그대 전년에는 군사의 위엄을 빛내서 왕쌍을 베었고 금년에는 나가서 싸워 곽회를 도망치게 했으며 저(氐)[1]·강(羌)을 항복받고 두 고을을 회복하여 흉포한 무리에게 위엄을 크게 떨쳤으니 그 공훈이 현연(顯然)하도다. 방금 천하가 소요하고 아직 원흉을 베지 못한 터에 그대가 대임을 받아 국가 중대사를 담당한 몸으로서 오랫동안 스스로 억누르고 있으니 이는 공업(功業)을 빛내는 바가 아니로다. 이제 그대로 다시 승상을 삼노니 그대는 사양하지 말지어다.


공명은 조서를 듣고 나자 비위를 향하여

"국사가 아직 이루어지지 않았는데 내 어찌 승상의 직을 다시 맡겠소."

하고 굳게 사양하여 받으려고 아니 하였다.

그러나 비위가

"승상께서 만약에 관직을 받지 않으시면 이는 성지를 거역하시는 것이요 또한 장졸의 마음을 섭섭하게 해 주시는 것이오니 우선 받으시는 것이 사리에 마땅하오리다."

하고 권하자 공명은 비로소 절하고 받았다. 비위는 하직하고 돌아갔다.

---

1) 옛날 서장(西藏) 방면에 있던 종족.

## 司馬懿　　사마의

| | |
|---|---|
| 開言崇聖典 | 언사로는 성현의 말씀을 받들고 |
| 用武若通神 | 용병에는 귀신과 통하는 듯하구나 |
| 三國英雄士 | 삼국의 영웅 같은 선비로 |
| 四朝經濟臣 | 네 조정을 거느린 신하였도다 |
| 屯兵驅虎豹 | 둔병에는 범과 호랑이를 모는 듯하고 |
| 養子得麒麟 | 자식 양육은 기린을 얻은 듯했다 |
| 諸葛常稱最 | 제갈공명이 항상 최고라 칭했는데 |
| 能廻天地春 | 천지에 새 세상을 돌려놓았네 |

공명은 사마의가 나오지 않는 것을 보자 속으로 한 계책을 생각하고 각처로 영을 전해서 모두 영채를 빼어 가지고 물러가게 하였다.

　당연히 세작은 사마의에게 공명이 퇴군했다고 보하였다.

　사마의가 듣고서

　"공명이 반드시 큰 꾀가 있을 것이니 경망되게 동하지 못하느니라."

하고 말하니, 장합이 있다가

　"이는 필시 군량이 떨어져서 돌아가는 것일 터인데 어찌하여 쫓지 않습니까."

하고 묻는다.

　그러나 사마의는

　"내 요량컨대 공명이 지난해에 수확이 많았던 데다가 이제 보리가 또 익어서 양초가 풍족할 것이니 비록 운반하기는 좀 힘이 들지만 그래도 반년은 이래저래 댈 수 있을 터인데 어찌 곧 물러갈 리가 있을까. 이는 내가 연일 싸우러 나오지 않는 것을 보고 제가 짐짓 이 계책을 써서 나를 꾀는 것이매 사람을 보내서 멀리 초탐해 보는 것이 좋겠지."

하고 군사를 시켜서 탐지해 오게 하였다.

　이윽고 군사가 돌아와 보하되

　"공명이 예서 삼십 리를 나가 하채하고 있소이다."

한다.

　사마의는

　"내 요량했던 대로 과연 공명이 달아난 것이 아니야. 아직 채책을 굳게 지키고 경망되게 나아가지 않는 것이 좋다."

하고 말하였다.

　그로써 열흘이 지났는데 아무 소식이 없고 또 촉장이 와서 싸움을 청하는 것도 보지 못하겠다.

　사마의가 다시 사람을 보내서 알아 오게 하였더니 돌아와서 보하는데

　"촉병이 이미 영채를 빼 가지고 물러가 버렸소이다."

한다.

　사마의는 그 말을 믿지 않고 이에 옷을 갈아입고 군사들 틈에 한데 끼어서 친히 적정을 살피러 갔다. 과연 촉병이 또 삼십 리를 물러나가서 하채하고 있었다.

　사마의는 영채로 돌아오자 장합을 보고

　"이것은 공명의 계책이야. 뒤를 쫓아서는 아니 되지."

하고 말하였다.

　또 열흘이 지나자 다시 사람을 보내서 초탐하게 하였다.

　돌아와서 보하는 말이

　"촉병이 또 삼십 리를 물러나가서 하채했소이다."

한다.

　장합이 있다가 또 말하였다.

　"공명이 완병계(緩兵計)[2]를 써서 차츰차츰 한중으로 물러가고 있는데 도독은 어찌하여 의혹을 품고 쫓으려 아니 하십니까. 내 한 번 가서 싸움을 결단하고 싶소이다."

---

2) 적의 진공(進攻)을 늦추기 위해서 쓰는 계책.

사마의는 듣지 않는다.

"공명이 궤계가 심히 많으니 만일에 실수가 있다가는 우리 군사의 예기를 손상하게 된다. 경솔하게 나가서는 아니 되지."

그래도 장합은 고집하였다.

"내가 가서 만약에 패한다면 군령을 달게 받사오리다."

사마의는 마침내

"네가 기어이 가겠으면 군사를 둘로 나누어서, 일지병은 네가 거느리고 먼저 가되 반드시 힘을 다해 죽기로써 싸우라. 내가 뒤를 따라 접응해서 복병을 막기로 하겠다. 네 내일 먼저 나가기로 하는데, 중로에 이르러 군사를 둔쳤다가 다음 날 싸워 군사들로 지치지 않게 하라."

하고 군사를 둘로 나누었다.

이튿날이다.

장합과 대릉은 부장 수십 명과 정병 삼만을 거느리고 바로 기세당당하게 먼저 떠나 중로에 이르러 하채하였다.

사마의는 허다한 군사들을 남겨 두어 영채를 지키고 있게 하고 다만 오천 정병만 거느리고 뒤를 따라 나아갔다.


원래 공명은 가만히 사람을 시켜서 적의 동정을 살피게 했으므로 위병이 중로에서 쉬고 있는 것을 알았다.

이날 밤 공명은 여러 장수들을 불러서

"이제 위병이 뒤를 쫓아오니 필연 죽기로써 싸우려 할 것이라, 너희들은 모름지기 하나가 열을 당하도록 하라. 내 복병으로써 적의 돌아갈 길을 끊으려 하거니와 지모와 용맹을 겸한 장수가 아니고는 이 소임을 감당하지 못할 것이다.”

하고 말을 마치며 슬쩍 위연을 돌아보았다.

　그러나 위연은 머리를 숙이며 아무 말이 없고, 왕평이 나서서

　“제가 한 번 맡아서 하고 싶소이다.”

하고 말한다.

　공명은 한마디

　“만약 실수함이 있으면 어찌 하려느냐.”

하고 묻고, 왕평이

　“그때는 군령을 당하겠소이다.”

하고 말하자, 공명은 탄식하며

　“왕평이 몸을 돌보지 않고 친히 시석을 무릅쓰려 하니 참으로 충신이로다. 비록 그러하나 위병이 양지로 나뉘어 전후해 와서 우리 복병을 중간에 넣고 끊을 것이니 왕평이 설사 지모와 용맹이 있다 하더라도 한 머리만 맡을 수 있지 어떻게 몸을 둘로 나누어서 두 곳을 당하겠느냐. 모름지기 또 한 장수를 얻어서 같이 가게 해야만 하겠으나 다만 군중에 목숨을 내어 놓고 앞을 설 사람이 다시없으니 어찌하랴.”

하고 말하는데 그 말이 미처 끝나지 않아서 한 장수가 나서며

　“제가 가겠습니다.”

한다.

　공명이 보니 바로 장익이다.

　공명은 말하였다.

　“장합으로 말하면 위국 명장으로서 만부부당지용이 있는 터이니 네 그의 적수가 아니다.”

장익이 말한다.

"만약에 일을 그르치는 일이 있으면 제 머리를 장하에 바치겠습니다."

공명은 영을 내렸다.

"네 이미 감히 가겠으면 왕평으로 더불어 각기 일만 정병을 거느리고 산곡 중에 매복하고 있되, 위병이 우리 뒤를 쫓아오거든 다 지나가게 한 다음에 너희들은 각기 복병을 끌고 그 뒤를 엄살하도록 하며, 만약에 사마의가 뒤미처 쫓아오거든 군사를 두 머리로 나누어, 장익은 일군을 거느려 후대를 맡고 왕평은 일군을 거느려 전대를 끊고 치는데, 양군이 모두 죽기로 싸우면 내 따로 계책을 써서 너희를 돕도록 하겠다."

두 사람이 계책을 받아 군사를 거느리고 가자 공명은 또 강유와 요화를 불러서 분부하였다.

"내 너희 두 사람에게 금낭 하나를 줄 것이매 삼천 정병을 거느리고 앞산 위에 가서 기를 쥐고 북을 그치고 매복해 있다가 만일에 위병이 왕평과 장익을 에워싸고 쳐서 매우 위급하거든, 구태여 구원하러 갈 것이 없고 다만 금낭을 끌러 보면 그 안에 위급함을 구할 계책이 있느니라."

두 사람이 계책을 받아 군사를 거느리고 가자 공명은 또 오반·오의·마충·장의 네 장수를 불러 귀에다 대고 가만히 분부하였다.

"만일 내일 위병이 이르면 예기가 한창 성할 것이라 바로 맞지를 말고 일변 싸우며 일변 달아나되, 다만 관흥이 군사를 거느리고 와서 적진을 훑는 것을 보는 대로 너희들은 곧 군사를 돌려서 들이쳐라. 그러면 내게 또 접응해 줄 군사가 있느니라."

네 장수가 계책을 받아 군사를 거느리고 가자 공명은 또 관흥을 불러서 분부하였다.

"너는 오천 정병을 거느리고 산골짜기에 매복해 있다가 산 위에서 홍기를 흔드는 것만 보거든 곧 군사를 끌고 나가서 적을 쳐라."

관흥은 계책을 받아 군사를 거느리고 갔다.


이때 장합과 대릉이 군사를 거느리고 짓쳐 나오는데 그 형세가 바로 풍우 같다.

마충·장의·오의·오반의 네 장수가 나와서 맞아 싸우니 장합이 대로하여 군사를 휘몰아친다.

촉병은 일변 싸우며 일변 달아났다.

위병이 그 뒤를 쫓아서 이십여 리나 갔는데 때마침 유월 염천이라 더위가 혹심해서 사람이나 말이나 모두 땀이 비 오듯 한다.

그대로 줄곧 달려 오십 리 밖에 이르러는 위병들이 모두 숨이 가빠서 헐떡였다.

이때 공명이 산 위에서 홍기를 잡고 한 번 휘두르자 관흥이 군사를 거느리고 짓쳐 나갔다.

마충 이하 네 장수가 일제히 군사를 돌려 엄살한다.

그러나 장합·대릉은 죽기로써 싸워 한 걸음도 물러나지 않았다.

그러자 홀지에 함성이 크게 진동하며 양로군이 짓쳐 나오니 바로 왕평과 장익이라 각기 용맹을 떨쳐 위병의 돌아갈 길을 끊고 몰아친다.

장합은 수하 장수들을 돌아보고 큰 소리로 외쳤다.

"너희들이 이에 이르러 죽기로써 한 번 싸움을 결단하지 않고 다시 어느 때를 기다리려 하느냐."

위병은 죽을힘을 다해 들이쳤다. 그러나 포위를 뚫지 못하는데 이때 홀연 배후에서 북소리 · 각적소리가 하늘을 흔들며 사마의가 몸소 정병을 영솔하고 들이닥쳤다.

사마의는 들어오는 길로 수하 장수들을 지휘해서 왕평과 장익을 가운데 넣고 에워싸 버렸다.

장익은 큰 소리로 외쳤다.

"승상은 참으로 신령 같으신 분이다. 계책을 미리 세워 놓으셨으니 반드시 좋은 꾀가 있을 것이다. 우리는 죽기로써 한 번 결전하는 것이 마땅하리라."

즉시 군사를 두 길로 나누어서, 왕평은 일군을 거느려 장합과 대릉을 막아서 싸우고, 장익은 일군을 거느려 힘을 다해서 사마의를 대적한다.

이쪽 머리나 저쪽 머리나 다들 죽기로 싸우니 함성이 하늘에 가 닿는다.

이때 강유와 요화가 산 위에서 바라보고 있노라니까 위병의 형세는 크고 촉병은 힘이 진해서 점점 당해 내지 못하는 형편이다.

강유는 요화를 돌아보며

"이렇듯 위급하니 금낭을 끌러 계책을 봅시다."

하고 두 사람이 꺼내서 보니, 그 속에 씌어 있기를

"만약에 사마의가 군사를 거느리고 와서 왕평과 장익을 에워 그 형세가 자못 급하거든, 너희 두 사람은 군사를 두 길로 나누어서 오직 사마의의 영채를 엄습하도록 하라. 사마의가 필연 급히 군사를 물려 돌아갈 것이니 너희가 그 혼란한 틈을 타서 치면 영채는 비록 빼앗지 못하더라도 가히 전승을 얻을 수 있으리라." 하였다.

두 사람은 크게 기뻐하여 즉시 군사를 두 길로 나누어 곧장 사마의의 영채를 엄습하러 갔다.

원래 사마의는 공명의 계책에 떨어질까 두려워서 연로(沿路)에 사람들을 두어 쉬지 않고 소식을 전하게 해 두었다.

사마의가 한창 싸움을 재촉하고 있을 때 홀연 유성마가 나는 듯이 보하는데, 촉병이 양로로 나뉘어 마침내 대채를 취하러 갔다고 한다.

사마의는 대경실색해서 여러 장수들을 보고

"내 공명에게 계책이 있을 줄을 알건만 너희들이 믿지 않으므로 할 수 없이 쫓아왔더니 이처럼 대사를 그르치고 말았구나." 하고 즉시 군사를 이끌고 급히 돌아갔다.

군심이 황황해서 함부로 달린다. 장익은 뒤에서 그대로 몰아쳤다. 위병은 크게 패하였다.

장합과 대릉이 저희의 형세가 고단한 것을 보고 역시 산벽 소로를 바라고 달아나서 촉병은 크게 이겼다.

배후에서 관흥이 군사를 거느리고 제로병을 접응한다.

사마의는 한 진을 크게 패하고 말았는데, 급히 달려 자기 대채로 들어갔을 때는 촉병이 이미 돌아가 버린 뒤였다.

사마의는 패군을 수습한 다음에 장수들을 준열히 꾸짖었다.

"너희들이 병법을 모르고 그저 혈기지용만 믿고서 억지로 나가 싸우려고 하더니 그예 이처럼 패를 보았구나. 이 뒤로는 아예 망동하는 것을 허락하지 않을 것이니 다시 영을 준수하지 않는 자가 있으면 반드시 군법으로써 다스릴 것이다.”

여러 장수들은 다 부끄러운 빛을 띠고 물러갔다.

이 싸움에서 위군의 죽은 자가 극히 많았고 버린 마필과 기기들이 무수하였다.


한편 공명이 싸움에 이긴 군사들을 거두어 영채로 들어가자, 다시 기병해서 나아가려 하는데 홀연 보하되

“성도로부터 온 사람이 말하옵는데 장포가 세상을 떠나고 말았다 하옵니다.”

한다.

공명은 이 말을 듣자 목을 놓아 통곡하며 입으로 피를 토하고 땅에 혼절해 버렸다.

여러 사람이 구호해서 다시 깨어났으나 공명은 이로부터 병을 얻어서 자리보전을 하고 눕게 되었다.

장수들은 공명이 그처럼이나 부하의 죽음을 애통해하는 것을 보고 감격해하지 않는 사람이 없었다.

후세 사람이 탄식해서 지은 시가 있다.


　　　장포는 나라 위해 공 세우려 하였건만
　　　하늘은 어이하여 영웅을 안 돕나.
　　　서쪽 하늘 바라보며 공명은 통곡한다
　　　국궁진췌하려 해도 날 도울 이 없었구나.

큰 별 하늘로 돌아가다

그로써 한 열흘 지나 공명은 동궐과 번건의 무리를 장중으로 불러들여

"내가 정신이 혼몽해서 일을 다스릴 수 없으니 우선 한중으로 돌아가서 병을 조리하고 다시 좋을 도리를 차리느니만 못할 것 같으이. 자네들은 아예 이 말을 누설해서는 아니 되니 사마의가 만약에 아는 날에는 제 반드시 치러 올 것일세."

하고 분부한 다음에 드디어 호령을 전해서 그날 밤으로 아무도 모르게 영채를 빼어 가지고 대군이 모두 한중으로 돌아가 버렸다.

공명이 가 버린 지 닷새가 지나서야 사마의는 비로소 이것을 알고

"공명은 참으로 신출귀몰하는 계책이 있구나. 내 능히 미치지 못하리로다."

하고 길이 탄식하였다.

이에 사마의는 여러 장수들을 영채 안에 남겨 두어 군사를 나누어서 각처 애구를 지키게 하고 자기는 군사를 돌려 낙양으로 돌아갔다.


한편 공명은 대군을 한중에 둔쳐 놓고 병을 조리하러 성도로 돌아갔다.

문무 관료들이 성 밖에 나와 영접해서 승상 부중으로 들어가니 후주는 연을 타고 친히 와서 문병하고 어의에게 명하여 약을 쓰게 하였다.

공명의 병은 나날이 조금씩 나아갔다.

건흥 팔년 추칠월에 위 도독 조진이 병이 나아 이에 표문을 올려서 아뢰기를

"촉병이 수차 지경을 넘어서 번번이 중원을 범하오니 만약에 초멸하지 않사오면 반드시 후환이 되오리다. 이제 때는 마침 가을이라 일기가 서늘하고 인마가 평안하며 한가해서 바야흐로 정벌할 만하오니 신은 바라옵건대 사마의로 더불어 대군을 영솔하고 바로 한중으로 들어가서 간사한 무리를 섬멸하여 변경을 소청하려 하나이다."

하였다.

위제가 크게 기뻐하여 시중 유엽에게

"자단이 짐에게 권해서 촉을 치라 하는데 어떠할꼬."

하고 물으니, 유엽이

"대장군의 아뢰는 바가 옳소이다. 이제 만약에 초멸하지 않사오면 뒤에 반드시 대환이 되오리니 폐하께서는 곧 행하심이 옳을까 하나이다."

하고 아뢴다.

조예는 고개를 끄덕이었다.

유엽이 궐내에서 나와 자기 집으로 돌아가자 여러 대신들이 찾아와서

"들으니 천자께서 공으로 더불어 군사를 일으켜 촉을 칠 일을 의논하셨다 하는데, 이 일이 어떻겠소."

하고 묻는다.

유엽이 그 말에 대답하여

"그런 일이 없소. 촉 땅은 산천이 험해서 용이하게 도모할 수가

없으니 부질없이 군사들만 수고스럽게 할 뿐이지 국가에 유익함이 없소."

하니 여러 관원들은 다 묵연히 돌아가 버렸다.

양개가 궁중에 들어가서 아뢰었다.

"어제 유엽이 폐하께 권해서 촉을 치시라고 했사온데 오늘은 여러 신하들을 대하여 쳐서는 아니 된다고 또 말을 했다고 하오니 이는 폐하를 기망하는 것이옵니다. 폐하께서는 한 번 부르셔서 물어보심이 가할까 하나이다."

조예는 그 즉시 유엽을 궁중으로 불러들여서 물었다.

"경이 짐에게 촉을 치라고 권하고 이제 또 불가하다고 말함은 어쩐 일이뇨."

유엽이 아뢴다.

"신이 자세히 생각해 보매 촉을 치는 것은 역시 불가하옵니다."

조예는 어이가 없어 크게 웃었는데, 조금 지나서 양개가 궁중에서 물러나가자 유엽은 정중히 아뢰었다.

"신이 어제 폐하께 권하여 촉을 치시라고 한 것은 곧 국가의 대사인데 어찌 함부로 사람들에게 누설할 법이 있사오리까. 대저 '병자(兵者)는 궤도(詭道)'[3]라, 일을 아직 일으키기 전에는 꼭 감추어 두고 말을 내지 말아야 하는 것이옵니다."

그제야 조예는 깨닫고

"경의 말이 옳도다."

하고 이로부터 더욱 그를 공경하며 중히 알았다.

---

3) 군사 일이란 사람을 속이는 무정한 길이란 뜻.

그로써 열흘이 못 되어 사마의가 입조하였다. 위제가 조진이 표주한 일을 일일이 이야기하니 듣고 나서 사마의가

"신이 요량하옵건대, 동오에서 아직은 감히 군사를 동하지 못하올 것이매 오늘 바야흐로 이 틈을 타서 촉을 치는 것이 가할까 하나이다."

하고 아뢴다.

조예는 즉시 조진으로 대사마 정서대도독을 삼고 사마의로 대장군 정서부도독을 삼고 유엽으로 군사를 삼았다.

세 사람은 위제에게 하직을 고한 다음에 사십만 대병을 거느리고 장안에 이르러 그곳에서 바로 검각(劍閣)으로 나가서 한중을 취하기로 하고, 그 밖에 곽회와 손예의 무리도 각기 길을 잡아 나아갔다.

한중 사람이 이 일을 성도에다 보하였다.

이때 공명은 병이 아주 나은 지 오래라 매일 군사를 조련하며 팔진법을 가르쳐 모두 숙달해서 장차 중원을 취하려 하던 차에 이 소식을 들은 것이다.

공명은 드디어 장의와 왕평을 불러서 분부하였다.

"너희 두 사람이 먼저 일천 병을 거느리고 가서 진창 고도를 지켜 위병을 막고 있으면 내 대병을 영솔하고 곧 가서 접응하마."

두 사람이 고한다.

"사람이 보하기를, 위군이 사십만인데 거짓 팔십만이라 하며 성세가 심히 크다고 하옵는데 어떻게 단지 일천 병을 주시면서 애구를 가서 지키라 하십니까. 그랬다가 혹시 위병이 크게 이르

기나 하면 무슨 수로 막으오리까."

공명이 말한다.

"내가 많이 주고 싶어도 군사들이 신고할 것이 두려워 그런다."

장의와 왕평이 면면상고하며 다들 감히 가려 들지 않는다.

공명이 다시

"혹시 실수함이 있다 하더라도 너희들의 죄는 아니니 여러 말을 할 것 없이 빨리들 가거라."

하고 말하니, 두 사람이 또

"승상께서 저희 두 사람을 죽이겠으면 이 자리에서 죽여 주십시오. 저희들은 죽어도 감히 못 가겠습니다."

하고 사뭇 애원을 한다. 공명이 웃으며 말하였다.

"어찌도 그리들 어리석으냐. 내가 너희들더러 가라 함은 주견이 있기 때문이니, 내 간밤에 천문을 보매 필성(畢星)이 태음 분야를 범해서 이 달 안으로 반드시 큰 비가 줄기차게 내릴 것이라, 위병이 비록 사십만이 있다기로 어찌 감히 험한 산중으로 깊이 들어오겠느냐. 이러므로 내가 군사를 많이 써서 해를 받지 않으려 하는 것이다. 내 대군을 다 한중에다가 두어 한 달 동안은 편히 있게 하고 위병이 물러가기를 기다려서 그때에 대병으로 들이치려는 것이라, 이일대로(以逸待勞)하면 우리 십만 병이 능히 위병 사십만을 이길 수 있으리라."

듣고 나자 두 사람은 비로소 크게 기뻐하여 절하여 하직하고 떠났다.

공명은 드디어 대군을 통솔하고 한중으로 나가 각처 애구에 영을 돌려서, 땔나무와 말 먹일 풀과 양식을 한 달 동안 인마가 쓰고 남을 만큼 예비하여 장마 치를 준비를 하고, 군사들에게 한을 한 달 늦추어 주며 의복과 양식을 선급해서 출정할 날을 기다리게 하였다.

한편 조진과 사마의가 함께 대군을 영솔하고 바로 진창성에 이르러 보니 성내에 집이라고는 단 한 채가 없다. 이 고장 사람을 불러서 물어보니 다들 말하는데, 공명이 돌아갈 때 불을 놓아 모두 태워 버렸다고 한다.

조진은 이왕 나선 김이라 앞으로 나아가려 하니, 사마의가

"경선히 나아가서는 아니 되리다. 내가 밤에 천문을 보매 필성이 태음 분야를 범하고 있으니 이달 안에 반드시 큰 비가 내릴 것이외다. 만약에 중지에 깊이 들어갔다가, 항상 이기면 좋겠지만 혹시 실수가 있고 보면 인마가 고생을 하고 퇴군하기도 어렵게 될 터이니 성중에 초막들을 지어 놓고 인마를 둔찰해서 늦장마를 치르도록 하는 것이 좋겠소이다."

하고 말해서, 조진은 그의 말을 좇았다.

보름이 못 가서 큰 비가 내리기 시작하더니 연일 퍼부어 그치지 않는다.

진창성 밖에 평지에 수심이 삼 척이라 병장기들이 모두 젖고 사람들은 잠을 못 자며 주야 불안 중에 지내야 한다.

장마가 삼십 일을 계속하매 말들은 꼴이 없어 무수하게 죽어 가고, 군사들의 입에서는 원망하는 소리가 끊이지 않았다. 이 소식이 낙양에 전해지자 위제는 단을 모아 놓고 기청제(祈晴祭)[4]를 지냈으나 아무 보람이 없다. 이때 황문시랑 왕숙이 상소하니 그

내용은 다음과 같다.

옛글에 이르기를 '천 리 밖에서 양식을 날라다 먹으매 군사들 낯에는 주린 빛이 있고, 나무를 해다가 불을 지펴 밥을 지으니 군사들은 잠을 편히 못 자며 배부를 수 없도다'라고 하였사온데 이는 평지의 행군을 말한 것이오니 항차 산천이 험한 땅으로 깊이 들어가서 일변 길을 내며 행군하는 것이야 그 고생스러움이 반드시 백 배나 더 하오리다. 이제 거기다 또 장마가 크게 져서 산언덕은 험하고 매끄러우며, 군사들은 한데 몰려 기를 펴지 못하고 군량 길은 멀어서 끼니를 잇기 어려운 형편이라면 이는 실로 행군에서 크게 꺼리는 바이옵니다.

들자오매 조진이 떠난 뒤로 이미 달이 넘었사온데 이제 겨우 중로에 이르러 길이 막혀서 길닦이와 그 밖의 고역을 군사들이 다 하고 있다 하오니 이는 적으로 하여금 편히 앉아 우리의 수고로움을 기다리게 하는 것이라, 바로 병가에서 크게 기(忌)하는 바로소이다.

전대의 예를 들어 말씀하오면 무왕께서 주(紂)를 치시려고 관을 나가셨다가 다시 돌아오셨으며, 근자의 일을 가지고 논하오면 무제와 문제께오서 손권을 치러 나가셨다가 장강에 임하시어 건너시지 않으셨으니, 이 어찌 하늘에 순종하며 때를 알아서 임기응변에 통한 것이 아니오리까.

바라옵건대 폐하께서는 이 장마 통에 고생들이 막심하온 하

---

4) 장마가 크게 져서 피해가 심할 때 날이 개기를 빌어 지내는 제사. 영제(禜祭)라고도 한다.

정을 살피시어 군사들을 쉬게 하시옵고, 후일에 적에게 허한 틈이 있사옵거든 그때를 타셔서 저들을 쓰시도록 하소서. 이 이른바 '진심으로 기꺼이 위태함을 무릅쓰고 백성이 그 죽는 것을 돌아보지 않는다'라는 것이로소이다.

위제가 표문을 보고 얼른 결단을 못하고 있는데, 뒤를 이어 양부와 화흠이 또한 상소해서 간한다.

위제는 곧 조서를 내리고 사자로 하여금 가서 조진과 사마의를 불러 돌아오게 하였다.

한편 조진은 사마의로 더불어 상의하였다.

"이제 장마가 한 달이나 계속되어 군사들이 싸울 마음이 없고 다들 돌아갈 생각만 하고 있는데 이것을 어떻게 금한단 말이오."

사마의가 말한다.

"회군하느니만 못할까 보이다."

조진은 다시 물었다.

"만일에 공명이 쫓아오면 어떻게 물리치려오."

사마의가 대답한다.

"먼저 양군을 매복해 놓아 뒤를 끊은 다음에야 가히 퇴군하오리다."

한창 의논하고 있을 때 홀연 사신이 조서를 받들고 내려왔다. 두 사람은 드디어 전대로 후대를 삼고 후대로 전대를 삼아 서서히 물러갔다.

한편 공명은 장마가 꼭 한 달 계속될 것을 계산하여 날이 미처 들기 전에 친히 일군을 거느리고 성고에 가서 둔치고 또 영을 전해서 대군은 적에 모여 둔찰하게 했는데, 이때 공명이 장상에 올라 여러 장수들을 불러 놓고

"내 헤아리건대 위제가 필시 조진과 사마의에게 조서를 내려 회군하게 했으리니 위병은 반드시 달아날 것이다. 그러나 내 만약 뒤를 쫓으면 저희에게 필연 준비가 있을 것이라 차라리 그냥 가게 버려두고 다시 좋을 도리를 차리느니만 못할 것이다."

하고 말하는데 문득 왕평에게서 사람이 와서 보하되, 위병이 이미 회군해 갔다고 한다.

공명은 온 사람에게 분부해서 왕평에게 가 전하게 하되

"뒤를 쫓지 마라. 내게 스스로 위병을 깨뜨릴 계책이 있느니라."

하였다.

위병이 제아무리 매복하고 기다리나
한 승상 꾀가 많아 아니 쫓는 걸 어이하리.

공명이 어떻게 위병을 깨뜨리려 하는고.

촉병은 영채를 겁칙하여 조진을 깨뜨리고
무후는 진법을 다투어 중달을 욕보이다

| *100* |

여러 장수들은 공명이 위병을 쫓지 않는 것을 보고 모두 장중
으로 들어가

"위나라 군사들이 장마에 부대껴서 능히 둔찰해 있지 못하고,
이로 인해 돌아가오니 형세를 타 뒤를 쫓기가 아주 좋사온데 승
상께서는 어찌하여 쫓지 않으십니까."
하고 물으니, 공명이 이에

"사마의가 용병에 능하니 이제 퇴군해 가매 반드시 군사를 매
복해 두었을 것이라, 우리가 만약에 뒤를 쫓는다면 바로 저의 계
책에 빠지고 마는 것이다. 그러므로 차라리 저희들을 멀리 가게
내버려두어 아무 방비가 없이 한 뒤에 우리는 군사를 나누어 야
곡으로 나가서 기산을 취하느니만 못하느니라."
하고 대답한다.

여러 장수들은 다시 물었다.

"장안 땅을 취하기 위해서는 따로 길들이 있는 터에, 승상께서는 오직 기산만 취하시니 이는 어인 연고이오니까."

공명이 대답한다.

"기산은 곧 장안의 머리라, 농서 제군에서 만일 오는 군사가 있으면 반드시 이곳을 경유해야 하고, 또 겸하여 앞으로는 위수 가에 임하고 뒤로는 야곡을 의지하여 좌편으로 나가고 우편으로 들어와 가히 군사를 매복할 만하니 곧 용무할 땅이라, 그래서 내 이곳을 먼저 취해서 지리(地利)를 얻고자 함이다."

여러 장수들은 모두 배복하였다.

공명은 위연·장의·두경·진식으로 하여금 기곡으로 나아가고, 마대·왕평·장익·마충으로는 야곡으로 나가 모두 기산에 모이도록 하라 분별하기를 마치자, 자기는 몸소 대군을 영솔하고 관흥과 요화로 선봉을 삼아 그 뒤로 나아갔다.

한편 조진·사마의 두 사람이 뒤에서 인마를 감독하며 일군(一軍)을 진창 고도로 들여보내서 알아보게 하였더니 돌아와 보하는데 촉병이 오지 않았다고 한다.

그로써 다시 길을 가기 열흘쯤 해서, 뒤에 남아 매복하고 있었던 장수들이 모두 돌아와서 하는 말이, 촉병은 전혀 소식도 없다고 한다.

그 말을 듣고 조진이

"연일 가을비가 내려 잔도(棧道)[1]가 다 끊어졌을 테니 촉병이 우

---

1) 산속 험하고 위태로운 곳에 나무를 달아서 사람이 통행할 수 있도록 해 놓은 길.

리가 퇴군한 것을 어찌 알리요.”

하고 말하는데, 사마의가 있다가

　“촉병이 이제 뒤에서 나올 것이외다.”

하고 한마디 해서, 그는

　“어떻게 아시오.”

하고 물었다.

　사마의가 말한다.

　“연일 날이 청명한데 촉병이 뒤를 쫓지 않는 것은 우리에게 복병이 있는 줄을 짐작하기 때문이라, 그래 우리 군사가 멀리 가게 두어 두고는 우리가 다 지나가 버리기를 기다려서 저희는 기산을 뺏으려는 것이외다.”

　그러나 조진은 그 말을 믿지 않고서 사마의가 다시

　“자단은 어찌하여 믿지 않으십니까. 나는 공명이 반드시 야곡과 기곡 두 골짜기로 해서 오리라 요량하고 있으니, 우리가 각기 골짜기 하나씩을 맡아서 지키되 열흘 한을 하기로 하고 그 안에 만약 촉병이 오지 않거든 내 얼굴에 분 바르고 연지 찍고 계집 입는 옷을 입고 영중에 와서 법대로 죄에 복종하오리다.”

하고 말하자,

　“그럼 만약에 촉병이 열흘 안에 오거든 나는 천자께서 하사하신 옥대 한 개와 어마(御馬) 한 필을 공에게 드리겠소.”

하고 말하였다.

　이리하여 곧 군사를 두 길로 나누어서, 조진은 기산 서쪽 야곡에 군사를 둔치고 사마의는 기산 동쪽 기곡에 군사를 둔쳐 각기 영채를 세웠다. 사마의는 먼저 일지병을 산곡간에 매복해 놓고 그 나머지 군마는 각각 요로에 포치한 다음 군사 복색을 하고 뭇 군사들 틈에 끼어서 각 영채를 차례로 돌아보는데, 문득 한 영채에 이르러 보니 편장 하나가 하늘을 우러러 원망해 하는 말이

"그처럼 오래 장마를 겪고서도 돌아가려고는 하지 않고 이제 또 여기가 주저앉아서 굳이 내기를 하자고 하니 군사들만 죽어나지 않나."

한다.

사마의는 그 말을 듣고 자기의 영채로 돌아오자 장상에 올라 모든 장수들을 불러들였다. 그리고 모두 장하에 이르자 그 편장을 끌어내어 그는 톡톡히 꾸짖었다.

"조정에서 삼 년을 두고 군사를 기르기는 한때 쓰기 위함인데 네 어찌 감히 원망하는 말을 내어 군심을 태만하게 하는고."

그 장수는 처음에 불지 않았다. 그러나 사마의가 저와 함께 있던 자를 불러내서 대질을 시키자 그는 더 뻗대지 못했다.

사마의는 그에게 말했다.

"나는 내기를 하자는 게 아니라 촉병을 이겨 너희들 각자로 하여금 공을 세워 가지고 서울로 돌아가게 해 주자는 것인데, 네가 함부로 원망하는 말을 내서 화를 자취하고 말았구나."

곧 무사를 꾸짖어 끌어내어다가 목을 베라 하니 얼마 지나지 않아서 무사가 수급을 장하에 갖다 바친다.

모든 장수들이 두려워서 몸을 소스라뜨리는데, 사마의는 그들에게 말하였다.

"너희들 모든 장수는 마음을 다해서 촉병을 막되 중군에서 포가 울리거든 사면에서 일제히 나가도록 하라."

여러 장수들은 명령을 받고 물러갔다.


한편 위연·장의·진식·두경의 네 장수는 이만 병을 거느리고 기곡을 향해서 나아갔는데, 한창 행군하는 중에 홀연 참모 등지가 왔다고 해서 네 장수가 그의 온 까닭을 물으니

"승상이 영을 내리시되, 만일 기곡으로 나가거든 위병의 매복을 방비해서 경선히 나아가지 말도록 하라 하셨소."

하고 등지가 말한다.

듣고 나자 진식이

"승상이 군사를 쓰시는데 어찌 이리 의심이 많으신고. 내 생각에는 위나라 군사들이 그간 연일 장마에 옷과 갑옷을 다 망치고 필연 급히 돌아갔을 텐데 무슨 매복이 또 있으리란 말인고. 이제 우리 군사가 배도해서 나아가면 한 번 크게 이길 텐데 어째서 또 나가지 말라 하시노."

하고 말한다.

등지는 타일렀다.

"승상의 계책이 맞지 않는 것이 없고 그 꾀하시는 바가 이루어지지 않는 것이 없는데 그대는 어찌하여 감히 영을 어기려 하나."

그러나 진식은 웃으며

"만약에 승상이 과연 꾀가 많다면 아마 가정에서 패를 보지는 않았을걸."

하고 말하고, 그 말에 위연이 전일에 공명이 저의 계책을 들어 주지 않은 일을 생각해 내고 또한 웃으면서

"만약에 승상이 내 말을 들어 바로 자오곡으로 나갔으면 그때

장안은 말할 것도 없고 낙양까지도 다 얻었을걸. 이제 한 곳으로 기산으로만 나가려 들지만 무슨 유익함이 있단 말인고. 그리고 한 번 나가라 해 놓고서 이제 또 나가지 말라고 하니 어찌 이처럼 호령이 분명하지가 못한고."

하고 맞장구를 치자, 진식은 다시

"내게 오천 병이 있으니까 바로 기곡으로 나가 먼저 기산에 가서 하채하고 승상이 부끄러워하나 아니 하나 한 번 봐야지."

하고 말하는 것이다.

등지는 재삼 못 가게 막았으나 진식은 끝내 듣지 않고 바로 오천 병을 거느리고 기곡으로 나가 버렸다.

등지는 급히 말을 달려 이 사연을 공명에게 보하는 수밖에 없었다.


이때 진식이 군사를 거느리고 나가는데 몇 리를 가지 않아서 홀연 호포소리가 한 번 크게 울리며 사면에서 복병이 일시에 내닫는다.

진식이 급히 뒤로 물려나려 할 때 위병이 골 어귀를 꽉 막고 철통같이 에워싸 버렸다.

진식은 좌충우돌하였다. 그러나 능히 벗어나지 못한다.

그러자 이때 문득 함성이 크게 진동하며 한 떼의 군사가 짓쳐들어오니 이는 곧 위연이라, 진식을 구해 내어 골짜기 안으로 돌아갔는데 오천 명 군사에서 겨우 남았다는 것이 사오백 명 상처 입은 인마뿐이다.

이때 등 뒤에서 위병이 쫓아 들어왔다.

그러나 두경과 장의가 군사를 이끌고 와서 접응하자 위병은 비로소 물러가 버렸다.

진식·위연 두 사람은 비로소 공명이 앞일을 귀신처럼 내다보고 있다는 것을 알고 못내 후회하였으나 때는 이미 늦었다.

한편 등지가 공명을 돌아가 보고 위연과 진식이 그렇듯 무례함을 이야기하니 공명이 듣고 웃으며 말한다.

"위연이 본디 반상(反相)[2]이라, 매양 제가 불평한 뜻을 품고 있음을 내 알고 있으면서도 다만 그 용맹이 아까워서 쓰고 있거니와, 그러나 뒷날에 반드시 화가 있을 것이다."

막 이렇듯 이야기하고 있을 때, 홀연 유성마가 들어와서 보하되, 진식이 수하 군사 사천여 명을 잃고 겨우 사오백 명 상처 입은 인마를 데리고서 기곡 안에 둔치고 있다 한다.

공명은 등지로 하여금 다시 기곡으로 가서 진식을 위무하여 변이 일어나는 것을 방비하게 하였다.

공명은 또 일변 마대와 왕평을 불러서

"야곡에 만일 파수하는 위병들이 있거든, 너희 둘이서 본부병을 거느리고 산마루를 넘되 낮에는 숨고 밤에는 가서 속히 기산 좌편으로 나가 불을 들어서 군호를 삼으라."

하고 분부하고, 또 마충과 장익을 불러서

"너희들도 역시 산벽 소로로 해서 낮에는 숨어 있다가 밤이면 가서 바로 기산 우편으로 나가 불을 들어 군호를 삼고 마대·왕평

---

2) 모반을 할 인상(人相)이라는 말인데, 이는 물론 미신에서 나온 허무맹랑한 수작이다.

과 회합하여 함께 조진의 영채를 겁칙하도록 하라. 내 친히 야곡으로 쫓아나가 삼면으로 치면 위병을 가히 깨뜨릴 수 있으리라."
하고 분부하니 네 사람은 영을 물어 가지고서 각기 군사를 거느리고 가 버렸다.

공명은 또 관흥과 요화를 불러서 이리이리하라 하고 분부하였다. 두 사람은 밀계를 받자 군사를 이끌고 떠났다.

그 뒤에 공명이 친히 정병을 영솔하고 배도(倍道)해서 가는데, 한창 행군하는 중에 다시 오반과 오의를 불러서 밀계를 주어 두 사람은 군사를 거느리고 한 걸음 앞서 갔다.


이때 조진은 촉병이 올 것을 믿지 않고 있었으므로 자연 태만해서 군사들을 마음대로 쉬게 내버려 둔 채 오직 열흘 동안 무사하기를 기다려서 사마의를 만좌중에 무안을 주려는 데만 정신을 두고 있었다.

그러는 중에 어느덧 이레가 되었는데, 문득 사람이 보하되 골짜기 안에 촉병 약간 명이 나타났다고 한다. 조진은 곧 부장 진량에게 영을 내려 오천 군을 거느리고 나가서 초탐하게 하는데,
"촉병을 지경 가까이 들어오게 해서는 아니 되느니라."
하였다.

진량은 영을 받아 군사를 거느리고 나갔다. 그가 막 골 어귀에 당도하자 촉병이 물러가는 것이 보였다. 그는 급히 군사를 이끌고 그 뒤를 쫓았다. 그러나 오륙십 리에 이르자 촉병이 보이지 않아, 그는 속으로 의아해하며 군사들더러 말에서 내려 쉬라고 일렀다.

그러자 초마가 돌아와서

"전면에 촉병이 매복하고 있소이다."

하고 보한다.

진량이 말에 올라 바라보니 산중에 티끌이 자욱하게 일어난다. 급히 군사들에게 일러 방비하게 하는데, 조금 있더니 사면에서 함성이 크게 진동하며 전면에서는 오반·오의가 군사를 몰아 짓쳐 들어오고, 배후에서는 관흥·요화가 군사를 이끌고 짓쳐 나온다.

좌우가 모두 산이라 달아날 길이 없는데 산 위에서 촉병들이 큰 소리로

"말에서 내려 항복하는 자는 죽이지 않는다."

하고 외친다.

위병의 태반이 항복을 하고 진량은 죽기로써 싸우다가 요화에게 한 칼을 먹고 몸이 두 동강이 나서 말 아래 떨어져 죽었다.

공명은 항복한 군사들을 후군에 잡아 두고 위병의 옷과 갑옷을 오천 명 촉군에게 입혀서 위병으로 꾸민 다음, 관흥·요화·오반·오의 네 장수로 하여금 그들을 거느리고 바로 조진의 영채로 가게 하는데, 먼저 탐마를 시켜서 영채에 들어가

"다만 약간의 촉병이 있었사온데 모조리 다 쫓아 버렸소이다."

하고 보하게 하였다. 조진이 크게 기뻐할 때 홀연 보하되, 사마 도독이 심복인을 보내왔다고 한다.

조진이 불러들여서 물어보니 그 사람의 말이

"이제 위병이 매복계를 써서 촉병 사천여 명을 죽였사옵는데, 사마 도독의 말씀이 장군께서는 아예 내기하신 것은 생각 마시고

부디 방비에 마음을 써 주십사고 하십니다.”
한다.
　　조진은 곧
　　“우리 쪽에는 촉병이라고는 단 한 명도 없습니다고 여쭈어라.”
하고 말해서 온 사람을 돌려보내 버렸다.
　　그러자 문득 또 보하는데 진량이 군사를 거느리고 돌아온다고
한다. 조진은 몸소 이를 맞으러 장막 밖으로 나갔다.
　　거의 영채 앞에 이를 무렵에 사람이 보하기를 대채 뒤 두 곳에
서 불길이 일어났다고 한다.
　　조진이 급히 대채 뒤로 돌아가 볼 때 관흥·요화·오반·오의
네 장수가 촉군을 지휘해서 영채 앞으로 쳐들어오고, 마대와 왕
평은 후면으로부터 짓쳐 오고 있으며 마충과 장익이 또한 군사를
끌고 들이닥쳤다.
　　위군이 미처 손을 놀릴 사이가 없어 제가끔 살기를 도모해서
도망치고, 여러 장수들은 조진을 보호하여 동편을 바라고 달아나
는데 등 뒤에서 촉병이 쫓아온다.
　　조진이 한창 말을 달려 도망하는데 홀연 함성이 크게 진동하며
한 떼의 군사가 짓쳐 들어온다.
　　조진은 소스라쳐 놀라 어찌할 바를 몰랐으나 급기야 자세히 보
니 바로 사마의다.
　　사마의가 한바탕 크게 싸워서 촉병이 그제야 물러가니, 조진은
위기를 면했으나 마음에 참괴해서 몸 둘 곳을 몰라 하였다.
　　사마의가 말한다.
　　“제갈량이 기산 지세를 빼앗았으매 우리가 오래 이곳에 머물러

있을 수가 없으니 위수 가로 가서 군사를 둔치고 다시 좋을 도리를 차려야 하겠소이다."

조진은 한마디 물었다.

"중달은 내가 이처럼 큰 패를 당하고 있는 줄을 대체 어떻게 아셨소."

사마의가 말한다.

"온 사람의 말을 들어 보니, 자단의 말씀이 촉병이라고는 단 한 명도 없다고 하시더라기에, 내 속으로 공명이 몰래 와서 겁채하려 하는 줄 짐작했으므로 그래 접응했더니 과연 계책에 빠지셨더이다. 우리 내기한 일일랑 아예 잊어 버리시고 오직 마음을 한가지로 해서 나라 은혜에 보답하도록 하사이다."

조진은 마음에 심히 황공해서, 화기가 마침내 병을 이루어 자리 보전하고 누워 버렸다.

군사를 위수 가에 둔쳐 놓고서 사마의는 혹시나 군심이 어지러워질까 저어하여 감히 조진에게 군사를 물리라는 말도 못하였다.


한편 공명은 군사를 모두 몰아 다시 기산으로 나갔다.

호군하기를 마치자 위연 · 진식 · 두경 · 장의가 장중에 들어와서 땅에 배복하여 죄를 청한다.

공명이 그들에게

"이번에 군사를 다 잃고 온 자가 대체 누구냐."

하고 한마디 묻자, 위연이 나서며

"진식이 호령을 듣지 않고 가만히 골짜기로 들어갔던 까닭에 그처럼 크게 패한 것이외다."

하고 대답하니, 진식이 얼른

"이 일은 위연이 시켜서 한 일이외다."

하고 발명하려 들었다.

그러나 공명은

"위연이 너를 구해 주었는데 너는 도리어 그를 끌고 들어가려 하느냐. 이미 장령을 어겼으니 애써 발명하려 하지 마라."

하고 곧 무사로 하여금 진식을 끌어내어다가 목을 베게 하여 그 수급을 장전에 걸어 놓고 여러 장수들에게 보였는데, 이때 공명이 위연을 죽이지 않은 것은 아직 두어 두고 뒤에 쓰려고 하였기 때문이다.

공명이 진식을 참한 다음에 바야흐로 진병할 일을 의논하는데, 홀연 세작이 보하되 조진이 병으로 누워서 일어나지 못하고 지금 영채 안에서 치료를 받고 있다 한다.

공명은 크게 기뻐하여 여러 장수를 보고

"만약 조진의 병이 경하다면 반드시 장안으로 곧 돌아갈 일인 데, 이제 위병이 물러가지 않으니 필시 병이 중하므로 군중에 머물러 있어 여러 사람의 마음을 안정케 하려는 것이다. 내 한 장 글을 써서 진량 수하에 있던 항복한 군사에게 주어 조진을 갖다 주라고 하리니, 조진이 만약 이 글을 보면 제 필연 죽고 말 것이다."

한다.

공명은 드디어 항복한 군사들을 장하로 불러들여서

"너희들은 모두 위나라 군사들로서 부모와 처자가 대개 중원에 있으니 촉중에 오래 있는 것이 좋을 게 없으리라. 이제 너희들을 놓아 주어 집으로들 돌아가게 할까 하는데 너희들 생각에 어떠하냐."

하고 물으니, 모든 군사가 눈물을 흘리며 사례한다. 공명은

"조자단이 나와 더불어 언약한 바가 있기로 내 글을 한 통 써 줄 것이매, 너희들이 가지고 돌아가서 자단에게 전하면 반드시 후한 상급이 내릴 것이다."

하니, 위병들은 글월을 받아 가지고 저희 본채로 달려가서 공명의 글월을 조진에게 바쳤다.

조진이 병을 무릅쓰고 자리에 일어 앉아 봉한 것을 뜯고 읽어 보니 편지 사연은 이러하였다.

한 승상 무향후 제갈량은 글을 대사마 조자단 전에 드리노라.

간절히 이르노니, 대저 장수된 자는 능히 가고 능히 오며, 능히 유하고 능히 강하며, 능히 나아가고 능히 물러나며, 능히 약하고 능히 굳세며, 동하지 않기는 산악과 같고 알기 어렵기는 음양과 같으며, 끝이 없기는 천지와 같고 가득 차기는 태창(太倉)[3]과 같으며, 넓고 아득하기는 사해와 같고 눈부시게 빛나기는 삼광과 같아서, 천문의 가물고 장마 질 것을 미리 알고 지리의 평안한 것을 먼저 알며, 진세의 기회를 살피고 적인의 생사를 헤아리는 것이다. 슬프다 너 무식한 놈이 위로 하늘의 뜻을 거스르고 찬역하는 반적을 도와 낙양에서 제호를 일컫고, 패병을 이끌고 야곡으로 도망하며 진창에서는 장마를 만나 수륙으로 지치고 삐쳐서 인마가 미쳐서 날뛰매 들에 널린 것이 벗어

---

3) 나라의 곡식을 쌓아 두는 큰 곳집.

던진 옷과 갑옷이요 땅에 가득한 것이 내버린 칼과 창이라, 도독은 가슴이 미어지고 담이 찢어지며 장군은 쥐같이 도망하고 이리처럼 분주해서 관중의 부로들을 볼 면목이 없거니 무슨 낯으로 상부 청당(廳堂)에 들어가리오.

사관은 붓을 잡아 기록하며 백성은 입을 모아 전하리, 중달은 진을 보면 두려워 벌벌 떨고 자단은 소문만 듣고도 급해서 쩔쩔 맨다고.

이제 아군의 군사는 강하고 말은 장하며 대장은 범같이 뽐내고 용처럼 일어나니, 진천(秦川)⁴⁾을 싹 쓸어 평지를 만들며 위국을 소탕하여 폐허를 만들리라.

조진이 보고 나자 가슴에 하나 가득 울화가 차더니, 이날 밤 군중에서 그예 울화가 치밀어 죽고 말았다.

사마의는 영구를 병거(兵車)에 실어 사람을 안동해서 낙양으로 올려 보내 장사지내게 하였다.

위국 임금은 조진이 이미 죽은 것을 알자 곧 사마의에게 조서를 내려 나가 싸우기를 재촉하였다.

이리하여 사마의는 대군을 거느리고 공명과 싸우러 나오는데 하루를 사이에 두고 먼저 전서를 보냈다.

공명은 여러 장수를 돌아보며

"조진이 필시 죽었도다."

하고, 드디어 내일 싸우기로 회답해서 사자를 돌려보냈다.

---

4) 지금의 중국 섬서성 일대의 지역이니 관중이라고도 하고 또 진천이라고도 부른다.

이날 밤 공명은 강유를 불러서 밀계를 주는데 이러이러하게 행하라 이르고, 또 관흥을 불러서 저리저리하라고 분부를 내렸다.

그 이튿날이다.

공명은 기산에 있는 군사들을 모조리 일으켜 가지고 위수 가로 나아갔다. 한쪽은 강, 한쪽은 산, 중앙은 편한 넓은 들, 좋은 싸움터다.

양군이 서로 만나서 화살로 진각을 쏘고, 북을 세 번 울리고 난 뒤 위병 진중의 문기가 열리는 곳에 사마의가 말을 타고 나오니 모든 장수들이 그 뒤를 따라나온다.

이편에서 공명은 사륜거 위에 단정히 앉아서 손으로 우선을 부치고 있다.

사마의가 먼저 입을 열었다.

"우리 주상께오서 요순을 본받으시어 선양을 받으시고 두 대를 전하여 편안히 중원을 다스리시며, 너희 오·촉 두 나라를 용납하심은 곧 우리 주상께서 관후인자하시어 백성을 상할까 저어하심이라. 너로 말하면 한낱 남양의 밭 갈던 지아비로서 천수를 알지 못하고 억지로 침범하려만 드니 죄다 멸해 버려야 마땅할 일이다. 그러나 네가 만일에 마음을 돌리고 허물을 고치겠거든 마땅히 빨리 돌아가서 각각 지경을 지키며 정족지세(鼎足之勢)[5]를 이루어 백성으로 하여금 도탄을 면하게 하며 너희들도 다 목숨을 보전하도록 하라."

---

5) 옛날 솥에는 발이 세 개 달려 있었으므로, 솥발 같은 형세란 세 쪽에 마주 서는 것을 가리켜 하는 말.

공명은 웃고 말하였다.

"내가 선제께 탁고의 중하신 당부를 받자 왔으니 어찌 심혈을 기울이고 힘을 다해서 역적을 치지 않을까 보냐. 너희 조씨는 오래지 않아 한나라의 멸하는 바 되려니와, 네 아비와 할아비가 모두 한나라 신하로서 대대로 한나라의 녹을 먹었거늘 은혜에 보답할 생각은 하지 않고 도리어 역적을 돕고 있으니 네 어찌 스스로 부끄럽지 아니 하냐."

사마의는 만면에 부끄러워하는 빛을 띠고 말하였다.

"내 너와 더불어 한 번 자웅을 결해 보겠다. 그래서 네가 만약에 능히 이긴다면 내 맹세코 대장이 되지 않으려니와, 네가 만약에 패하는 때에는 빨리 고향으로 돌아가거라. 그러면 나도 네게 해를 가하지는 않을 터이다."

공명은 그에게

"너는 장수로 싸우고 싶으냐, 군사로 싸우고 싶으냐. 그렇지 않으면 진법으로 싸우고 싶으냐."

하고 묻고, 사마의가

"먼저 진법으로 싸우자."

하고 대답하자,

"네 먼저 진을 쳐서 나를 보여라."

하고 말하였다.

사마의는 중군장 아래로 들어가서 손에 황기를 잡고 휘둘렀다. 좌우로 군사들이 움직이더니 진이 하나 되었다.

사마의는 다시 말에 올라 진 앞으로 나와서 물었다.

"내 진을 알겠느냐."

공명은 웃으며 말하였다.

"내 군중의 말장도 능히 칠 줄 아느니. 그건 '혼원일기진(混元一氣陣)'이다."

사마의가 말한다.

"그럼 이번에는 네가 진을 쳐서 나를 보여라."

공명은 진으로 들어가 우선을 들어 한 번 흔들고 다시 진 앞으로 나와서

"네 내 진을 알겠느냐."

하고 물었다.

사마의가

"이건 '팔괘진(八卦陣)'인데 어찌 모르겠느냐."

하고 답하니, 공명이

"네가 알기는 안다마는 감히 내 진을 칠 수 있겠느냐."

라고 묻는다. 사마의가

"이미 아는 터에 어찌 치지 못하랴."

하니, 공명은

"그럼 어디 네 재주껏 와서 쳐 보아라."

한다.

사마의는 본진으로 돌아가자 대릉 · 장호 · 악림 세 장수를 불러서 분부하였다.

"이제 공명이 벌려 놓은 진은 휴(休) · 생(生) · 상(傷) · 두(杜) · 경(景) · 사(死) · 경(驚) · 개(開)의 팔문(八門)을 안배한 것이니, 너희 세 사람이 정동의 생문으로 쳐들어가서 서남의 휴문으로 짓쳐 나갔다가 다시 정북의 개문으로 짓쳐 들어가면 이 진을 깨뜨릴 수 있

을 것이다. 너희들은 부디 조심해서 행해라."

이에 대릉은 중간에 있고 장호는 앞에 있고 악림은 뒤에 있어, 각기 삼십 기를 거느리고 생문으로 해서 쳐들어가는데 양편 군사들이 일제히 고함쳐서 그 위세를 돕는다.

세 사람이 촉진 가운데로 짓쳐 들어가 보니 진이 흡사 성과 같아 이리 치고 저리 부딪으나 나갈 수가 없다.

세 사람은 황망히 수하 마군을 이끌고 진각을 돌아 서남쪽으로 짓쳐 갔다. 그러나 촉병이 활을 쏘며 막아서 들이치고 부딪쳐도 나갈 수가 없다. 진 속이 중중첩첩해서 도처에 문이 있고 지계가 있으니 어떻게 동서남북을 가려 볼 것이랴.

세 장수가 이루 서로 돌아보지 못하고 그저 함부로 들부딪는데, 구름이 빽빽이 끼고 안개가 자욱한 가운데 함성이 일어나더니 위병이 하나하나 모조리 결박을 당해 중군으로 끌려가고 말았다.

공명이 장중에 앉아 있는데, 좌우가 장호·대릉·악림과 구십 명 군졸들을 모두 묶어서 장하로 끌어들인다.

공명은 웃으며

"내 너희들을 잡았기로 무슨 기이할 것이 있겠느냐. 내 너희들을 놓아 줄 것이매, 돌아가 사마의를 보고 이르되 병서를 다시 읽고 전책(戰策)[6]을 거듭 본 뒤 그때에 와서 자웅을 결하더라도 늦지 않다고 하여라. 너희들의 목숨을 이미 용서해 주었으매 군기와 전마는 두고 가야겠다."

하고, 드디어 여러 사람의 옷을 벗기고 얼굴에 먹칠을 한 다음 걸

---

6) 전략(戰略)과 같은 말.

려서 진 밖으로 나가게 하였다.

사마의가 이 꼴을 보고 크게 노하여 여러 장수들을 돌아보며

"이렇듯 예기를 꺾이고야 무슨 면목으로 중원에 돌아가 대신들을 만나겠느냐."

하고 즉시 삼군을 지휘하여 죽기로써 진을 뺏으려 드는데, 사마의가 친히 검을 빼어 손에 들고 날랜 장수 백여 명을 거느리고 군사를 재촉해서 쳐들어간다.

양군이 맞닥뜨렸을 때 홀연 진 뒤에서 북소리·각적소리가 일제히 울리고 함성이 크게 진동하며 한 떼의 군사가 서남쪽으로부터 짓쳐 나오니 곧 관흥이다.

사마의가 후군을 나누어서 이를 당하게 하고 다시 군사를 재촉해서 앞으로 나가며 시살하는데, 홀연 위병이 크게 어지러워지니 이는 원래 강유가 일표군을 거느리고 몰래 짓쳐 들어온 때문이다.

촉병이 삼로로 끼고 치니 사마의가 크게 놀라서 황망히 군사를 뒤로 물린다.

촉병은 이를 에워싸고 들어갔다.

사마의가 삼군을 이끌고 남쪽을 향해서 죽기로써 에움을 뚫고 나가는데, 위병이 열에 여섯 일곱이 상처를 입었다. 사마의는 위수 가 남쪽 언덕으로 물러가서 하채한 다음 굳게 지키며 나오지 않았다.

공명이 싸움에 이긴 군사를 거두어 가지고 기산으로 돌아갔을 때 영안성의 이엄이 보낸 도위 구안(苟安)이 군량을 영거해 가지고 당도하여 군중에 교부하였다.

그러나 구안이 본래 술을 좋아해서 중로에 태만하여 한을 열흘이나 어기었으므로 공명은 대로하였다.

"우리 군중에서는 오로지 군량으로 큰 일을 삼고 있는 터이라 한을 사흘만 어기면 곧 참하기로 되어 있다. 네 이제 한을 열흘이나 어겼으니 무슨 할 말이 또 있으랴."

공명은 무사를 호령해서 끌어내다가 목을 베게 하는데, 장사 양의가 있다가

"구안으로 말씀하오면 곧 이엄 수하의 사람이옵고 또한 전량이 서천에서 많이 나오는 터에, 만약 이 사람을 죽이신다면 일후에는 감히 군량을 영거해 올 자가 없을까 보이다."

하고 말해서, 공명은 이에 무사를 꾸짖어 그 결박한 것을 풀게 한 다음 곤장 팔십 도를 쳐서 놓아 주었다.

구안은 죄책을 당하고 마음에 원한을 품어, 그날 밤으로 저의 심복 오륙 기를 거느리고 바로 위병의 영채로 가서 투항하였다.

사마의가 불러들이니, 구안은 절하고 엎드려 지난 일을 고하였는데 듣고 나자

"비록 그러하나 공명이 꾀가 많으므로 네 말을 믿기 어려우니, 만일에 네가 능히 나를 위해서 한 가지 큰 공을 세워 준다면 그때는 내 천자께 상주하여 너를 상장을 시켜 주마."

하고 사마의가 한마디 하니, 구안이 즉시

"무슨 일이든 마땅히 힘을 다해서 하오리다."

하고 대답하였다.

사마의는 그에게 말하였다.

"네 곧 성도로 돌아가서 유언(流言)을 퍼뜨리되, 공명이 임금을

원망하는 뜻을 품고 있어 머지않아 제호를 일컬으려 한다고 말해서, 너희 임금으로 하여금 공명을 소환하게만 하면 이는 곧 너의 공이렷다."

구안은 응낙하고 그 길로 성도로 돌아가 환관을 보고 유언을 퍼뜨리되, 공명이 스스로 저의 큰 공로를 믿어 머지않아 반드시 나라를 찬탈할 것이라고 하였다.

환관이 듣고 크게 놀라 즉시 궁중에 들어가서 황제에게 이 일을 세세히 상주하니, 후주가 놀라고 의아하여

"그렇다면 이 일을 어찌할꼬."

하고 말한다.

환관은 아뢰었다.

"조서를 내리시와 성도로 소환하신 후 저에게서 병권을 삭탈하셔서 반역이 일어나지 않게 하옵소서."

후주가 공명에게 조서를 내려서 군사를 돌이켜 나라로 돌아오게 하려 하니, 이를 보고 장완이 반열에서 나와

"승상이 출사 이래 여러 차례 큰 공훈을 세웠사온데 어인 연고로 회군하게 하시나이까."

하고 아뢰었다.

그러나 후주는

"짐이 기밀사가 있어서 승상과 꼭 면의(面議)해야만 하겠기에 그러는 것이오."

하고 즉시 사신으로 하여금 조서를 가지고 밤을 도와 가서 공명을 불러오게 하였다.

사신이 바로 기산 대채에 이르니, 공명은 그를 맞아들여 조서

를 받고 나자 하늘을 우러러 탄식하였다.

"주상께서 유충(幼沖)하심으로 하여 반드시 간신이 곁에 있기 때문이라. 내 바야흐로 공을 세우려 하거늘 어이하여 돌아오라 하시는고. 내 만일 돌아가지 않으면 이는 임금을 속이는 것이 될 것이요, 그렇다 하여 군명을 받들어 물러간다면 앞으로는 다시 이런 기회를 얻기 어려우리라."

강유는 물었다.

"만약에 대군이 물러가면 사마의가 승세해서 엄살할 터이온데 이를 어이하려 하십니까."

공명이 대답한다.

"내 이제 퇴군함에 가히 다섯 길로 나누어서 하려 하니, 오늘은 우선 본영부터 물러가게 하되 가령 영내의 군사가 천 명이면 부뚜막은 이천 개를 쌓고, 오늘 삼천 개를 쌓았으면 내일은 사천 개를 쌓아, 매일 퇴군에 부뚜막 수효를 늘려가며 가려고 한다."

양의가 물었다.

"옛적에 손빈이 방연을 잡을 때 군사는 늘리고 부뚜막 수효는 줄이는 법을 썼는데 이제 승상께서 퇴병하시는 데는 어찌하여 부뚜막 수효를 늘려 가십니까."

공명은 이에 대답하여

"사마의가 군사를 잘 써서 우리가 퇴병하는 것을 알면 반드시 뒤를 쫓을 것이나, 우리에게 복병이 있지나 않을까 의심하여 반드시 구영(舊營) 안의 부뚜막 수효를 세어 볼 것이니 매일 부뚜막 수효가 느는 것을 보고 군사가 물러갔는지 안 갔는지 모르면 제가 의심이 들어서 감히 쫓지 못할 것이라, 그 사이에 내 서서히 물러가면 자연 손실할 근심이 없느니라.”

하고 드디어 영을 전해 퇴군하였다.

한편 사마의는 구안이 계책을 다 행했으리라 생각하여 오직 촉병이 물러갈 때를 기다려서 일제히 엄살하려 하였다.

그가 바야흐로 주저하고 있을 때 문득 보하되 촉군 영채가 텅 비고 인마가 다 물러갔다고 한다.

그러나 사마의는 공명이 꾀가 많은 것을 생각하여 감히 경선하게 뒤를 쫓지 못하고, 몸소 백여 기를 거느리고 촉군 영채 안으로 들어가서 두루 살펴보며 군사를 시켜 부뚜막 수효를 세게 한 다음에 그대로 본채로 돌아왔다.

이튿날 또 군사를 시켜 다음 영채로 쫓아가서 부뚜막 수효를 알아 오게 하였더니 돌아와서 보하는 말이

“그 영채 안의 부뚜막 수효가 먼저 것에 비해 한 푼이 늘었더이다.”

한다.

사마의는 여러 장수에게

“내 공명이 꾀가 많다 생각했는데 이제 과연 군사를 늘이고 부뚜막을 더 쌓았으니 내 만약 쫓으면 반드시 제 계책에 떨어지고 말 것이라, 우선 퇴군하고 다시 좋을 도리를 차리느니만 못하리라.”

하고 이에 군사를 돌리고 뒤를 쫓지 않았다.

이러므로 해서 공명은 단 한 사람도 축내지 않고 성도로 향해 떠나갈 수 있었던 것이다.

그 뒤에 서천 어귀에 사는 토인이 와서 사마의에게 보하는데

“공명이 퇴군해 갈 때 군사를 첨가하는 것은 보지 못했삽고 그

저 부뚜막 수효만 늘여서 쌓는 것을 보았을 뿐이외다."

하고 말한다. 사마의는 하늘을 우러러

　"공명이 우허(虞詡)⁷⁾의 법을 본떠서 나를 속였구나. 그 모략을 나는 못 당하겠다."

하고 깊이 탄식하며 드디어 대군을 거느리고 낙양으로 돌아갔다.


　　적수를 만나면 이기기 어렵거니

　　하물며 윗수 앞에서 제 잘난 체 어이하리.


　대체 공명이 성도로 돌아가서 필경 어찌 되었는고.

---

7) 중국 동한 때 사람. 무도태수로 부임하여 강(羌) 사람들과 진창에서 싸울 때 바로
　'증조(增竈)'의 계책을 써서 적을 깨뜨렸던 것이다.

농상으로 나가 공명은 귀신 놀음을 하고
검각으로 달려가다가 장합은 계책에 떨어지다

## | *101* |

공명은 '감병첨조법(減兵添竈法)'[1]을 쓰며 퇴군하여 한중에 이르렀는데, 사마의가 혹시나 복병이 있을까 저어하여 감히 그 뒤를 쫓지 못하고서 역시 군사를 거두어 돌아가 버린 까닭에 촉병은 하나도 손실을 보지 않았다.

공명은 삼군을 크게 호상하고 나자, 성도로 돌아가 후주를 들어가 뵈옵고 아뢰었다.

"노신이 기산으로 나가서 장안을 취하려고 하옵던 중에 뜻밖에도 폐하의 조서를 받잡게 되어 돌아왔사온데 대체 무슨 큰일이 있삽는지요."

후주가 대답할 말이 없어서 한동안이나 있다가 겨우 입을 열어

---

1) 군사는 줄이면서 부뚜막 수효는 늘이는 계책.

"짐이 오래 승상의 얼굴을 보지 못하여 사모하는 마음이 간절하기로 특히 돌아오시라 했던 것이지 별로 다른 일은 없습니다."
하고 말한다.

공명은 다시 아뢰었다.

"이는 폐하의 본심에서 하신 일이 아니라 필시 간신이 신에게 다른 뜻이 있습니다고 참소한 때문이라 생각되옵니다."

그 말에 후주는 묵묵히 말이 없다.

공명은 또 아뢰었다.

"노신이 선제의 두터우신 은혜를 받자와 죽기로써 이에 보답하려 맹세한 터에, 이제 만약 안에 간사한 무리가 있다 하오면 신이 어찌 능히 도적을 칠 수 있사오리까."

후주가 그제야

"짐이 환관의 말을 잘못 듣고 일시 승상을 돌아오시라 했는데, 오늘에야 모든 것을 깨우치고 보매 실로 후회막급이에요."
하고 말한다.

공명은 드디어 모든 환관들을 불러서 추구해 보고, 비로소 구안이란 자가 유언을 퍼뜨렸던 것임을 알았다. 그는 즉시 사람을 시켜서 잡게 하였다. 그러나 구안은 이미 위국으로 나가 버린 뒤였다.

공명은 천자에게 함부로 그러한 말을 상주한 환관을 잡아 죽이고 나머지 무리는 모두 궁문 밖으로 내쳤다. 그리고 또 장완과 비위를 대하여, 간사한 것을 밝히 살펴 천자를 규간(規諫)하지 못했음은 어인 일이냐고 깊이 책망하니, 두 사람이 다 유유 복죄한다.

공명은 후주께 하직을 고하고 다시 한중에 이르러, 일변 격문

92

을 내어 이엄으로 하여금 양초를 대게 하되 앞서처럼 군전으로 가져 오게 하고 일변 출사할 일을 다시 의논하니, 장사 양의가 나서서 말한다.

"이제까지 여러 차례 군사를 일으켜서 병력이 피폐하였고, 군량도 또한 늘 뒤가 달리는 형편이오니, 이제부터는 군사를 두 반으로 나누어 삼 개월을 한해서 하기로 하느니만 못할까 보이다. 가령 이십만의 군사라고 하오면 다만 십만 병만 거느리시고 기산으로 나가셔서 삼 개월 동안 둔쳐 두셨다가 다시 나머지 십만 병과 교체하게 하여 차례로 번갈아 들게 하실 것이니, 이렇게 하시면 병력이 피폐하지 않을 것이라 이런 연후에 서서히 나아가시면 중원을 가히 도모하실 수 있을까 하옵니다."

듣고 나자 공명은

"그대의 말이 바로 내 생각과 같구먼. 내가 중원을 치는 것이 일조일석에 되는 일이 아니니 마땅히 이처럼 장구한 계책을 취해야만 할 것이야."

하고 드디어 영을 내려서, 군사를 두 반으로 나누어 백 일을 한하여 일기(一期)로 정하고 서로 차례로 들게 하되 한을 어기는 자는 군법으로 처치하리라 하였다.

촉한 건흥(建興) 구년 춘이월에 공명이 다시 군사를 일으키어 위나라를 치니, 때는 위 태화(太和) 오년이다.

위나라 임금 조예가 공명이 또 중원을 치러 온 것을 알고 급히 사마의를 불러서 상의하니 사마의가 아뢰되

"이제 자단이 이미 작고하였사오매, 바라옵건대 신이 혼자 힘

을 다하여 도적을 초멸해서 폐하께 보답하려 하나이다.”

한다.

조예는 크게 기뻐하여 연석을 배설하고 그를 대접하였다.

그 이튿날이다.

사람이 고하되 촉병의 형세가 자못 급하다고 한다.

조예는 즉시 사마의에게 명하여 군사를 거느리고 나가서 적을 막게 하고, 친히 연을 타고 성 밖까지 나가서 바래주었다.

사마의가 임금을 하직하고 그 길로 장안에 이르러 제로 인마를 크게 모아 놓고 촉병 깨칠 계책을 의논하니, 장합이 나서서

“원하옵건대 일군을 거느리고 가서 옹주와 미성을 지켜 촉병을 막으리다.”

하고 말한다.

그러나 사마의가

“우리 전군이 혼자서 공명의 대군을 대적할 수는 없는 일이고, 그렇다 하여 또 군사를 전후로 나누는 것도 승산이 아니라.”

하고 말한 다음에,

“차라리 군사를 머물러 두어 상규(上邽)를 지키고 있게 하고 나머지 무리는 모조리 기산으로 가느니만 못한데, 공이 한 번 선봉이 되어 주겠소.”

하고 물으니, 장합이 크게 기뻐하여

“내 본시 충의를 품어 마음을 다하여서 나라에 보답하려 하면서도 이제까지 지기(知己)를 얻지 못한 것이 한이었는데, 이제 도독께서 기꺼이 이 사람에게 중임을 맡겨 주시니 비록 만 번 죽더라도 사양하지 않겠소이다.”

하고 말한다.

이리하여 사마의는 장합으로 선봉을 삼고 대군을 총독하며, 또 곽회로 하여금 농서의 여러 고을들을 지키게 하고, 그 나머지 장수들은 각기 길을 나누어서 앞으로 나아가게 하였다.

그러자 전군 초마가 들어와서 고하되

"공명은 대군을 통솔하여 바로 기산을 향해서 나아가고 있으며, 전부 선봉 왕평과 장의는 곧장 진창으로 나가 검각을 지나 산관으로 해서 야곡을 바라고 오나이다."

한다.

사마의는 곧 장합을 보고 말하였다.

"이제 공명이 대군을 몰아 거침없이 나오고 있으니 제 반드시 농서의 밀을 베어 군량을 삼으려고 할 것이라, 공은 영채를 세우고서 기산을 지키고 계시오. 나는 곽회로 더불어 천수의 여러 고을들을 돌며 촉병이 밀을 베어 가지 못하게 막아야겠소."

장합이 응낙하고 드디어 사만 군을 거느리고 기산을 지키니, 사마의는 몸소 대군을 영솔하고 농서를 향해서 떠났다.


한편 공명은 군사를 거느리고 기산에 이르렀다.

그는 영채를 세우고 나서, 위수 가에 이미 위병의 방비가 있는 것을 보자 수하 장수들을 향하여

"이것은 반드시 사마의일 것이다. 이제 영중에 군량이 떨어져서 그 사이 누차 사람을 보내서 이엄에게 곧 양초를 운반해 오라고 재촉했건만 아직도 오지 않는데, 내 요량하건대 농상의 밀이 이미 익었을 것이매 가만히 군사를 거느리고 가서 베어 와야만

하겠다.”

하고, 이에 그는 왕평·장의·오반·오의의 네 장수를 남겨 두어 기산 영채를 지키고 있게 하고 자기는 몸소 강유·위연 등 여러 장수를 거느리고 노성으로 갔다.

노성태수가 본래 공명을 아는 터이라 황망히 성문을 열고 나와서 항복을 한다.

공명은 그를 위무하고 나서

“이 사이 어느 곳의 밀이 익었소.”

하고 물었다.

“농상의 밀이 이미 다 익었소이다.”

하고 태수가 아뢴다.

공명은 이에 장익과 마충을 남겨 두어 노성을 지키고 있게 하고, 자기는 몸소 여러 장수들과 삼군을 거느리고서 농상을 바라고 갔다.

그러자 전군이 돌아와서 보하는 말이

“사마의가 군사를 끌고 여기 와 있소이다.”

한다.

공명은 놀라

“이 사람이 내가 밀을 베러 올 줄을 미리 알았구나.”

하고, 즉시 목욕을 하고 옷을 갈아입은 다음에 똑같이 생긴 사륜거 세 채를 밀어 내오게 하는데, 수레 외양들도 모두 일매지게 꾸며 놓았으니 이 수레들은 공명이 촉중에 있을 때 미리 만들어 두었던 것이다.

이때 공명이 강유로 하여금 일천 군을 거느리고 수레 하나를 호위하게 하되 따로 오백 군은 북을 치게 하여 상규 뒤에 매복해 있게 하고, 마대는 좌편에 있고 위연은 우편에 있어 또한 각기 일천 군을 거느려 수레 하나씩을 호위하게 하되 따로 오백 군은 북을 치게 하며, 수레마다 군사 스물네 명씩을 써서 검은 옷 입고 발 벗고 머리 풀고 칼 들고 또 한 손에는 칠성조번(七星皂旛)²⁾을 들고 좌우로 수레를 밀어 나가게 하라 하니, 강유 등 세 사람은 각각 계책을 받아 군사들을 거느리고 수레를 몰아 나아갔다.

공명은 또 삼만 군으로 하여금 모두 낫과 칼과 새끼들을 가지고 밀을 베러 나서게 한 다음, 따로 건장한 군사 스물네 명을 뽑아내어 그들에게 저마다 검은 옷을 입히고 머리 풀고 발 벗겨 칼을 잡고 사륜거를 옹위하게 하여 추거사자(推車使者)³⁾를 삼고, 관흥으로 하여금 천봉원수(天蓬元帥)⁴⁾ 모양으로 꾸며 손에 '칠성조번'을 들고 수레 앞에서 걸어가게 하고, 공명 자기는 수레 위에 단정하게 앉아서 위군 영채를 바라고 나아갔다.

초탐군이 이 광경을 보고 크게 놀라, 대체 그게 사람인지 귀신인지 분간을 못하겠어서 급히 사마의에게 보하였다.

사마의가 몸소 영채 밖에 나와 살펴보니, 공명이 머리에 관 쓰고 몸에 학창의 입고 손으로 우선을 부치며 사륜거 위에 단정히 앉아 있고, 좌우의 스물네 명은 머리를 산발하고 손에 칼을 들었는데, 앞을 선 또 한 명은 손에 칠성조번을 잡아 은은히 천신과 매일반이다.

---

2) 북두칠성을 그려 놓은 검은 기.
3) 수레를 미는 사람.
4) 중국 고대 신화 가운데 나오는 천신(天神).

사마의는

"이거 또 공명이 요괴를 부리고 있구나."

하고, 드디어 이천 명 군사를 내어

"너희들은 빨리 가서 수레째 사람들을 모조리 다 잡아오너라."

하고 분부하였다.

위병은 영을 받고 일제히 그 뒤를 쫓았다. 위병들이 뒤를 쫓아 오는 것을 보자 공명이 곧 수레를 돌리게 하여 멀리 촉군의 진영을 바라고 천천히 간다.

위병은 모두 말을 급히 몰아서 그 뒤를 쫓았다.

그러나 오직 음산한 바람이 소슬하게 불고, 차디찬 안개만 자욱할 뿐이다. 죽을힘 다해서 수레 뒤를 일 정(程)[5]이나 쫓아갔으나 끝내 따라잡을 수가 없다.

저마다 크게 놀라 모두 말들을 멈추어 세우고

"그거 참 이상도 한 일이다. 우리들이 그처럼 빨리 뒤를 쫓아 삼십 리나 왔건만 수레는 그저 한모양으로 앞에서 가고 있지 끝내 따라잡을 수가 없으니 이게 도대체 무슨 조화야."

하고 괴탄할 뿐이다.

공명은 위병들이 뒤를 따라오지 않는 것을 보자 다시 수레를 돌리게 하여 위병들의 앞으로 와서 멈추어 섰다.

위병들은 한동안이나 주저한 끝에 다시 한 번 말을 놓아 그 뒤를 쫓았다.

공명이 또다시 수레를 돌이켜 천천히 간다.

---

5) 일 정은 삼십 리.

위병들은 그 뒤를 쫓아서 또 이십 리를 갔다.

그러나 수레는 그저 한모양으로 앞에서 가고 있는데 끝내 따라잡을 수가 없는 것이다.

모두들 얼이 빠져서 멍하니 서 있는데, 공명이 다시 수레를 돌려 오다가 위병을 만나자 수레를 뒤로 밀고 간다.

위병들이 또 한 번 그 뒤를 쫓으려고 할 때, 뒤에서 사마의가 몸소 일군을 거느리고 들이닥치며 영을 전하여

"공명이 팔문둔갑(八門遁甲)을 잘해서 능히 육정육갑지신(六丁六甲之神)[6]을 부리니 이는 곧 육갑천서(六甲天書) 속의 축지법(縮地法)[7]이라, 중군(衆軍)은 뒤를 쫓지 마라."

하였다.

모든 군사들이 그제야 말을 멈추고 돌아서는데, 이때 좌편으로부터 전고(戰鼓) 소리 크게 진동하며 일표군이 짓쳐 들어온다.

사마의가 급히 군사들로 하여금 막게 하는데, 문득 촉병 대열 속으로서 스물네 명이 머리 풀고 칼 들고 검은 옷 입고 발 벗고 사륜거 한 채를 옹위하고 나오니, 수레 위에는 공명이 머리에 관 쓰고 몸에 학창의 입고 단정히 앉아서 손으로 우선을 부치고 있다.

사마의는 크게 놀랐다.

"방금 저 수레 위에 앉아 있는 공명을 오십 리나 쫓아갔건만 끝

---

6) 이것 역시 옛 사람들의 미신에서 나온 말로, 귀신들의 이름이니, 육정은 정묘(丁卯)·정축(丁丑)·정해(丁亥)·정유(丁酉)·정미(丁未)·정사(丁巳)이고, 육갑은 갑자(甲子)·갑술(甲戌)·갑신(甲申)·갑오(甲午)·갑진(甲辰)·갑인(甲寅)이다. 이 귀신들을 부려서 소위 둔갑의 술법을 부린다는 것이다.

7) 지맥(地脈)을 축소해서 천리(千里)를 바로 눈앞에다 모은다는 술법. 중국 『신선전(神仙傳)』이란 책에 비장방(費長房)이란 사람이 이 술법을 능히 쓸 줄 알았다고 있는데, 물론 허무맹랑한 수작이다.

내 잡지 못했는데, 여기 어떻게 또 공명이 있노. 괴상도 하다, 괴상도 해.”

그 말이 미처 마치기 전에 이번에는 우편에 전고가 또 크게 울리며 일표군이 또 짓쳐 나오니, 사륜거 위에는 역시 공명이 하나 앉아 있고 좌우에 또한 스물네 명이 있어서 검은 옷 입고 발 벗고 머리 풀고 칼 들고 수레를 옹위해 나온다.

사마의가 마음에 크게 의심해서 수하 장수들을 돌아보고

“이것은 필시 신병(神兵)이다.”

하고 말하니 군사들의 마음이 크게 어지러워 감히 싸우지 못하고 각자 도망쳐 달아난다.

한창 달아나는 중에 홀연 북소리 크게 진동하며 또 일표군이 짓쳐 나오는데 앞선 사륜거에 공명이 단정히 앉아 있고 전후좌우에 추거사자들 있는 것이 앞서 본 것들과 일반이라, 위병들로서 소스라쳐 놀라지 않는 자가 없다.

사마의는 이것이 사람인지 귀신인지도 모르겠고 또 촉병이 얼마나 되는지도 알 수가 없어서 마음에 십분 놀라고 두려워 황황히 군사를 이끌고 상규성으로 달려 들어가자 문을 굳게 닫고 나오지 않았다.

이때 공명은 벌써 삼만 정병을 시켜 농상의 밀을 모조리 베어서 노성으로 다 날라다가 헤쳐 널게 하였던 것이다.

사마의는 상규성 안에 들어 박혀서 사흘이나 감히 밖에 나오지 못하였다가 촉병이 물러간 것을 보고서 그제야 비로소 군사를 내어 보내 촉병의 동정을 알아 오게 하였다.

초탐군은 길에서 촉병 하나를 붙잡아 가지고 와서 사마의에게 대령했다.

사마의가 물어보니 촉병이 대답하여

"소인은 바로 밀을 베던 자이온데, 말을 잃어버려 가지 못하고 잡혀 왔소이다."

하고 아뢴다.

사마의는 또 물었다.

"전자의 그것은 대체 어인 신병이냐."

촉병이 대답한다.

"삼로 복병이 모두 공명이 아니옵고 곧 강유·마대·위연이온데, 다들 군사라고는 단지 일천 군이 수레를 호위하고 오백 군이 북을 쳤사오며, 오직 맨 처음에 와서 유인하던 사륜거에 타고 있던 사람이 정말 공명이외다."

듣고 나서 사마의가

"공명은 과연 신출귀몰한 계교가 있군."

하며 하늘을 우러러 길이 탄식하는데 홀연 보하되, 부도독 곽회가 뵈러 들어왔다고 한다. 사마의는 곧 그를 맞아들였다.

인사 수작이 끝나자 곽회가

"내 들으매 촉병이 많지 않고, 지금 노성에서 밀 타작을 하고 있다고 하니 가서 치는 것이 좋겠습니다."

하고 말해서, 사마의가 지난 일을 세세히 이야기하니 곽회가 듣고 웃으며

"제가 한때 우리를 속였으나 이제는 다 알았으니 족히 말씀할 거리가 되겠습니까. 내 일군을 이끌어 그 뒤를 치고 도독께서는 일군을 이끌어 그 앞을 치시면 노성을 깨뜨릴 수가 있고 공명을

사로잡을 수가 있사오리다."

하고 말한다.

사마의는 그 말을 좇아서 드디어 군사를 두 길로 나누어 가지고 치러 나갔다.


이때 공명은 군사를 데리고 노성에서 밀 타작을 하고 있었는데, 갑자기 여러 장수들을 불러 영을 내리되

"오늘밤 적병이 반드시 성을 치러 오려니와, 내 보매 노성 동서의 보리밭 속이 족히 군사를 매복함직한데, 뉘 감히 나를 위하여 한 번 갈꼬."

하니, 강유·위연·마충·마대 네 장수가

"소장들이 가오리다."

하고 나선다.

공명이 크게 기뻐하여 곧 강유·위연으로 각기 이천 군을 거느리고 동남과 서북 두 곳에 매복하게 하고, 마충·마대로 각기 이천 군을 거느리고 서남과 동북 두 곳에 매복하게 하되

"호포소리 울리거든 바로 사면에서 일제히 짓쳐 나오라."

하고 분부하였다. 네 장수는 계책을 받자 군사를 거느리고 나갔다.

그 뒤에 공명은 몸소 백여 인을 데리고 성을 나가 보리밭 속에 매복하고 적병이 오기를 기다리는데 군사들에게는 각기 화포를 지니게 하였다.

한편 사마의는 군사를 거느리고 바로 노성 아래 이르렀는데, 이때 날이 이미 어두웠다.

그는 여러 장수들에게

"만일 백주에 진병하면 성중에 필연 준비가 있을 것이매, 이제 밤이 들기를 기다려서 치는 것이 좋을 것이다. 이곳이 성은 얕고 해자는 깊지 않아 힘 안 들이고 깨뜨릴 수가 있을 테지."

하고 드디어 군사를 성 밖에 둔쳐 놓았다.

초경 때 곽회가 또한 군사를 거느리고 당도하여 두 편에서 합세한 다음 북소리 한 번 울리자 노성을 철통같이 에워싸 버렸다.

그러나 성 위에서 일시에 쇠뇌를 쏘아 화살과 돌이 비 퍼붓듯 하는 통에 위병은 감히 앞으로 더 나가지를 못하는데, 이때 홀지에 위군 가운데서 신포(信礮)가 연달아 일어나 삼군이 크게 놀랐다. 대체 어디 군사가 오는지를 모르겠는 것이다.

곽회가 사람을 보리밭으로 보내서 수탐해 보게 할 때 사면에서 화광이 충천하고 함성이 크게 진동하며 사로의 촉병이 일제히 짓쳐 들어오고 노성 사대문이 크게 열리며 성내의 군사들이 짓쳐 나와 안팎이 서로 호응해서 한바탕 휘몰아치니 위병들의 죽는 자가 무수하다.

사마의는 패군을 이끌고 죽기로써 겹겹이 에운 속을 뚫고 나와 산 위에 군사를 둔치고, 곽회 또한 패군을 이끌고 산 뒤로 달려가서 그곳에 둔찰하였다.

공명은 성으로 들어가 네 장수로 하여금 군사를 성 네 귀에 둔쳐 놓게 하였다.

곽회는 사마의를 보고 말하였다.

"이제 촉병과 상지하기 오래건만 물리칠 계책이 없고, 이번에 또 한 진을 패해서 삼천여 명을 잃었으니 만약에 일찍 도모하지 않는다면 일후에 물리치기 어려울 것이외다."

사마의가

"그러니 어떻게 하면 좋겠소."

하고 물으니, 곽회가

"격문을 내어 옹주·양주 두 곳 인마를 불러다가 힘을 합해서 적을 초멸하는 것이 좋은데, 내가 한편으로 군사를 끌고 가서 검각을 엄습하여 적의 돌아갈 길을 끊어 저희들로 하여금 양초가 통하지 못하게 하면 삼군이 절로 어지러울 것이라 그때 승세해서 치면 적을 가히 멸할 수 있사오리다."

한다.

사마의는 그의 말을 좇아서 즉시 격문을 내어 밤을 도와 옹주· 양주로 가서 군사를 조발해 오게 하였다.

하루가 못 되어 대장 손예가 옹주·양주 제군의 인마를 거느리고 당도하였다.

사마의는 즉시 손예로 하여금 곽회와 만나기를 약속하고 검각을 가서 엄습하게 하였다.


이때 공명이 노성에서 적과 상지하기 여러 날이 되건만 도무지 위병이 싸우러 나오지 않는 것을 보고, 이에 강유와 마대를 성내로 불러 들여서

"이제 위병이 험산을 지키고 있으면서 우리와 싸우려 하지 않음은, 첫째로 우리가 밀을 다 먹고 나면 양식이 없으리라 요량하기 때문이고, 둘째로 군사를 보내 검각을 엄습해서 우리의 양도를 끊으려 함이다. 너희 두 사람은 각기 일만 군을 거느리고 먼저 가서 험요처를 지키도록 하라. 위병이 우리에게 미리 준비가 있

는 것을 보면 자연 물러가 버릴 것이다."

하고 분부하였다.

두 사람이 군사를 거느리고 가자 장사 양의가 장중으로 들어와서

"향일에 승상께서 군사를 백 일에 한 차례씩 번을 갈게 하라 하셨는데 이제 한이 되었소이다. 이미 한중 병사가 천구를 나섰다 하오며 전로에 공문이 벌써 와서 오직 번을 들게 되기만 기다리고 있다 하옵는데, 지금 여기 있는 팔만 명 군사 중에 사만 명이 하번(下番)[8]할 군사들이올시다."

하고 아뢴다.

공명은 곧

"이미 내 영을 내린 터이매 속히 그리하게 하라."

하고 말하였다.

군사들이 듣고서 각기 떠날 준비를 하는데 홀연 보하는 말이, 손예는 옹주·양주 두 곳 군사 이십만 명을 거느리고 싸움을 도우러 와서 검각을 엄습하러 갔으며, 사마의는 몸소 군사를 이끌고 노성을 치러 온다고 한다. 촉병들로서 소스라쳐 놀라지 않는 자가 없다.

양의가 들어와 공명에게 고하였다.

"위병의 형세가 심히 급하오니 승상께서는 이번에 하번하는 군사들을 아직 두어 두셔서 적을 물리치시고 상번군(上番軍)[9]이 당도하기를 기다리셔서 그 뒤에 보내게 하사이다."

---

8) 번(番)이 갈려서 나오는 것.
9) 당번(當番)이 되어 번서는 곳으로 들어가는 군사.

그러나 공명은

"그리는 아니 되겠다. 내가 군사를 쓰고 장수를 명함에 신(信)으로써 근본을 삼아 오는 터에 이미 영을 먼저 내려놓고 약속을 지키지 않아서야 어찌하겠느냐. 또 군사들로서 번이 갈려 가는 자들은 모두 돌아갈 준비를 하고 있고 그 부모처자들은 문에 기대어 서서 기다리고 있는 형편이라 내 이제 당장 큰 환난을 겪게 된다 할지라도 결코 저들을 붙들어 두지는 않겠다."

하고 드디어 영을 전해서 응당히 가야 할 군사들은 당일로 곧 떠나가게 하였다.

군사들이 이 소식을 듣자 모두 크게 외쳤다.

"승상께서 이처럼 우리에게 은혜를 베풀어 주시니 우리는 돌아가지 않고 저마다 목숨 내놓고서 위병을 한 번 크게 무찔러 승상께 보답하고 싶소이다."

공명이 그들에게

"너희는 다 집으로 돌아가야 할 사람들인데 어찌 여기 다시 머물러 있겠단 말이냐."

하고 말하였으나, 모든 군사들이 다 나가 싸우겠다고 하며 집에 돌아가기를 원하지 않는 것이다.

공명은 말하였다.

"너희들이 이미 나와 함께 나가서 싸우겠으면 성 밖에 나가 영채를 세우고 있다가 위병이 당도하기를 기다려 저들에게 숨 돌릴 틈을 주지 말고 바로 들이치도록 해라. 이것이 이일대로(以逸待勞)하는 법이다."

모든 군사들이 영을 받고 각기 병장기를 잡아 기꺼이 성 밖으

106

로 나가서 진을 벌리고 기다린다.

이때 서량 인마가 배도해 가지고 오느라고 사람이나 말이나 모두 지쳐서 바야흐로 영채를 세우고 쉬려 할 때 촉병이 한꺼번에 몰려 들어가는데, 사람마다 용맹을 떨쳐 장수는 강하고 군사는 날래서 옹주·양주 두 곳 군사들은 당해 내다 못하여 곧 뒤를 바라고 물러간다.

촉병은 힘을 뽐내어 그 뒤를 몰아쳤다. 이 통에 옹주·양주 군사들이 죽기를 무수히 해서 시체는 들에 가득 널리고 피는 흘러 내를 이루었다.

공명은 성에서 나가 승전한 군사들을 모두 수습해서 성내로 들어가 다 상급을 내리고 호궤하였는데, 이때 갑자기 보하는 말이 영안성으로부터 이엄이 글을 보내서 급함을 보해 왔다고 한다.

공명이 크게 놀라 곧 봉한 것을 뜯고 보니 그 글의 내용은 다음과 같다.

근자에 들으니 동오에서 사람을 시켜 낙양에 들어가서 위와 화친하게 하매 위에서 오로 하여금 촉을 치게 했사옵는바, 다행히 동오에서 아직은 군사를 일으키지 않았다고 하나이다. 이제 엄이 이 소식을 탐지했삽기로 고하는 터이오니 엎드려 바라옵건대 승상께서는 빨리 좋은 계책을 세우소서.

읽고 나자 공명은 심히 놀라고 의아하여 곧 여러 장수들을 모아 놓고

"만약 동오에서 군사를 일으켜 촉을 침노한다면 내 반드시 속

히 돌아가야만 할 것이다.”

하고, 즉시 영을 전하여 기산 대채의 인마부터 서천으로 물러가게 하며

“내가 군사를 이곳에 둔치고 있는 것을 사마의가 알고 있으니, 필연 제 감히 뒤를 쫓지는 못할 것이라.”

하였다.

이에 왕평·장의·오반·오의는 군사를 두 길로 나누어 서서히 퇴군해 서천으로 들어갔다.

장합은 촉병이 물러가는 것을 보고도 혹시 계책이 있을까 저어하여 감히 뒤를 쫓지 못하고 곧 군사를 이끌고 사마의를 가서 보고

“이제 촉병이 물러가니 무슨 뜻인지 모르겠소이다.”

하고 말하였다.

사마의가 듣고

“공명이 괴계가 극히 많으니 경망되게 동해서는 아니 될 것이오. 그저 굳게 지키면서 저희가 군량이 떨어져 제풀에 물러가기를 기다리느니만 못하리다.”

하고 말하는데, 대장 위평이 나서며

“촉병이 기산의 영채를 빼어 가지고 물러가니 바로 승세해서 뒤를 쫓아야 할 일인데, 도독께서는 군사를 머물러 두신 채 동하려 아니 하시고 촉을 마치 범처럼 무서워하시니 장차 천하의 조소를 어찌 감당하시렵니까.”

하고 말한다.

그러나 사마의는 끝내 고집하고 듣지 않았다.

한편 공명은 기산에 둔쳤던 군사들이 이미 돌아간 것을 알고, 드디어 양의와 마충을 장중으로 불러들여서 밀계를 주되, 먼저 궁노수 만 명을 거느리고 검각 목문도(木門道)로 가서 양편에 매복하고 있다가 만약에 위병이 쫓아오거든 내 호포소리가 울리는 것을 군호로 급히 나무와 돌을 떨어뜨려 먼저 돌아갈 길을 끊어 놓은 다음에 양편에서 일제히 쇠뇌를 쓰도록 하라 하였다.

　두 사람이 군사를 거느리고 가자, 공명은 또 위연과 관흥에게 명하여 군사를 거느리고 뒤를 끊게 하며, 성 위에는 사면에 두루 정기를 꽂아 놓고 성 안에는 시초를 어지러이 쌓아 놓아 짐짓 연기와 불길을 올리게 한 뒤에 대군이 모두 목문도를 바라고 떠났다.

　위병 영채의 순초군이 사마의에게로 와서

　"촉병의 대대는 이미 물러갔사오나, 다만 성중에 아직도 군사가 얼마나 있는지는 모르겠소이다."

하고 보한다.

　사마의가 몸소 가서 보니, 성 위에는 기가 꽂혀 있고 성 안에서는 연기가 일고 있다.

　사마의는 웃으며

　"이것은 빈 성이다."

하고 사람을 시켜 알아보게 하니 과연 빈 성이라, 그는 크게 기뻐하며

　"공명이 이미 물러갔는데 뉘 감히 뒤를 쫓을꼬."

하고 물었다.

　장합이 곧

"내 가겠소이다."

하고 나선다.

그러나 사마의는 그를 막았다.

"공은 성미가 급하니 가서는 아니 되오."

장합은 그래도 고집한다.

"도독이 관을 나오실 때는 나더러 선봉이 되라 하시고, 오늘 바야흐로 공을 세울 때에 이르러는 도리어 나를 쓰지 않으시는 것은 어인 까닭이오니까."

사마의는

"촉병이 물러가매 험한 곳에 반드시 매복이 있을 것이니 십분 조심해야만 비로소 뒤를 쫓을 수 있는 것이오."

하니, 장합은

"내 이미 다 알았으니 구태여 염려하실 것이 없소이다."

하여, 사마의는

"공이 스스로 가겠다고 했으니 나중에 후회는 하지 마오."

하니, 장합은

"대장부가 몸을 바쳐 나라에 보답하려 하는 것이니 비록 만 번 죽는대도 한이 없소이다."

한다. 사마의는

"공이 그처럼 기어이 가겠다고 고집을 하니 그럼 오천 군을 거느리고 먼저 가고, 위평으로 이만 명 마보군을 데리고 뒤에서 가 매복을 방비하게 하오. 내 또 친히 삼천 군을 영솔하고 뒤를 따라 접응해 주리다."

하고 말한다.

장합은 영을 받자 군사를 거느리고 급히 촉병의 뒤를 쫓아 앞으로 나아갔다.

그가 한 삼십여 리나 갔을까 해서 홀지에 배후에서 함성이 일어나며, 수림 안에서 일표군이 내닫는데 앞을 선 대장이 칼을 비껴들고 말을 멈추어 세우며

"적장은 군사를 끌고 어디로 가는고."

하고 큰 소리로 외친다.

장합이 고개를 돌려보니 바로 위연이다.

그는 대로하여 곧 말을 돌려 그와 싸웠다.

서로 싸우기 십 합이 못 되어서 위연이 거짓 패하여 달아난다.

장합은 그 뒤를 쫓아서 삼십여 리를 갔다. 문득 말을 멈추어 세우고 둘러보니 전혀 복병이라곤 없다. 그는 다시 말을 채찍질하여 뒤를 쫓았다.

그가 막 산 언덕을 돌아 나가려 할 때 홀연 함성이 크게 일어나며 일표군이 내달으니 앞선 대장은 바로 관흥이다.

관흥은 칼을 비껴들고 말을 멈추어 세우며

"장합은 쫓아올 생각 마라. 내 여기 있다."

하고 크게 외친다.

장합은 곧 말을 몰아 그와 싸웠다.

삼 합이 못 되어서 관흥이 문득 말을 빼어 달아난다.

장합은 그 뒤를 쫓다가 한 울창한 숲 속에 이르자 문득 마음에 의혹이 생겨, 사람을 시켜서 사면 초탐해 보게 하였다. 그러나 복병이라고는 없다. 이에 그는 마음 놓고 다시 뒤를 쫓았다.

그러자 뜻밖에도 위연이 어디서 나왔는지 앞에 가 있다. 장합

은 또 그와 더불어 십여 합을 싸웠다.

위연이 또 패해서 달아난다. 장합이 크게 노해서 그 뒤를 쫓는데 관흥이 또 어디서 왔는지 앞으로 내달아 길을 가로막고 선다.

장합은 대로하여 말을 몰아 그와 싸웠다.

서로 싸워 십 합에 이르렀을 때 촉병들이 의갑집물(衣甲什物)[10]을 모조리 내버려 길에 가 가득히 쌓았다. 위병들이 모두 말에서 내려 서로 다투어 줍는다.

위연과 관흥 두 장수가 번갈아 대어든다. 장합은 용맹을 뽐내어 그들의 뒤를 쫓았다.

어느덧에 날이 저물었는데, 목문도 어귀에 이르니 위연이 문득 말머리를 돌려세우며

"장합, 이 역적놈아. 나는 너를 막지 않는데 너는 한 곬으로 내 뒤만 쫓아오니, 내 이제 너로 더불어 한 판 사생결단하고 싸워 보겠다."

하고 목청을 높여 크게 꾸짖는다.

장합은 분노해서 창을 꼬나 잡으며 말을 풍우같이 몰아 바로 위연을 취하였다.

위연이 칼을 휘두르며 마주 나와 싸운다. 그러나 십 합이 못 되어서 위연은 크게 패하여 의갑과 투구를 다 버리고 필마로 패병을 거느리고 목문도 안으로 달아났다.

장합은 화가 꼭뒤까지 치민 데다가 위연이 또 크게 패해서 달아나는 것을 보자 곧 말을 살같이 달려서 뒤를 쫓았다.

---

10) 의갑은 옷과 갑옷, 집물은 살림에 쓰는 기구를 말하는 것이니, 옛날에 군사들이 휴대하고 다니던, 자고 먹고 하는 데 소용되는 일체의 기구.

이때 날이 이미 어두웠는데 일성 포향에 산 위에서 화광이 충천하며 큰 돌과 나무들이 어지러이 떨어져 갈 길을 막아 버린다.

장합이 크게 놀라

"내가 계책에 빠졌구나."

하고 급히 말머리를 돌릴 때, 배후에도 나무와 돌이 꽉 차 있어 돌아갈 길이 이미 막혀 버렸다. 중간에는 공지가 있을 뿐이요 양편은 모두 깎아지른 절벽이라 장합은 나갈 수도 물러갈 수도 없이 되고 말았다.

그러자 문득 목탁소리 한 번 크게 울리는 곳에 양편으로 쇠뇌들이 일제히 발동하여, 장합과 백여 명 수하 장수들은 모두 목문도 가운데서 화살에 맞아 죽고 말았다.

후세 사람이 지은 시가 있다.

하룻밤 쇠뇌들이 별똥처럼 흐르더니
목문도에서 웅병을 쏘단 말가.
지금도 검각으로 행인들 지나가며
군사(軍師)가 공 이루던 옛 이야기 서로 하네.

이리하여 장합은 이미 죽고 위병들이 곧 뒤미처 그곳에 이르렀는데 길이 막혀 있는 것을 보고는 벌써 장합이 적의 계책에 빠진 줄을 짐작하였다.

모든 군사가 말을 돌려 세우며 급히 뒤로 물러나려 할 때다. 홀연 산마루에서

"제갈 승상께서 여기 계시다."

하고 크게 외치는 소리가 들려온다.

위병들이 쳐다보니 공명이 화광 가운데 서서 손을 들어 그들을 가리키며

"내 오늘 사냥에 '말'[11]을 쏘아 잡으려고 한 노릇이 잘못 '노루'[12]를 맞히고 말았거니와, 너희들은 모두 안심하고 돌아가서 중달에게 말을 전하되, 머지않아 반드시 내 손에 사로잡히고 말리라고 하여라."

하고 말한다.

위병이 돌아가서 사마의를 보고 이 일을 자세히 고하니, 사마의는 비감해하기를 마지않으며

"장전의가 죽은 것은 내 잘못이다."

하고 하늘을 우러러 탄식하고 곧 군사를 거두어 낙양으로 돌아갔다.

위나라 임금은 장합이 죽었다는 말을 듣자 눈물을 뿌려 탄식하고, 사람을 시켜 그 시신을 거두어 후히 장사지내 주게 하였다.


한편 공명은 한중으로 들어가 장차 성도로 돌아가서 후주를 뵈려 하고 있었는데, 이에 앞서 도호 이엄이 후주에게 거짓 아뢰기를

"신이 이미 군량을 준비하와 장차 승상 군전에 보내려 하고 있사온데 승상이 무슨 일로 갑자기 회군해 오셨는지 모르겠나이다."

---

11) 사마(司馬)의 마(馬), 곧 사마의를 가리켜서 하는 말.
12) 노루는 한자로 장(獐)이니 성의 장(張)과 음이 서로 같으므로 장합을 가리켜서 한 말. 즉 공명은 목문도에서 사마의를 잡으려 했었는데 장합이 걸려든 것이다.

하였다.

후주는 그 말을 듣고 즉시 상서 비위로 하여금 한중으로 들어가서 공명을 보고 회군해 온 까닭을 물어보게 하였다.

비위는 한중에 이르러 후주의 뜻을 전하였다.

공명이 소스라쳐 놀라

"이엄이 글을 보내서 급한 것을 고하는데, 동오에서 장차 군사를 일으켜 서천을 침노하려 한다고 하기에 회군한 것이오."

하고 말하니, 비위가 곧

"이엄이 군량을 이미 준비하였는데 승상께서 아무 까닭 없이 회군하셨다고 상주해서 이로 인해 천자께오서 저에게 명하시어 가서 알아 오라 하신 것이외다."

하고 고한다.

공명이 크게 노하여 사람을 시켜서 염탐해 보니, 이는 바로 이엄이 군량을 준비하지 못했으므로 승상에게 죄책을 당할까 두려워 그렇듯 글을 보내서 돌아오게 하고는 다시 천자에게 무소하여 저의 죄과를 감추어 보려고 한 것이었다.

공명이 대로하여

"되지 못한 놈이 제 일신의 일로 해서 국가 대사를 망쳐 놓았구나."

하고 사람을 보내서 그를 불러다가 참하려 하였다.

그러나 비위가

"승상은 부디 선제께서 탁고하신 뜻을 생각하시어 아직 용서해 주사이다."

하고 권해서 공명은 그의 말을 좇았다.

비위는 즉시 표문을 써서 전후 사실을 후주에게 상주하였다.

후주는 표문을 보자 발연대로해서 무사를 꾸짖어 이엄을 끌어내다가 목을 베게 하였다.

그러나 참군 장완이 반열에서 나와

"이엄으로 말씀하오면 곧 선제께오서 탁고하신 신하이오니 바라옵건대 폐하께서는 너그러이 용서해 주시옵소서."

하고 아뢰어, 후주는 그 말을 좇아서 곧 이엄을 폐해서 서인을 만들어 재동군으로 내치고 말았다.


공명이 성도로 돌아와 이엄의 아들 이풍을 등용해서 장사를 삼으며, 군량과 마초를 저축하고 병법과 무예를 강론하며 무기를 수보하고 장병들을 무휼하여 삼 년 후에 가서 출정하려 하니 양천의 백성과 군사들이 모두 그의 은덕을 칭송한다.

세월이 덧없이 어느덧 삼 년이 지나니 때는 건흥 십이년[13] 봄 이월이다.

공명은 입조하여 후주에게 상주하였다.

"신이 군사들을 무휼한 지 이미 삼 년에 양초는 풍족하옵고 군기는 완비됐사오며 인마가 웅장하여 가히 위를 정벌함직하옵니다. 이번에 만약 간사한 무리를 소탕해서 중원을 회복하지 못한다 하오면 맹세코 다시 폐하를 뵈옵지 않으려 하나이다."

후주가 말한다.

"이제 이미 정족지세를 이루어서 오와 위가 침노하지 않는데 상

---

13) 244년.

부께서는 어찌하여 편안히 태평을 누리려 아니 하시나이까.”

공명은 다시 아뢰었다.

“신이 선제의 지우지은을 받자와 몽매에도 일찍이 위를 칠 계책을 생각지 않은 적이 없사오니, 힘을 다하고 충성을 다해서 폐하를 위하여 중원을 회복하고 한실을 다시 일으키는 것이 신의 원이로소이다.”

그러나 그 말이 미처 끝나기 전에 반열 가운데서 한 사람이 나서며

“승상은 군사를 일으켜서는 아니 되오리다.”

하고 말한다. 모두 보니 그는 곧 초주다.

> 국궁진췌 제갈공명 나랏일만 근심할 제
> 기를 아는 저 태사는 천수를 또 논하누나.

초주가 과연 무슨 말을 하려 하는고.

사마의는 북원 위교를 점거하고
제갈량은 목우유마를 만들다

| *102* |

초주의 벼슬은 태사(太史)[1]라 심히 천문에 밝았는데, 공명이 또
출사하려 하는 것을 보자 후주 앞에 나와

"신의 벼슬이 지금 사천대(司天臺)[2]를 맡았사오매 다만 화복이
있으면 아뢰지 않을 수 없사옵니다. 근자에 수만 마리의 새가 떼
를 지어 남쪽에서 날아와 한수에 빠져 죽었사오니 이는 상서롭지
못한 조짐이옵니다. 신이 또 천상(天象)을 보매 규성(奎星)[3]이 태백
(太白)의 분야를 범하며 왕성한 기운이 북쪽에 있으니 위를 정벌함
은 이롭지 못하오이다. 또 성도 백성이 모두 잣나무가 밤에 우는

---

소리를 들었사옵는데, 이처럼 몇 가지 재앙과 변고가 있사오니 승상은 오직 삼가 지키고 있을 일이지 망령되이 움직이는 것은 불가하오이다."

하고 아뢰었다.

그러나 공명은

"내 선제로부터 탁고의 중하신 당부를 받자 왔으니 마땅히 힘을 다해 도적을 쳐야 할 터에, 어찌 허망한 재앙으로 해서 국가의 대사를 폐하오리까."

하고 드디어 유사에게 명하여 태뢰(太牢)⁴⁾를 차려 소열황제 묘에 제를 지내는데, 그는 울며 엎드려 고하는 말이

"신 량이 다섯 차례 기산을 나갔사오나 아직 촌토(寸土)도 얻지 못하였사오니 그 죄가 가볍지 않사옵니다. 이제 신이 또 전군을 통솔하옵고 다시 기산을 나가서 맹세코 힘을 다하여 마음을 다하여 한적(漢賊)을 초멸하고 중원을 회복하되 국궁진췌하와 죽은 뒤에야 말려 하나이다."

한다.

제지내기를 마치자 후주를 하직하고 공명이 밤을 도와 한중에 이르러 여러 장수들을 모아 놓고 출사할 일을 의논하는데 홀연 보하되, 관흥이 병으로 죽었다 한다.

공명은 목을 놓아 울며 땅에 혼도하였다가 한동안이 지나서야 다시 깨어났다.

여러 장수들이 재삼 간곡히 권하니, 공명은 탄식하며

---

4) 제사지낼 때 희생으로 바치는 소, 양, 돼지의 총칭. 이 세 가지 희생 중에서 소가 빠지고 양과 돼지만 바치는 것을 소뢰(少牢)라 한다.

큰 별 하늘로 돌아가다

"애달프다, 충의의 사람을 하늘이 수를 주시지 않는구나. 내 이번 출사에 또 한 명의 대장이 없어졌구나."
하고 말하였다.

후세 사람이 탄식하여 지은 시가 있다.

  한 번 났다 죽는 것은 인간의 상리기니
  하루살이나 무엇이 다르리오.
  충효의 절개 곧 있으면 그만일 뿐
  구태여 교송(喬松)처럼 오랜 살아 무엇 하리.

공명이 촉병 삼십사만을 거느리고 다섯 길로 나누어 나아가는데, 강유와 위연으로 선봉을 삼아 모두 기산을 나가서 모이게 하고, 이회로 하여금 먼저 양초를 운반하여 야곡 도구에서 기다리게 하였다.

한편 위국에서는 지난해에 청룡이 마파(摩坡) 우물 속에서 나와 연호를 청룡 원년이라 고쳤으니 이때는 곧 청룡 이년 봄 이월이다.
근신이 나서서
"변방 관원이 첩보를 올려 왔사온데, 촉병 삼십여만이 오로로 나뉘어 다시 기산으로 나왔다고 하나이다."
하고 아뢴다.

위나라 임금 조예는 크게 놀라 급히 사마의를 불러들여 계책을 물었다.
"촉병이 그 사이 삼 년 동안 지경을 범하지 않았는데, 이제 제갈량이 또 기산으로 나왔으니 이를 어찌하면 좋소."

사마의가 아뢴다.

"신이 밤에 천상을 보매 중원의 왕기(旺氣)가 바야흐로 성하옵고 규성이 태백을 범했사오매 서천에 이롭지 않사옵건만 이제 공명이 스스로 제 재주와 지혜를 믿고 천리를 거역해 나섰사오니 이는 바로 제 스스로 패망을 취하는 것이라, 이제 신이 폐하의 홍복을 빌어 마땅히 가서 깨뜨리려 하옵거니와, 다만 바라옵건대 네 사람을 주천(奏薦)하와 함께 가려 하나이다."

조예는

"경은 어떤 사람을 데리고 가려 하오."

하고 물으니, 사마의는

"하후연에게 아들 사형제가 있사와 맏아들의 이름은 패(覇)니 자는 중권(仲權)이옵고, 둘째의 이름은 위(威)로서 자는 계권(季權)이옵고, 셋째의 이름은 혜(惠)요 자는 아권(雅權)이오며, 넷째의 이름은 화(和)로서 자는 의권(義權)이옵니다. 이중에 하후패·하후위 두 사람은 무예가 정숙하오며, 하후혜·하후화 두 사람은 병법에 통달했사온데, 이 네 사람이 매양 그 아비를 위하여 원수를 갚으려 하옵는 터이라 신이 이제 하후패·하후위로는 좌우 선봉을 삼으며 하후혜·하후화로는 행군사마를 삼아 함께 군기를 의논하와 촉병을 물리치려 하나이다."

한다.

듣고 나자 조예는 한마디 물었다.

"전자에 하후무 부마가 군기를 그르쳐 허다한 인마를 없애고 이제 이르도록 참괴함을 이기지 못하여 돌아오지 않는데, 이제 이

네 사람이 또한 하후무와 같지나 않을꼬."

그 말에 사마의가

"이 네 사람은 무에게 비할 바가 아니로소이다."

하고 대답하여, 조예는 마침내 그의 주천한 바를 윤허하고 즉시 사마의로 대도독을 삼아 무릇 장수들의 재주를 짐작하여 마음대로 조용(調用)하며 각처 병마를 다 조발할 수 있는 권한을 그에게 주었다.

사마의가 명을 받고 나서 사은하고 성을 나서는데, 조예가 또 그에게 조서를 내리니 그 내용은 대개 다음과 같다.

경이 위수 가에 이르거든 마땅히 방비를 튼튼히 해서 굳게 지키고 적과 싸우려 마라. 촉병이 뜻을 얻지 못하면 반드시 거짓 물러나 적을 꼬이려 하리니 경은 삼가서 뒤를 쫓으려 마라. 저희가 군량이 다하고 보면 반드시 제품에 달아날 것이매 그때를 기다려, 그 허한 틈을 타서 치면 적을 이기기 어렵지 않고 또한 군사들을 지치고 곤하게 하지 않을 수 있으리니 계책이 이에서 좋은 것이 없으리라.

사마의는 머리를 조아려 조서를 받고 그날로 장안에 이르러 각처 군마 도합 사십만을 모아서 다 거느리고 위수 가에 와서 하채하고, 또 오만 군을 조발해서 위수 위에 부교(浮橋) 아홉 개를 만들어 놓고, 선봉 하후패와 하후위로 하여금 위수를 건너가서 군사를 둔치게 하며, 또 대채 뒤 동쪽 들에다 성을 하나 쌓아 놓아 불의의 변을 방비하도록 하였다.

사마의가 바야흐로 여러 장수들과 상의하고 있을 때 문득 보하되, 곽회와 손예가 왔다고 한다. 사마의는 그들을 맞아들였다.

　예를 마치자 곽회가 먼저 입을 열어

　"이제 촉병이 기산에 있사온데, 만일에 위수를 건너 언덕으로 올라와서 북산과 연접하여 농(隴)으로 통하는 길을 끊는다면 큰 근심거리가 되오리다."

하고 한마디 하니, 사마의는 곧

　"참으로 옳은 말이오. 공은 곧 농서의 군마를 총독하여 북원에 하채하되 방비를 굳게 하고 군사를 단속해서 동하지 말고 있다가 다만 촉병의 군량이 다하기를 기다려 비로소 치도록 하오."

하고 말하였다.

　곽회와 손예는 영을 받아 군사를 거느리고 하채하러 갔다.


　한편 공명이 다시 기산으로 나와서 좌·우·중·전·후로 벌려서 대채 다섯 개를 세워 놓고 야곡으로부터 바로 검각에 이르기까지 죽 연달아서 또 대채 열네 개를 세우고 군사를 나누어 둔쳐 놓아 장구한 계책을 삼은 다음, 매일 사람을 시켜서 순초하게 하였다.

　그러자 문득 보하되, 곽회와 손예가 농서 군사를 거느리고 북원에 하채하였다 한다.

　공명은 여러 장수들에게 말하였다.

　"위병이 북원에 하채한 것은 내가 그곳을 취해서 농으로 통하는 길을 끊어 버릴까 두려워함이라. 내 이제 거짓 북원을 친다 하고는 가만히 위수 가를 취하리니, 먼저 사람을 시켜 뗏목 백여 척

위에 시초를 싣고 물에 익은 군사 오천 인을 뽑아서 타게 하라. 내 깊은 밤에 북원을 가서 치면 사마의가 반드시 군사를 이끌고 구하러 올 것이요, 그래서 제가 만약 조금이라도 패하거든 그때 나는 후군으로 먼저 물을 건너게 하고 그런 뒤에 전군으로 뗏목을 타게 하는데, 언덕에는 오르지 않고 물을 따라 내려가서 부교를 불로 살라 끊고 그 뒤를 치게 할 것이다. 나는 몸소 일군을 거느리고 가서 전영(前營)의 문을 취할 것이니 만약에 위수 남쪽만 얻게 되면 진병하기 어렵지 않으리라."

여러 장수들은 영을 받아서 행하였다.


어느 틈에 순초군이 이 일을 알아다가 나는 듯이 사마의에게 보하니, 사마의는 즉시 수하 장수들을 불러 놓고

"공명이 이처럼 베풀어 놓는 것은 그 가운데 계책이 있기 때문이니, 제가 북원을 취한다 말하고는 물을 따라 내려와서 부교를 불로 살라 우리의 뒤를 어지럽게 하여 놓고는 그때 우리의 앞을 치자는 것이다."

하고, 즉시 하후패와 하후위에게 영을 전하되

"만약 북원에서 함성이 들려오거든 곧 군사를 이끌고 위수 남산 속으로 들어가서 촉병이 이르기를 기다려 치라."

하고, 또 장호와 악림으로 하여금 궁노수 이천 명을 거느리고 위수 부교 북쪽 언덕에 매복해 있다가

"만약 촉병이 뗏목을 타고 물을 따라 내려오거든 일제히 쏘아 다리에 가까이 오지 못하게 하라."

라고 분부하고, 또 곽회와 손예에게 영을 전하되

"공명이 북원에 와서 가만히 위수를 건널 터인데 너희 새로 세운 영채에 군사가 많지 못하니 모조리 중로에 매복해 두라. 만약에 촉병이 오후에 위수를 건너면 반드시 황혼녘에 너희를 치러오리라. 너희가 거짓 패해서 달아나면 필연 촉병이 뒤를 쫓을 것이니 너희들은 모두 궁노로 적을 쏘라. 내 수륙으로 병진해 가겠다. 그리고 만약에 촉병이 크게 이르거든 다만 내 지휘를 보아서치도록 하라."

하고 명하였다.

각처에 영을 다 내리고 나자 그는 또 두 아들 사마사(司馬師)와 사마소(司馬昭)로 하여금 군사를 거느려 전영을 구응하게 하고, 사마의 자기는 일군을 이끌고 북원을 구하기로 하였다.


한편, 공명은 위연과 마대로 하여금 군사를 거느리고 위수를 건너 북원을 치게 하고, 오반과 오의로 하여금 뗏목에 군사를 태워서 거느리고 부교를 불사르러 가게 하고, 왕평과 장의로 전대를 삼고 강유와 마충으로 중대를 삼고 요화와 장익으로 후대를 삼아 군사를 삼로로 나누어 위수 한영을 가서 치게 하니, 이날 오시에 군사들이 대채를 떠나 모조리 위수를 건너서 진세(陣勢)를 벌리며 천천히 나아갔다.

이때 위연과 마대가 북원에 가까이 이르니 날이 이미 저물었는데, 손예가 이들을 보고는 바로 영채를 버리고 달아난다.

적에게 이미 준비가 있는 것을 알고 위연이 급히 군사를 뒤로물릴 새 사면에서 함성이 크게 진동하며 좌편의 사마의, 우편의 곽회 양로병이 짓쳐 나온다.

위연과 마대가 힘을 다해서 빠져나오는데, 촉병의 태반이 위수에 빠져 죽고 남은 무리들은 도망할 길이 없더니 다행히도 오의가 군사를 이끌고 달려와서 패병을 구해 가지고 강을 건너가 적을 막았다.

오반은 군사 절반을 나누어 뗏목을 타고 물을 따라 내려와 부교를 사르려 하더니, 장호와 악림이 언덕 위에서 어지러이 활을 쏘아서 오반은 화살을 맞고 물에 떨어져 죽었으며 남은 군사들은 물속으로 뛰어들어 목숨을 도망하고 뗏목은 모조리 위병에게 빼앗기고 말았다.

이때 왕평과 장의는 북원에서 군사가 패한 것을 알지 못하고 바로 위병의 영채로 달려가니 때는 이미 이경인데 문득 함성이 사면에서 일어난다.

왕평은 장의를 보고 말하였다.

"마군이 북원을 치러 갔으나 아직 승부를 알 길이 없고, 위수 남쪽의 영채는 바로 눈앞에 있건만 어째서 위병은 단 한 명도 보이지를 않는지, 혹시 사마의가 먼저 알고 준비를 한 것이나 아닐까. 아무렇거나 우리는 부교에 불이 일어나는 것을 보고서 군사를 나가게 하는 것이 좋겠네."

그래 두 사람이 군사들을 멈추어 세우는데, 문득 배후에서 말 탄 군사 하나가 달려와서

"승상께서 군사를 급히 돌리시랍니다. 북원을 치러 간 군사와 부교를 불사르러 간 군사가 다 패했답니다."
하고 보한다.

왕평과 장의가 크게 놀라서 급히 퇴군하려 할 때 위병이 벌써

배후에 나타나며 일성 포향에 일제히 짓쳐 들어오는데 화광이 하늘을 찌른다.

왕평과 장의는 군사를 끌고 이를 맞아서 양군이 한바탕 서로 뒤섞여서 싸웠다.

촉병이 마침내 패해서 왕평·장의 두 사람이 죽을힘을 다해서 혈로를 뚫고 나오는데 군사들은 태반이나 죽고 상했다.

공명은 기산 대채로 돌아와서 패군을 거두었다. 죽은 자가 만여 명이나 되어서 그는 심중에 근심하고 번민하였다.

그러자 문득 성도로부터 비위가 승상을 뵈러 왔다고 보한다. 공명은 그를 청해 들였다. 예를 마치자 공명이 그를 보고

"내 공의 수고를 빌려 글 한 통을 동오에 전했으면 하는데, 한 번 가 주시겠소."

하고 물으니, 비위가

"승상의 분부를 어찌 감히 거행 안 하오리까."

하고 말한다.

공명은 즉시 글을 닦아서 비위에게 주어 떠나보냈다.

비위는 글월을 가지고 바로 건업으로 가서, 오나라 임금 손권을 들어가 보고 공명의 글월을 바쳤다.

손권이 펴 보니 글 뜻은 대략 다음과 같다.

한실이 불행하여 나라의 기강이 무너지매 조적이 찬역하여 그대로 오늘에 이르렀나이다.

량이 소열황제로부터 중한 부탁을 받자 왔으니 어찌 감히 힘을 다하고 충성을 다하지 않사오리까. 이제 대병이 이미 기산

큰 별 하늘로 돌아가다

에 모였으매 미친 원수들이 장차 위수에서 멸망하려니와, 엎드려 바라옵건대 폐하께서는 동맹의 의리를 생각하셔서 장수에게 북정을 명하시고 한가지로 중원을 취하여 천하를 함께 나누게 하옵소서.

글로 말씀을 다하지 못하오며, 천만 성청(聖聽)을 바라나이다.

손권은 보고 나서 크게 기뻐하여 곧 비위에게

"짐이 군사를 일으키려 한 지 오래나 아직 공명과 한자리에 만나 이야기를 못했는데 이제 이미 글월을 보았으니, 즉일 짐이 친정하여 거소 문으로 들어가서 위의 신성을 취하고 다시 육손과 제갈근의 무리로 하여금 군사를 강하와 면구에 둔쳐 양양을 취하게 하며, 손소와 장승의 무리로는 광릉에 출병해서 회음 등을 취하게 하여 세 곳에서 일제히 진병하되, 도합 삼십만이 날을 한해서 기병하려 하오."

하고 말해서, 비위는 절하여 사례하고

"진실로 그렇게 하신다면 중원은 머지않아 절로 파하게 되오리다."

하였다.

손권이 연석을 배설하여 비위를 정중히 대접하는데, 술을 마시며 손권은 그에게

"승상 군전에 누가 앞에 나서서 적을 깨뜨리오."

하고 묻자, 비위가

"위연이올시다."

하고 대답하자, 손권은 웃으며

"그 사람이 용맹은 유여하나 마음이 부정해서 만약 일조에 공명이 없고 보면 제 반드시 난을 일으킬 터인데, 공명이 어찌 알지 못할까."

하고 말한다.

비위는

"폐하의 말씀이 지당합시외다. 신이 이제 돌아가면 곧 이 말씀을 공명에게 고하오리다."

하고 말한다.

비위는 드디어 손권을 하직한 다음에 기산으로 돌아와 공명을 보고, 동오 임금이 대병 삼십만을 일으켜 어가 친정하는데 군사를 세 길로 나누어 나가려 한다는 것을 갖추 고하였다.

공명은 듣고 나서

"동오 임금이 그 밖에 다른 말씀은 없었소."

하고 다시 한마디 묻자, 비위가 손권의 위연을 논하던 말을 고하자 그는 탄식하며

"참으로 총명한 임금이시로군. 내 그 사람을 몰라서가 아니라 그 용맹이 아까워서 쓰고 있을 뿐이오."

하고 말하였다.

"승상께서 빨리 구처하시는 것이 좋을까 보이다."

하고 비위가 한마디 권하니, 공명은

"내게 다 생각이 있소."

하고 말한다. 비위는 공명을 하직하고 성도로 돌아갔다.


공명이 바야흐로 여러 장수들과 위병 칠 일을 의논하고 있는데

문득 보하는 말이, 위나라 장수 하나가 투항하러 왔다고 한다.

공명이 불러들여서 물으니 그자가 대답한다.

"저는 곧 위국 편장군 정문(鄭文)이외다. 근자에 진랑과 함께 군사를 거느리며 사마의의 영을 듣고 있사옵던바, 뜻밖에도 사마의가 사정(私情)을 두어 진랑은 벼슬을 높여 전장군을 삼아 주면서 저는 보기를 초개같이 하옵기에 이로 인하여 불평을 품고 특히 승상께 와서 항복을 드리는 바이오니 바라건대 수하에 거두어 주사이다."

그러나 그 말이 미처 끝나기 전에 사람이 보하되, 진랑이 군사를 거느리고 영채 밖에 와서 정문과 싸우기를 청한다고 한다.

공명이

"이 사람의 무예가 너와 비하여 어떠하냐."

하고 물으니, 정문이

"제가 당장에 베어 버리겠소이다."

한다.

공명이

"네가 만약 진랑을 죽인다면 내 바야흐로 의심하지 않겠노라."

하고 말하니, 정문은 흔연히 말에 올라 진랑과 싸우러 영채에서 나갔다.

공명이 친히 영채 밖에 나서서 보고 있노라니 진랑이 창을 꼬나 잡고 나서서

"반적이 내 전마(戰馬)를 훔쳐 가지고 이리로 왔구나. 네 빨리 돌려보내지 못하겠느냐."

하고 큰 소리로 꾸짖으며 말을 마치자 바로 정문을 향해서 달려

든다.

　정문은 말을 몰아 칼을 춤추며 마주 나가 단지 한 합에 진랑을 베어 말 아래 거꾸러뜨렸다.

　위병들은 각자 도망쳐 버리고 정문은 진랑의 수급을 들고 영채 안으로 들어왔다.

　공명은 장중에 돌아와 좌정하고 정문을 불러들이게 하여, 그가 들어오자 발연대로해서 좌우를 꾸짖어

　"저놈을 당장 끌어내어다가 참해라."

하니, 정문이

　"소장은 아무 죄도 없소이다."

한다.

　공명은 다시 꾸짖었다.

　"내 일찍이 진랑을 알거니와, 네가 이제 벤 자는 진랑이 아닌데 언감생심 나를 속이려 하느냐."

　정문이 절하고 아뢴다.

　"그게 실상은 진랑의 아우 진명(秦明)이올시다."

　공명이 웃으며

　"사마의가 너를 시켜 거짓 항복을 하게 하고 그 사이에서 일을 도모하려 하지만, 어찌 나야 속일 수 있단 말이냐. 만약에 바른대로 아뢰지 않으면 반드시 너를 참할 줄 알라."

하고 한 번 이르니, 정문이 하는 수 없어 그것이 거짓 항복임을 실토하고 울면서 살려 달라고 빈다.

　공명은 말하였다.

　"네 이미 살기를 구할진대, 글을 한 장 써 보내 사마의로 하여

금 친히 와서 우리 영채를 겁칙하게 해라. 그러면 내 곧 너의 목숨을 살려 줄 것이요, 만약에 사마의를 사로잡게 되면 바로 네 공이라 내 마땅히 너를 중하게 써 주겠노라."

정문이 하는 수 없어 글을 한 통 써서 공명에게 바친다. 공명은 정문을 가두어 두게 하였다.

번건이 있다가

"승상께서는 무엇으로 이 사람이 거짓 항복한 줄을 아셨습니까."

하고 묻는다.

공명은 이에 대답하여

"사마의는 함부로 사람을 쓰지 않으니, 만약에 진랑으로 전장군을 삼았다 하면 필시 무예가 뛰어날 터인데, 이제 정문과 싸워서 단지 일 합에 죽고 말았으니 그는 필시 진랑이 아닐 것이라, 그래서 거짓임을 알았소."

하고 말하였다. 여러 사람들은 모두 배복하였다.

공명은 구변이 있는 군사 하나를 뽑아서 귀에다 대고 이리이리 하라 하고 분부하였다.

군사는 명을 받자 글월을 가지고 그 길로 위병의 영채로 가서 사마의에게 뵈옵기를 청하였다.

사마의가 불러들여서 글을 펴 보고 나더니

"너는 어떤 사람이냐."

하고 묻는다.

군사는 대답하였다.

"소인은 본시 중원 태생으로 촉중에 들어가 사는 자이온데, 정문이 소인과 한고향이올시다. 이제 정문에게 공이 있어서 공명이 그를 등용해 선봉을 삼았으므로 정문이 특히 소인을 시켜 글월을 갖다 올리게 한 것이온데, 내일 밤을 기약해서 불을 들어 군호를 할 것이매 바라옵건대 도독께서는 대군을 모조리 거느리고 오셔서 영채를 겁칙하십시오. 정문이 안에서 내응하오리다."

사마의는 반복해서 그에게 따져 묻고 또 글월을 자세히 살펴보았는데 과연 사실이라, 그는 즉시 군사에게 술과 밥을 먹이고 분부하였다.

"오늘밤 이경을 기약하여 내가 몸소 가서 겁채하겠는데, 만약에 대사를 이루기만 하면 반드시 너를 중히 써 주마."

군사는 사마의에게 절을 해 하직을 고하고 본채로 돌아와 공명에게 그대로 보하였다.

공명은 보검을 손에 잡고 북두성을 우러러 빌고 나자, 왕평과 장의를 불러서 이리이리하라 분부하고, 또 마충·마대를 불러서 이리이리하라 분부하고, 다시 위연과 강유를 불러서 이리이리하라하고 분부한 다음, 공명 자기는 수십 인을 거느리고 높은 산 위에 올라 앉아 모든 군사를 지휘하기로 하였다.

한편 사마의는 정문의 글월을 보고 나서 바로 두 아들을 데리고 대병을 거느려 촉병의 영채를 겁칙하러 가려 하였는데, 장자 사마사가 나서서

"아버님은 어찌하여 편지 한 장을 믿으시고 몸소 중지로 들어가시려 하십니까. 만일에 실수라도 있으시면 어찌 하시렵니까. 아무래도 다른 장수를 먼저 보내 놓으시고 아버님은 뒤에서 접응해 주시는 것이 좋을까 보이다."

하고 간한다.

사마의는 그 말을 좇아서 드디어 진랑으로 하여금 일만 군을 거느리고 가서 촉병의 영채를 겁칙하게 하고, 자기는 군사를 이 끌어 접응해 주기로 하였다.

이날 밤 초경에는 바람이 맑고 달이 밝았는데, 이경 가까이 가 서 홀연 음운이 사방에서 모여 들며 검은 기운이 하늘에 가득 차 서 얼굴을 마주 대하고도 분간을 못할 지경이다.

사마의는 크게 기뻐

"이는 하늘이 나로 하여금 공을 이루게 하심이라."

하고, 이에 사람은 모두 매를 물고 말에게는 모조리 함을 물려 대 군이 거침없이 촉병 영채를 바라고 나아가는데, 진랑이 앞을 서 서 일만 군을 거느리고 바로 촉병의 영채 안으로 짓쳐 들어가 보 니 촉병이 하나도 눈에 띄지 않는다.

진랑이 계책에 속은 줄 알고 황망히 퇴군령을 놓을 때 사면에 서 횃불이 일시에 비치고 함성이 천지를 진동하며 좌편의 왕평·장의, 우편의 마대·마충 양로병이 일제히 짓쳐 들어온다.

진랑이 죽기로써 싸우나 빠져 나갈 수가 없다.

배후에서 사마의는 촉병 영채에 화광이 충천하며 함성이 끊이 지 않는 것을 보고, 또 위병의 승패를 알 수가 없어서 오직 군사 를 재촉하여 화광이 비치는 곳을 바라고 접응하러 쳐들어갔다.

그러자 홀연 함성이 한 번 일어나더니 북소리·각적소리가 하 늘을 흔들고 화포소리가 땅을 진동하며 좌편에서는 위연, 우편에 서는 강유 양로군이 짓쳐 나온다.

위병은 대패하였다. 열에 상한 자가 열아홉이다. 모두 사면으로 흩어져 달아난다.

이때 진랑이 거느리는 일만 병은 모두 촉병에게 포위를 받았는데 화살이 그냥 빗발치듯 한다.

진랑은 난군 가운데서 죽고 말았고 사마의는 패병을 이끌고 본채로 달려 들어가 버렸다.

삼경 이후에 하늘이 다시 맑게 개고 달빛이 밝았다.

공명은 산마루 위에서 징을 쳐 군사를 거두었는데, 원래 이경 때 음운이 온 하늘을 까맣게 덮었던 것은 곧 공명이 둔갑법을 쓴 것이요, 뒤에 군사를 거둘 무렵 하늘이 다시 맑게 개고 달빛이 밝은 것은 곧 공명이 육정육갑을 몰아서 구름을 말끔하게 쓸어 버렸기 때문이다.


공명이 크게 이기고 영채로 돌아오자 정문을 목 베어 버리고 다시 위수 남쪽 영채를 취할 계책을 의논하였다.

매일 군사를 시켜서 싸움을 돋우게 하였으나 위병은 도무지 나오려 들지 않는다.

공명은 몸소 작은 수레를 타고 기산 앞으로 가서 위수 동서의 지형을 답사해 보는데, 문득 한 골 어귀에 이르러 보니 그 형상이 표주박처럼 생겨서 그 안에 가히 천여 명은 용납할 만하고, 두 산이 또 합해서 한 골짜기를 이루었으니 그곳에는 사오백 명을 용납할 만하며, 그 배후에는 두 산이 서로 끼고 돌아 오직 일인일기를 통하게 되어 있다.

보고 나자 공명은 마음에 크게 기뻐하며 향도관에게 물었다.

"이곳 지명이 무엇이냐."

향도관이

"이곳 이름은 상방곡(上方谷)이온데 또 호로곡(葫蘆谷)이라고도 하옵니다."

하고 대답한다.

공명은 장중으로 돌아가자 비장 두예(杜叡)·호충(胡忠) 두 사람을 불러서 귀에 대고 밀계를 일러 주고, 군중에 따라와 있는 장색(匠色) 천여 명을 데리고 호로곡 안으로 들어가서 '목우(木牛)'와 '유마(流馬)'를 만들어 실지로 운용하게 하라 하고, 또 마대로 하여금 군사 오백을 거느려 골 어귀를 지키고 있게 하는데, 공명은 마대를 보고

"장색들을 밖으로 내보내지 말고 외인을 안으로 들이지 마라. 내 또한 무시로 친히 와서 검분하려니와, 사마의를 잡을 계책이 바로 여기에 있으니 행여 소식을 누설하니 말렷다."

하고 당부하였다. 마대는 영을 받고 갔다.

두예 등 두 사람은 호로곡 안에서 장색들을 감독하여 목우와 우마를 법에 의해서 만들게 하는데 공명이 또 매일 왕래하며 지시하였다.

그러자 하루는 장사 양의가 들어와서

"지금 군량이 모두 검각에 있사온데 인부나 마소가 운반하기 불편하니 어찌하오리까."

하고 아뢴다.

공명은 웃으며 말하였다.

"내 이미 생각한 지 오래니, 전자에 쌓아 두었던 목재와 또 서천에서 수매해 온 큰 나무들로 지금 사람을 시켜 목우와 유마를 만들게 하고 있으매, 군량을 운반하기가 심히 편리할 것이요, 우

마가 모두 먹지 않으니 불철주야하고 운반할 수가 있소."

　모든 사람이 다 놀라며

　"예부터 이제 이르기까지 목우와 유마가 있단 말은 들어본 일이 없삽는데, 승상께서는 어떤 묘법이 있으시기에 이런 기이한 물건을 만드시나이까."

하고 묻는다.

　공명이 이에 대답하여

　"내 이미 사람을 시켜서 법에 의해 만들게 하고 있으나 아직 완비하지 못했는데, 내 이제 우선 목우와 유마 만드는 법이며 그 치수와 둘레와 길이와 넓이를 다 명백하게 써 줄 것이매 다들 한 번 보지."

하고 말하니 여러 장수들이 다 크게 기뻐한다.

　공명은 즉시 종이에 친히 써서 여러 사람에게 주고 보게 하였다.

　여러 장수들은 한 번 죽 보고 나자 모두 땅에 배복하여

　"승상은 참으로 신인(神人)이십니다."

하고 말하였다.

　그로써 수일이 지나 목우유마가 모두 완비되었는데 완연히 산 것과 일반이라, 산을 오르고 언덕을 내리는데 모두 편리하기가 그만이니 중군이 모두 보고 기뻐하지 않는 자가 없다.

　공명은 우장군 고상(高翔)으로 하여금 일천 군을 거느리고 목우유마를 몰아 검각에서 바로 기산 대채까지 왕래하며 군량과 마초를 날라다가 군중에 공급하게 하였다.

　후세 사람이 칭찬해서 지은 시가 있다.

검문관 험한 고개 유마가 치달리고
야곡 기구한 길로 목우(木牛)가 내려온다.
만약 후세에 와서도 이 법을 쓴다 하면
짐을 나르는 데 무슨 근심이 또 있으리.


　한편 사마의가 바야흐로 근심하며 번민하고 있노라니까, 홀연 초마가 들어와서 보하되
　"촉병이 목우유마를 써서 양초를 운반하고 있사온데, 사람은 큰 수고가 들지 않고 우마는 먹지를 않소이다."
한다.
　사마의는 크게 놀라
　"내가 굳게 지키고 앉아 나가지 않기는, 저희들이 양초를 접제(接濟)하지 못해서 제풀에 쓰러지기를 기다리자는 것인데, 이제 이 법을 쓰고 있으니 필연 장구한 계책을 삼아 물러갈 생각을 하지 않는 것이라 이를 어찌하면 좋을꼬."
하고, 급히 장호·악림 두 사람을 불러
　"너희 두 사람은 각기 오백 군을 거느리고 야곡 작은 길로 가만히 나가서 촉병이 목우유마를 몰고 지나가거든 다 지나가게 두어두고 일제히 짓쳐 나가 많이 빼앗아 올 것은 없고 다만 너덧 필만 빼어 가지고 바로 돌아오너라."
하고 분부하였다.
　두 사람이 영을 받아 각기 오백 군을 촉병으로 꾸며서 거느리고 밤중에 가만히 작은 길로 해서 골짜기 안에 매복해 있노라니까, 과연 고상이 군사를 시켜 목우유마를 몰고 온다.

그들이 장차 다 지나가려 할 때 양편에서 일제히 북 치고 고함 지르며 짓쳐 나갔다.

촉병이 미처 손을 놀려 볼 사이가 없어 그 자리에 몇 필을 내버린 채 그대로 달아나 버린다.

장호와 악림은 마음에 좋아서 그것들을 몰고 본채로 돌아왔다.

사마의가 보니 과연 앞으로 나가고 뒤로 물러나기를 산 것이나 일반으로 한다.

그는 크게 기뻐하여

"네가 이 법을 쓸 줄 아는데 설마 나라고 쓸 줄 모르랴."
하고, 곧 능숙한 장색 백여 명으로 하여금 눈앞에서 뜯어보게 하고, 그 치수 · 장단 · 후박(厚薄)의 법에 의해서 한 모양으로 목우유마를 만들도록 분부하였다.

보름이 채 못 되어 이천여 개를 만들어 내었는데, 공명이 만든 것과 일반 법칙으로 또한 능히 오고 가고 달린다.

사마의는 드디어 진원장군 잠위(岑威)로 하여금 일천 군을 거느리고 목우유마를 몰아 농서로 가서 군량과 마초를 운반해 오게 하여 왕래가 끊이지 않으니 위병 영채의 장수들이 기뻐하지 않는 자가 없다.


한편 고상이 돌아가서 공명을 보고, 위병이 목우와 유마를 각각 오륙 필씩 빼앗아 간 일을 이야기하니 공명이 웃으며

"내 그러지 않아도 저희가 좀 뺏어 가 주었으면 하던 차이다. 우리가 다만 몇 필 목우유마를 잃었을 뿐으로 이제 오래지 않아서 군중에 허다한 부조를 받게 되겠으니 말이다."

하고 말한다.

여러 장수들이

"승상께서는 그것을 어떻게 아십니까."

하고 물으니, 공명은

"사마의가 목우유마를 보면 제 반드시 내 법도를 본떠서 한 모양으로 만들 것이매, 그때 내게 또 계책이 있느니라."

하고 말하는 것이다.

수일 후에 사람이 와서 보하는데, 위병도 목우유마를 만들 줄 알아서 농서에 가서 양초를 운반하고 있다 한다.

공명은 크게 기뻐하여

"내 예측한 데서 벗어나지 않는구나."

하고, 즉시 왕평을 불러서 분부하되

"네 일천 군을 위병으로 꾸며 거느리고 밤을 도와 가만히 북원을 지나가되, 다만 순량군(巡糧軍)이라고만 말하고 저희들 운량군(運糧軍)들 속에 끼어 들어가서 군량을 호위해 오는 자들을 모조리 쳐 헤쳐 버려라. 그리고 목우유마를 가지고 돌아오는데, 바로 곧장 북원으로 지나오노라면 이곳에 반드시 위병이 있어 뒤를 쫓을 것이니 그때 곧 목우유마 입 안에 있는 혀를 비틀면 우마가 능히 행동하지 못할 것이매 너희들은 그대로 버리고 달아나거라. 뒤에서 위병들이 쫓아와서 잡아끌어도 꼼짝 않고 들고 가도 지고 가도 못할 때 내가 다시 군사를 보낼 것이매, 네 다시 돌아가서 목우유마의 혀를 돌려놓고 거침없이 몰아 가지고 오면 위병이 반드시 의심하여 요괴인 줄 알리라."

하였다.

왕평이 계책을 받아 군사를 거느리고 가자, 공명은 또 장의를 불러 분부하였다.

　"너는 오백 군으로 모두 육정육갑 신병(神兵)을 꾸미되, 귀신의 머리와 짐승의 몸에 오색 채색을 써서 얼굴에 칠하고 가지가지 기이한 형상을 하며, 한 손에는 수놓은 기를 잡고 또 한 손에는 보검을 들고 허리에는 호로병을 차되 그 안에는 연기와 불을 피울 물건을 감추고서 산 옆에 매복해 놓았다가 목우유마가 이르거든 연기와 불을 피우며 일제히 내달아 우마를 몰고 가게 하라. 위병이 이 광경을 보면 반드시 귀신인 줄로 의심하여 저희가 감히 뒤를 쫓아오지 못할 것이다."

　장의가 계책을 받아 군사를 거느리고 가자 공명은 또 위연과 강유를 불러서 분부하되

　"너희 두 사람은 함께 일만 군을 거느리고 북원 영채 앞으로 가서 목우유마를 접응하고 적병을 막아 싸우라."

하고, 또 요화와 장익을 불러 분부하되

　"너희 두 사람은 오천 병을 이끌고 가서 사마의가 오는 길을 끊어라."

하며, 또 마충과 마대를 불러 분부하되

　"너희 두 사람은 이천 병을 이끌고 위수 남쪽으로 가서 싸움을 돋우라."

한다.

　여섯 사람은 각각 영을 받아 가지고 떠났다.


　이때 위장 잠위가 군사를 거느리고 목우유마에 양초를 싣고 한

창 길을 가는 중에, 홀연 전면에 순량하는 군사가 있다는 보도가 들어왔다.

잠위가 사람을 시켜서 초탐해 보니 과연 위병이라 드디어 마음을 놓고 그대로 앞으로 나갔다.

이리하여 양군은 한데 합쳤는데, 홀지에 함성이 크게 진동하더니 촉병이 본대 안에서 들고 일어나며

"촉중 대장 왕평이 예 있다."

하고 크게 외치는 소리가 들린다.

위병들이 미처 손을 놀려 볼 사이가 없어 촉병의 손에 죽는 자가 태반이다.

잠위는 패병을 이끌고 맞아서 싸웠으나 왕평의 한 칼에 죽고 말았으며, 남은 무리들은 모두 그대로 무너져서 뿔뿔이 흩어져 버렸다.

왕평은 군사들을 지휘하여 목우유마를 모조리 몰아 가지고 돌아온다.

패병이 나는 듯이 북원 영채 안으로 달려 들어가서 보하니, 곽회는 군량이 겁칙당했다는 말을 듣자 황망히 군사를 이끌고 구원하러 왔다.

왕평이 곧 군사들로 하여금 목우유마의 혀들을 비틀어 모두 길위에 내버려 두게 하고 일변 싸우며 일변 달아난다.

곽회는 적을 쫓으려 말고 다만 목우유마를 몰아 가지고 돌아가도록 하라 하고 영을 내렸다.

모든 군사가 일제히 달려들어 목우유마를 몰고 가려 하였으나, 옴짝달싹도 하지 않는다.

곽회가 심중에 의혹하나 아무렇게도 할 도리가 없을 때 홀연 북소리 · 각적소리가 천지를 뒤흔들고 함성이 사면에서 일어나며 양로병이 짓쳐 나오니, 곧 위연과 강유다. 왕평이 또한 다시 군사를 돌려 짓쳐 들어온다.

　삼로병에게 협공을 받고 곽회는 크게 패하여 달아났다.

　왕평이 곧 군사들을 시켜서 목우유마의 혀들을 다시 비틀어 바로 돌려놓게 하여 몰고 간다.

　곽회가 이 광경을 바라보고 바야흐로 군사를 돌려 다시 뒤를 쫓으려 하다가 문득 보니, 산 뒤에서 연기가 구름처럼 일어나며 한 떼의 신병이 몰려나오는데 저마다 손에 기와 검을 들고 기괴망측한 형상을 한 것들이 목우유마를 옹위하여 풍우같이 몰려 나간다.

　곽회는 크게 놀라서

　"이는 필시 신령이 도우시는 것이리라."

하였다.

　수하 군사들도 모두 이 광경을 보고는 놀라고 두려워하지 않는 자가 없어 감히 그 뒤를 쫓지 못한다.


　한편 사마의는 북원병이 패하였다는 소식을 듣고 몸소 일군을 거느려 급히 구원하러 오는데 길을 반쯤 왔을 때 홀연 일성 포향에 양로병이 험준한 곳에서 짓쳐 나오며 함성이 천지를 진동하니, 기 위에는 '한장 장익' · '한장 요화'라 크게 씌어 있다. 사마의는 이것을 보자 소스라쳐 놀라고 위병들이 모두 당황해서 각자 도망해 숨는다.

신장을 길에 만나 군량 겁칙당한 신세
기병을 또 만나서 목숨마저 위태롭다.

사마의가 대체 어떻게 대적할 것인고.

상방곡에서 사마의는 하마 죽을 뻔하고
오장원에서 제갈량은 별에 수(壽)를 빌다

| *103* |

사마의는 장익과 요화에게 엄습을 받아 한 마당 싸움에 패하고
필마단창으로 빽빽한 수림 사이를 바라고 달아났다.

장익은 그 자리에서 후군을 수습하고, 요화가 앞을 서서 사마의
의 뒤를 쫓았다.

요화가 거의거의 쫓아 잡게 되었을 때 사마의가 당황해 나무를
안고 돌아가서 요화는 한 칼로 내리찍는다는 것이 그만 잘못 나
무를 찍고 말았다.

요화는 급히 나무에 박힌 칼을 뽑아내었다. 그 사이에 사마의
는 천행으로 수림을 빠져나가 버렸다.

요화는 뒤미처 쫓아 나갔으나 어디로 갔는지를 모르겠는데, 문
득 보니 수림 동편에 금 투구 한 개가 길 위에 떨어져 있다.

요화는 그나마 투구를 집어서 말에 달고 곧장 동쪽을 바라고

쫓아갔는데, 원래 사마의는 금 투구를 수림 동쪽에다 버리고는 서편을 향해서 달아났던 것이다.

요화는 뒤를 쫓아 삼십 리나 갔으나 그 종적을 찾지 못하고 골어귀로 달려 나가 강유와 서로 만나 함께 영채로 돌아가서 공명을 보았다.

이때 벌써 장의는 목우유마를 몰고 영채로 돌아와 군중에 교부하고 난 뒤였는데, 노획한 군량이 만여 석이나 되었다.

요화가 금 투구를 공명께 바쳐서 이번 싸움에 첫째가는 군공으로 삼으니, 위연은 심사가 틀려 연해 속으로 투덜거렸으나 공명은 그냥 모른 체해 버렸다.

한편 사마의는 도망하여 영채로 돌아가자 속으로 번뇌하기를 마지않는데, 문득 사신이 천자의 조서를 가지고 내려왔다.

조서의 내용인즉, 동오에서 세 길로 나뉘어 위나라 지경을 범해 들어 왔으므로 조정에서 바야흐로 장수를 보내서 대적하려 하니, 사마의의 무리는 지경을 굳게 지키고 나가서 싸우지 말라는 것이었다.

사마의는 조서를 받고 나서 더욱 방비를 튼튼히 하고 굳게 지키고 앉아 나가지 않았다.

한편 조예는 손권이 군사를 삼로로 나누어 들어온다는 말을 듣자 역시 군사를 일으켜 삼로로 맞아 싸우기로 하고, 유소에게 명하여 군사를 거느리고 가서 강하를 구하게 하며, 전예로 하여금 군사를 거느려 양양을 구하게 하고, 조예 자기는 만총으로 더불어 대군을 영솔하여 합비를 구하기로 하였다.

만총이 먼저 일군을 거느리고 소호구에 이르러 바라보니 동쪽 언덕에 전선이 무수하고 정기가 정제하다.

만총은 군중에 들어가 천자에게 아뢰었다.

"오나라 군사들이 필연 우리 군사가 멀리 온 것을 얕보아 방비를 하지 않고 있사오리니, 오늘밤 저희들의 허한 틈을 타서 그 수채를 겁칙하오면 반드시 전승을 거둘 수 있으리라 요량하나이다."

듣고 나서 조예는

"경의 말이 바로 짐의 뜻과 같도다."

하고 즉시 용맹한 장수 장구(張球)로 하여금 오천 병에게 각각 불 놓는 기구를 지니게 하여 거느리고 호구로 쫓아 적을 치게 하고, 만총으로 군사 오천을 거느려 동쪽 언덕으로 쫓아 쳐들어가게 하였다.

이날 밤 이경에 장구와 만총은 각각 군사를 거느리고서 가만히 호구를 바라고 나아가, 동오 수채에 가까이 이르자 일제히 아우성치며 짓쳐 들어갔다.

동오 군사들이 놀라고 당황해서 싸워 볼 염도 못하고 그냥 달아나는데, 위병이 사면에다 불을 질러서 전선·양초·기구들이 불에 타 없어진 것이 부지기수다. 제갈근은 패병을 거느리고 면구로 도망해 갔다. 위병은 크게 이기고 돌아갔다.

그 이튿날 초마가 이 소식을 육손에게 보하였다.

육손이 여러 장수를 모아 놓고

"내 마땅히 표문을 닦아서 주상께 아뢰고 신성의 포위를 풀어 그 군사로 위병의 돌아갈 길을 끊게 하시라 청하고서, 나는 군사를 휘동해서 그 앞을 치면 저희가 일시에 앞뒤를 돌아볼 수 없을 것이니, 한 번 북 쳐서 가히 깨뜨릴 수 있으리다."

하고 말하니, 모든 사람이 그 말에 감복한다.

육손은 즉시 표문을 갖추어 소교(小校) 한 명을 부려서 몰래 가지고 신성으로 가게 하였다.

소교가 영을 받아 표문을 가지고 떠나서 나루터에 이르렀는데, 뜻밖에도 길에 매복해 있던 위병에게 붙잡혀서 위병 군중으로 끌려가 위나라 임금 조예 앞에 나가게 되었다.

조예는 육손의 표문을 뒤져내어 읽고 나자

"동오 육손이, 참으로 교묘한 계책을 내었구나."

하고 감탄하며, 드디어 동오의 소교를 가두어 두게 하고 유소에게 명하여 손권의 후군을 삼가 방비하게 하였다.


이때 제갈근은 한 진을 크게 패한 데다가 또 마침 여름철이라 군사들이 병이 많이 났다. 그는 마침내 글 한 통을 써서 사람에게 주어 육손에게 전하라 일렀다. 그와 상의하고 군사를 거두어 귀국하려 한 것이다.

육손은 글월을 보고 나자 온 사람에게 말하였다.

"장군께 말씀을 올려다오. 내게 일정한 주장이 있습니다고."

사자가 돌아가서 제갈근에게 그대로 보하자 제갈근은 그에게 한마디 물었다.

"육 장군께서 무얼 하고 계시더냐."

사자가 아뢴다.

"그저 육 장군께서는 여러 사람들을 재촉하셔서 영채 밖에다 콩

을 심게 하시고, 당신은 여러 장수들과 원문에서 활을 쏘시며 소
일하고 계셨소이다."

제갈근은 크게 놀라 친히 육손의 영채로 가서 그와 서로 보고

"이제 조예가 친히 와서 위병의 형세가 심히 성한데, 도독은 어
떻게 이를 막으려 하십니까."

하고 물었다.

육손은

"내 앞서 사람을 시켜 주상께 표문을 올리게 하였더니 뜻밖에
도 위병의 손에 들어가고 말았소이다. 우리의 은밀한 계책이 이
미 누설되었으니 저희에게 필시 방비가 있을 것이라 이제는 서로
싸워 본대도 무익한 일이매 물러가느니만 못하겠으므로, 내 이미
사람을 시켜 표문을 올리고 주상께 서서히 퇴군할 일을 취품해서
윤허를 물었소이다."

하고 대답한다.

제갈근은 다시

"도독에게 이미 그럴 마음이 있으시면 속히 퇴군하도록 하실 일
이지 왜 또 시일을 지연하고 계십니까."

라고 물으니, 육손은

"우리 군사가 물러가려면 마땅히 서서히 동해야 합니다. 이제
만약 곧 물러가면 위병이 반드시 승세해 뒤를 쫓을 것이니 이는
패를 취하는 길이라, 족하는 부디 먼저 선척을 정돈해서 거짓 적
을 막으려는 뜻을 보이시고 나는 모조리 인마를 양양으로 향해서
나아가 적을 미혹케 하는 계책을 삼은 연후에 서서히 퇴군하여 강
동으로 돌아가면 자연 위병이 감히 가까이 오지 못할 것이외다."

한다.

제갈근은 그 계책에 의하여 육손을 하직하고 본영으로 돌아오자 선척을 정돈하여 떠날 준비를 하니 육손은 또한 대오를 정제히 하여 허장성세하고 양양을 향해서 나아갔다.

세작이 이 일을 알아다가 위나라 임금에게 보하고

"동오 군사가 이미 동하였사오니 모름지기 방비하도록 하옵소서."

하고 아뢰니, 장수들이 듣고 모두 나가서 싸우겠다고 한다.

그러나 조예는 본래 육손의 재주를 익히 알고 있는 터라

"육손이 꾀가 있어 혹시 유적계(誘敵計)를 쓰는 것인지도 모르니 섣불리 나가서는 아니 되리라."

하고 장수들을 타일러서 그들은 마침내 나가지 않았다.

수일이 지나서 초마가 들어와

"동오의 삼로 병마가 다 물러갔소이다."

하고 보한다.

조예는 믿지 않고 다시 사람을 시켜서 알아보게 하였는데, 돌아와서 보하는 말을 들으니 과연 모조리 물러갔다는 것이다.

조예는

"육손의 군사 쓰는 것이 손·오만 못하지 않으니, 동남은 아직 평정할 수 없으리로다."

하고, 인하여 여러 장수들에게 조서를 내려 각각 요해처를 지키고 있게 하고, 자기는 대군을 거느리고 합비에 둔쳐 무슨 변이 있기를 기다리기로 하였다.

한편 공명은 기산에 있으며 오래 머무를 계책을 삼으려 하여, 이에 군사들로 하여금 위나라 백성과 섞여서 농사를 짓게 하되, 군사는 삼분의 일, 백성은 삼분의 이를 차지하기로 하여 결코 침범하지 않으니 위나라 백성이 모두 안심하고 즐겁게 농사를 짓는다.

사마사는 부친에게 들어가 말하였다.

"촉병이 우리에게서 허다한 양미를 겁칙해 가고 이제 또 군사들을 시켜서 우리나라 백성과 섞여 위수 가에다 둔전을 두어 장구한 계책을 삼고 있사오니, 이 같으면 실로 국가의 큰 화근이온데 아버님께서는 어찌하여 공명으로 더불어 한 번 크게 싸우셔서 자웅을 결하려 아니 하십니까."

사마의가 대답한다.

"내가 천자의 칙지를 받들어 굳게 지키는 터이라 경선하게 동하는 것은 옳지 않으니라."

이렇듯 이야기하고 있을 때 문득 보하되

"위연이 원수께서 전일 잃어버리신 금 투구를 가지고 나와서 욕질을 하며 싸움을 돋우고 있소이다."

한다.

모든 장수들이 분노하여 다들 나가서 싸우려 한다.

그러나 사마의가 웃으며

"성인께서 이르시기를 '작은 일을 참지 못하면 큰 일을 그르치느니라'고 하셨으니 다만 굳게 지키는 것이 상책이니라."

하고 말해서 그들은 영에 의하여 나가지 않았다.

위연은 한동안을 욕하고 꾸짖다가 비로소 돌아갔다.

공명은 사마의가 나와서 싸우려 아니 하는 것을 보자 가만히 마대로 하여금 목책을 만들며 영채 안에 깊게 구덩이를 파고 마른 나무와 인화할 물건들을 많이 쌓아 놓게 하고, 주위 산 위에 시초를 많이 써서 거짓 초막들을 지어 놓고 안팎에는 모두 지뢰를 묻어 놓게 하였다.

모든 준비가 다 되자 공명은 그의 귀에다 입을 대고

"호로곡 뒷길을 막아서 끊고 가만히 골짜기 안에다가 군사를 매복해 놓아라. 만약에 사마의가 쫓아오거든 골짜기 안으로 들어오게 내버려두고 즉시 지뢰와 마른 섶에 일제히 불을 댕겨라."

하고 분부하고, 또 군사들로 하여금 낮이면 골 어귀에다가 칠성호대(七星號帶)[1]를 들고 밤이면 등불 일곱 개를 켜 놓아 군호를 삼게 하니, 마대는 계책을 받아 군사를 거느리고 갔다.

공명은 또 위연을 불러서 분부하였다.

"너는 오백 군을 거느리고 위병 영채로 가서 싸움을 청해 기어이 사마의를 끌어내어 싸우게 하되, 이겨서는 아니 되고 그저 거짓 패하기만 하면 사마의가 반드시 쫓아올 것이니 그때 너는 칠성호대가 있는 곳을 바라고 들어가고 밤이거든 등불 일곱 개가 있는 데를 바라고 달아나는데 다만 사마의를 호로곡 안으로 끌어들일 수만 있으면 내게 저를 잡을 계책이 있느니라."

위연이 계책을 받아 군사를 이끌고 가자 공명은 또 고상을 불러서 분부하였다.

"너는 목우유마를 이삼십 필로 한 떼를 짓고, 또 사오십 필로 한 떼를 지어 모두 양미를 실려 가지고 산길로 분주히 왕래하되 만

---

1) 북두칠성을 그린 신호기.

152

일 위병이 달려들어 뺏어 가면 그것은 곧 네 공이 되느니라."

고상은 계책을 받아 목우유마를 몰고 갔다.

공명이 기산병을 일일이 분별해 보내되 다만 둔전병만 남겨 두고 분부하였다.

"만일 딴 군사가 싸우러 오거든 그저 거짓 패하기만 하고, 만약에 사마의가 몸소 오거든 그때는 힘을 합해 오직 위수 남쪽을 쳐서 저의 돌아갈 길을 끊어 놓아라."

공명은 다 분별하고 나자 몸소 일군을 거느리고 상방곡 가까이 하채하였다.


한편 하후혜·하후화 두 사람이 영채로 들어가서 사마의를 보고

"이제 촉병이 사면으로 흩어져서 영채를 세우고 각처에다 둔전을 두어 장구한 계책을 삼고 있으니, 만약에 이때 진작 없애지 않고 그대로 버려두어 날이 지나 그 근본이 꽉 굳어져 버리면 요동하기가 어려울까 보이다."

하고 고하니, 사마의가 그저 한마디로

"이것도 필시 공명의 계교니라."

하고 대답할 뿐이다.

그러나 두 사람이 다시

"도독께서 만약에 이처럼 의려하시면 적을 어느 때에 가서나 멸하오리까. 저희 두 사람이 힘을 다해서 한 번 죽기로 싸워 나라 은혜에 보답하겠습니다."

하고 말하자, 사마의는

"이미 그렇다면 너희 두 사람이 한 번 길을 나누어 나가서 싸우

도록 하여라."

하고, 드디어 하후혜·하후화로 하여금 각각 오천 병을 거느리고 나가게 한 다음 사마의는 앉아서 회보를 기다렸다.

　이때 하후혜·하후화 두 사람이 군사를 양로로 나누어 한창 행군하는 중에 문득 보니 촉병들이 목우유마를 몰고 온다.

　두 사람은 일제히 짓쳐 나가 들이쳤다. 촉병이 대패해서 그대로 달아난다. 위병들은 목우유마를 모조리 다 빼앗아서 사마의의 영중으로 보냈다.

　이튿날 두 사람은 또 촉병 백여 명을 사로잡아서 역시 대채로 보내왔다.

　사마의가 잡아 온 촉병들을 데리고서 으르고 달래 가며 촉군의 허실을 물어보니, 그들의 하는 말이

　"공명은 도독께서 오직 굳게 지키고만 계시고 나오시지는 않으리라 생각하여 소인들로 모두 사면에 흩어져 둔전해서 장구한 계책을 삼은 것이온데, 뜻밖에도 이처럼 잡혀 왔소이다."

하는 것이다.

　사마의는 곧 촉병들을 모조리 놓아 보냈다.

　하후화가

　"어찌하여 죽이시지 않으십니까."

하고 묻자, 사마의는

　"그까짓 소졸들은 죽여서 유익할 것이 없다. 차라리 본채로 놓아 보내서 위나라 대장이 관후하고 인자하다는 소문을 내게 하여 저희들의 싸울 마음을 풀어 놓는 것이 좋으니, 이는 바로 여몽이

형주를 취하던 계책이다."

하고 드디어 영을 전해서 금후에 무릇 사로잡은 촉병이 있으면 모두 곱게 놓아 주라 하고, 인하여 공이 있는 장수와 관원들에게 상을 내렸다.

장수들은 모두 영을 듣고 갔다.


한편 공명은 고상으로 하여금 거짓 양초를 운반하는 체하고 목우유마를 몰아 상방곡 안으로 왕래하게 하였는데, 하후혜의 무리는 이것을 끊고 쳐서 반달 어간에 연하여 여러 진을 이겼다.

사마의는 촉병이 여러 차례 패한 것을 보고 마음에 기뻐하였는데, 하루는 또 촉병 수십 인을 잡아 가지고 왔으므로 그는 장하로 불러들여

"공명이 지금 어디 있느냐."

하고 물었다.

촉병들이 아뢴다.

"제갈 승상께서 기산에 계시지 않고 상방곡 서편 십 리에 하채하고 그곳에 들어 계신데, 이제 매일 양초를 운반하여다가 상방곡에 쌓아 놓고 계십니다."

사마의는 자세히 묻고 나서 곧 촉병들을 놓아 보내고 이에 여러 장수를 불러 분부하였다.

"공명이 지금 기산에 있지 않고 상방곡에 하채하고 있으니 너희들은 내일 일제히 힘을 합해서 기산 대채를 쳐서 취하도록 하라. 내 몸소 군사를 이끌고 가서 접응하겠다."

모든 장수들이 명을 받아 각각 나가서 싸울 준비를 한다.

사마사가 있다가

"아버님은 어인 까닭으로 도리어 그 뒤를 치려 하십니까."

하고 물으니, 사마의의 말이

"기산은 촉병의 근원이라 만약 우리 군사가 치는 것을 보면 각 영에서 필연 모두 와서 구할 것이니 그때 우리가 뒤쪽으로 상방곡을 쳐서 그 양초를 불살라 저희로 하여금 머리와 꼬리가 서로 접하지 못하게 하면 반드시 크게 패하고 말 것이다."

한다.

사마사는 배복하였다.

사마의는 곧 군사를 거느리고 나가며 장호와 악림으로 하여금 각각 오천 병을 거느리고 뒤에서 접응하게 하였다.


이때 공명은 바로 산 위에서 위병들이 혹 사오천 명이 한 대(隊)도 되고, 혹 일이천 명이 한 대도 되어서 대오가 분분하고 전후로 돌아보며 가고 있는 것을 바라보고 저희가 필시 기산 대채를 취하러 가는 것이라 짐작하고서 곧 여러 장수들에게 가만히 영을 전하여

"만약에 사마의가 친히 오거든 너희들은 바로 가서 위병의 영채를 겁칙하고 위수 남쪽 땅을 빼앗아라."

하고 분부하였다.

장수들은 저마다 영을 들었다.

한편 위병이 모두 기산 대채로 달려가자 촉병들은 짐짓 구응하는 형세를 보여 사면에서 일제히 아우성들을 치며 몰려왔다.

사마의는 촉병들이 모두 기산 대채를 구응하러 가는 것을 보자

그 길로 두 아들과 중군 호위 인마들을 거느리고서 상방곡으로 짓쳐 들어갔다.

이때 위연은 상방곡 어귀에서 오직 사마의가 오기만 기다리고 있는데, 홀지에 한 떼의 위병이 짓쳐 들어오므로 위연이 말을 놓아 앞으로 나가서 자세히 보니 그것이 바로 사마의다.

위연은 곧

"사마의야, 도망하지 마라."

하고 크게 호통을 치며 칼을 춤추고 내달아 맞았다.

사마의는 창을 꼬나 잡고 그와 접전하였다.

삼 합이 다 못 되어 위연이 문득 말머리를 돌려 달아난다.

사마의는 그 뒤를 쫓았다.

위연은 다만 '칠성호대'가 걸려 있는 곳만 바라고 말을 달려 들어간다.

사마의는 위연이 단지 한 사람이요, 또 그 군사도 적은 것을 보고서 마음 놓고 뒤를 쫓는데, 사마사로는 좌편에 있게 하고 사마소로는 우편에 있게 하고, 자기는 한가운데 있어 일제히 쳐들어갔다.

위연이 오백 병을 이끌고 모두 골짜기 안으로 들어가 버린다.

사마의는 골 어귀까지 쫓아 이르자 먼저 사람을 시켜서 골짜기 안으로 들어가 초탐해 보게 하였는데, 돌아와 보하는 말이 골짜기 안에 복병이라고는 도무지 없고 산 위는 모두 초막뿐이더라는 것이다.

사마의는 그 말을 듣고 '이는 필시 양초를 쌓아 두는 곳인 게다' 하고 드디어 군사를 크게 몰아 모조리 골짜기 안으로 들어갔다.

그러자 문득 사마의가 보니 초막에 그득한 것이 모두가 마른 나무요, 전면에 위연이 또한 어디로 갔는지 보이지 않는다.

사마의가 마음에 의심이 들어 두 아들을 보고

"만약에 촉병이 있다가 골 어귀나 끊어 놓으면 어찌할꼬."

하고 말하는데, 그 말이 미처 끝나기 전에 홀연 함성이 크게 진동하며 산 위에서 일제히 횃불을 던져서 골 어귀를 불살라 끊어 버렸다.

위병들이 도망하려도 도망할 길이 없게 되었는데, 산 위에서 화전을 쏘아 내려, 지뢰가 일제히 터지며 초막 안의 마른 나무에 모두 불이 붙어 불길이 확확 화세가 충천한다.

사마의가 소스라쳐 놀라 어찌할 바를 모르며 말에서 뛰어내려 두 아들을 부둥켜안고

"우리 삼부자가 예서 모두 죽는구나."

하고 목을 놓아 우는데, 이때 문득 난데없는 광풍이 크게 일어나며 검은 기운이 하늘을 덮더니 벽력소리 한 번 크게 울리는 곳에 소나기가 퍼붓듯이 쏟아져서 골 안에 가득했던 불이 모조리 다 꺼져 버리고 지뢰가 다시는 진동하지 못하며 불 놓는 기구들이 아무 짝에 소용이 없이 되어 버렸다.

사마의는 크게 기뻐하여

"이때를 타서 빠져 나가지 않고 다시 어느 때를 기다리랴."

하고 즉시 군사를 이끌고 힘을 뽐내어 들이치는데 장호와 악림이 또한 각기 군사를 거느리고 짓쳐 와서 접응한다.

마대는 군사가 적어서 감히 그 뒤를 쫓지 못하였다.

이리하여 사마의 부자는 장호·악림과 군사를 한데 합쳐 가지고 같이 위남 대채로 돌아갔는데, 가 보니 뜻밖에도 채책은 이미

촉병에게 뺏긴 뒤다.

보니 곽회와 손예가 바야흐로 부교 위에서 촉병과 한창 접전하고 있는 중이다.

사마의의 무리가 군사를 거느리고 들이닥치자 촉병은 그제야 물러가 버린다.

사마의는 부교를 불살라 끊어 버리고 북쪽 언덕에 군사를 둔쳐 놓았다.


이보다 앞서 위병이 기산에서 촉병의 대채를 치던 중에 사마의가 대패하고 위남 영채가 촉병 손에 떨어졌다는 소식을 듣고 군심이 황란해서 급히 퇴군할 즈음에 사면에서 촉병들이 덮쳐드는 통에 위병은 크게 패해서 열에 열아홉이 상하고 죽은 자가 무수하다. 남은 무리들은 그대로 도망해 위수 북쪽 언덕으로 건너가서 겨우 목숨을 부지하였다.

처음에 공명은 산 위에서 위연이 사마의를 꾀어 상방곡 안으로 끌어들이자 삽시간에 화광이 크게 일어나는 것을 보고 내심에 매우 기뻐서 '사마의가 이번에는 갈 데 없이 죽었느니라' 하고 생각했는데, 뜻밖에도 하늘이 큰 비를 내려 불이 더 붙지 못하고 얼마 있다가 초마가 보하는 말을 들으니 사마의 삼부자가 도망해 나갔다는 것이다.

공명은

"'모사재인 성사재천(謀事在人 成事在天)'[2]이라 하더니 억지로 못

---

2) 일을 도모하는 것은 사람에게 있고, 일을 성공하게 하는 것은 하늘에 있다는 뜻.

하는 일이로고."

하며 탄식하였다.

후세 사람이 시를 지어 탄식하였다.


광풍은 골 안에 몰아치고 홍염은 하늘을 찌르는데
얄궂다 소나기는 무삼 일로 퍼붓는고.
무후의 묘한 계책 성취 곧 하였다면
강산이 진(晉)나라에 속할 법이 왜 있으랴.


이때 사마의는 위북 영채 안에서 영을 전하여

"위남 대채를 이미 잃은 이제, 제장 중에 만일 다시 나가서 싸우자는 자가 있으면 참하리라."

하니, 모든 장수들은 영을 듣고 굳게 지켜 나가지 않았다.

그러자 곽회가 들어와서

"요사이 공명이 군사를 데리고 순초하고 있는 모양이, 필연 어디다가 땅을 가려 영채를 세울 모양이외다."

하고 고한다.

그 말을 듣고 사마의는

"공명이 만약 무공(武功)을 나서 산을 따라 동쪽으로 가면 우리들이 모두 위태로울 것이고, 만약 위수 남쪽으로 나가 서쪽으로 오장원에 머물러 버리면 그때는 무사할 것이오."

하고 사람을 시켜서 초탐해 보게 하였더니 돌아와 보하는데, 공명이 과연 오장원에다가 군사를 둔쳐 놓았다고 한다.

사마의는 손을 들어 이마에 대면서

"이는 대위 황제의 홍복이시다."

하고, 드디어 모든 장수들에게 영을 내려서

"굳게 지키고 나가려 마라. 저희가 오래면 반드시 저절로 변이 있으리라."

하였다.


한편 공명이 몸소 일군을 거느리고 오장원에 둔쳐 있으며 누차 사람을 시켜서 싸움을 청해 보았으나 위병이 도무지 나오지 않는다.

공명은 이에 부녀들이 쓰는 머릿수건과 흰 옷을 큰 함 속에 넣고 글 한 통을 써서 사람을 시켜 위병 영채로 보냈다.

장수들은 감히 숨기지 못하고 사자를 인도해서 사마의 앞으로 데리고 들어갔다.

사마의가 여러 사람들과 함께 함을 열어 보니 그 안에 부녀들이 쓰는 머릿수건과 흰 옷과 글 한 통이 들어 있다.

사마의가 그 글월을 보니 사연은 대강 다음과 같다.


중달이 이미 대장이 되어 중원의 인마를 통솔하고 있으면서 갑옷 입고 손에 병장기를 잡아 자웅을 결하려고는 아니 하고 토굴(土窟)을 달게 지켜 삼가 칼과 화살을 피하고 있으니 부인들과 또 무엇이 다르리오.

내 이제 사람을 시켜서 부녀들이 쓰는 머릿수건과 흰 옷을 보내니, 만일에 나와서 싸우지 않겠으면 가히 두 번 절하고 받을 것이요, 혹 부끄러운 마음이 아주 없지 않아 아직도 남자의 흉금이 있거든 빨리 회답하여 날을 정하고 나와서 싸우라.


　사마의는 글을 보고 나자 심중에 대로하였으나 내색하지 않고 거짓 웃음을 지으며

　"공명이 나를 부녀자로 보는가."

하고 곧 머릿수건과 옷을 받고 사자를 후히 대접하며, 한마디 물었다.

　"공명이 침식은 어떻게 하시며 보시는 일이 바쁘시지나 않으냐."

　사자는 대답하였다.

　"승상께서 아침에는 일찍 일어나시고 밤에는 늦게 주무시며, 벌 이십 이상은 다 친히 보시고 잡수시는 것은 하루 두어 되에 지나지 않으십니다."

　듣고 나자 사마의는 장수들을 돌아보며

　"공명이 식소사번(食少事煩)하니 어찌 오래겠는가."

하고 말하였다.

　사자는 하직하고 오장원으로 돌아가서 공명을 보고 자세히 고하였다.

　"사마의가 머릿수건과 여인의 옷을 받고 서찰을 보고 나서도 도모지 노하는 빛이 없사옵고, 다만 승상의 침식과 보시는 일을 물을 뿐이옵지 군사에 관한 일은 일절 말씀하지 않사옵니다. 그래 소인이 이러이러하게 대답하였더니 그의 말이 '식소사번하니 어찌 오래 가랴' 하더이다."

　공명이 듣고 탄식하며

　"그가 나를 깊이 아는도다."

하고 말하는데, 주부 양옹이 있다가

 "저도 승상께서 매양 모든 문부(文簿)를 친히 교열하시는 것을 보고, 구태여 저렇게까지 하실 일이 아니니라고 생각해 왔습니다. 대저 일을 다스리는 데는 체제가 있어서 상하가 서로 범해서는 아니 되는 것이외다. 이를 치가(治家)하는 도리로 비유해 말씀하오면, 밭 가는 일은 반드시 종에게 맡기고 밥 짓는 일은 여종에게 맡겨야 집안 살림이 비지 않고 구하는 바가 다 넉넉해서 그 집 주인은 유유자적하며 아무 근심 없이 먹고 마시고 할 수 있는 것이지만, 만약에 그러한 일들을 자기가 몸소 다 한다면 심신이 모두 피로해서 마침내는 무어 한 가지도 이룰 수 없을 것이니 그것이 어찌 지혜가 비복들만 못하기 때문이겠습니까. 한 집안의 주인 된 도리를 잃었기 때문이올시다. 그러므로 옛 사람은, 앉아서 도(道)를 논하는 것은 삼공이라 하고, 일으켜 행하는 것을 사대부(士大夫)[3]라 불렀습니다. 옛적에 병길(丙吉)[4]은 소가 헐떡이는 것을 근심하면서 길 위에 쓰러져 죽은 사람은 묻지 않았사오며, 진평(陳平)[5]

---

3) 사는 선비, 대부는 관원이니 소위 사족(士族)을 말한다.
4) 중국 한나라 선제(宣帝) 때의 승상. 어느 봄날 그는 밖에 나갔다가 노상에 쓰러져 죽은 사람을 보고도 아무 말이 없더니 소가 헐떡이는 것을 보자 크게 관심을 가졌다. 누가 그 까닭을 묻자 병길은 다음과 같이 대답했다. "요사이 날이 그리 덥지 않은데 소가 헐떡이는 것은 괴이한 일이다. 혹시 천시가 바르지 못해서 연사에 영향을 주지나 않을까 두렵다. 이것은 승상이 알아서 해야 할 직책이므로 내가 관심을 갖는 것이다."
5) 한 고조의 공신으로, 효혜제(孝惠帝)·효문제(孝文帝) 양대에 걸쳐 승상을 지냈다. 황제가 일찍이 그에게 "전국에서 일 년간에 판결한 안건은 몇이나 되며 또 거두어들인 전량은 얼마나 되는고" 하고 물은 일이 있었는데, 진평은 그때 "그러한 것은 주관하는 관원에게 하문하십시오. 승상의 직책은 모든 신하들을 통솔하는 것이지 그러한 일에는 아랑곳하지 않사옵니다" 하고 대답하였다.

은 전곡의 수량을 모르면서 '그것은 주관하는 자가 있습니다' 하고 대답했소이다. 이제 승상께서 친히 자질구레한 일들을 다스리시느라 종일 땀을 흘리시니 이는 공연한 수고가 아니옵니까. 사마의의 말이 참으로 도리에 맞는 말이라고 하오리다."

그 말에 공명이 울며

"내 그것을 모르는 바 아니오. 다만 선제께 탁고의 중한 소임을 받자온 터라, 오직 다른 사람들이 내가 마음 쓰는 것 같지는 못하지나 않을까 두려워하기 때문이오."

하고 말하니 듣는 자가 모두 눈물을 흘렸다.

그 뒤로 공명이 스스로 심사가 불평해하니, 모든 장수들은 이로 인하여 감히 군사를 이끌고 나아가지 못하였다.


이때 위나라 장수들은 모두 공명이 머릿수건과 여인의 옷으로 사마의를 욕한 것을 알고 있었는데, 사마의가 그것을 받고 싸우려 하지 않아서 장수들은 분한 마음을 이기지 못하고 장중으로 들어가

"우리가 모두 대국의 명장으로서 어찌 차마 촉 사람들에게 이같은 욕을 보고 그냥 있단 말씀입니까. 이 길로 나가서 한 번 싸워 자웅을 결하게 해 주시지요."

하고 청하였다.

그러나 사마의는

"내가 감히 나가서 싸우지 못하고 욕을 달게 받자는 게 아니다. 다만 천자께서 밝히 조서를 내리셔서 나로 하여금 굳게 지키고 동하지 말라 하셨으매, 이제 만약에 경망되게 나간다면 이는 군명

을 어기는 것이 된다."

하고 말할 뿐이다.

　모든 장수들이 그래도 분함을 참지 못해서 다들 투덜투덜댄다.

　그 꼴을 보자 사마의는 그들에게

　"너희들이 이미 그처럼 나가서 싸우겠다고 하니, 그러면 내 천자께 주품해서 윤허를 물어 가지고 함께 힘을 합해서 한 번 적을 치는 것이 어떠하냐."

하고 한마디 물으니, 여러 장수들이 모두 좋다고 하자 곧 표문을 닦아서 사자에게 주고 바로 합비 군전에 가서 조예에게 바치게 하였다.

　조예가 표문을 펴서 보니 그 내용은 대강 다음과 같다.

　　신이 재주 없는 몸으로 중한 소임을 맡고 엎드려 칙지를 받들어, 굳게 지키고 싸우지 않으며 촉병이 제풀에 쓰러지기를 기다리고 있사옵던바, 이제 제갈량이 신에게 머릿수건을 보내서 신을 부녀자로 대하오니 이런 치욕이 또 어디 있사오리까. 신은 삼가 이 말씀을 먼저 폐하께 아뢰고 수이 죽기로써 한 번 싸워 조정의 은혜에 보답하며 삼군의 수치를 씻으려 하옵거니와 신은 실로 격분함을 이기지 못하나이다.

　조예가 표문을 다 보고 나서 신하들을 돌아보며

　"사마의가 굳게 지키고 나가지 않더니, 이제 어찌하여 또 표문을 올려 싸워 보겠다고 하노."

하고 물으니, 위위(衛尉) 신비가 있다가

“사마의가 본래 싸울 마음이 없건만, 필시 제갈량에게 욕을 보옵고 장수들이 분노한 까닭에 특히 이 표문을 올리고 다시 한 번 칙지를 빌려 모든 장수들의 마음을 억제해 보려 하는 것일 뿐이외다.”

하고 아뢴다.

조예는 그의 말을 그러히 여겨 즉시 신비로 하여금 절을 가지고 위북 영채로 가서 칙지를 전해 나가 싸우지 못하게 하였다.

사마의가 조서를 맞아 장중으로 들어오니 신비는 엄숙하게

“만일 나가서 싸우자는 말을 감히 다시 하는 자가 있다면 곧 칙지를 어긴 죄로써 논하리라.”

하고 천자의 명을 전하였다.

모든 장수들은 오직 칙지를 받들밖에 달리 도리가 없었다.

사마의는 가만히 신비를 향하여

“공이 참으로 내 마음을 아는구려.”

하고, 이에 군중에 영을 내려서 말을 돌리게 하되

“천자가 신비에게 명하여 절을 가지고 와서 사마의로 하여금 나가서 싸우지 못하도록 말씀이 있었다.”

라고 하였다.

촉나라 장수들이 이 소문을 듣고 공명에게 보하니 공명이 웃으며

“이는 사마의가 삼군을 안정시키는 법이다.”

하고 말한다.

강유가

“승상께서는 그걸 어떻게 아십니까.”

한마디 물으니, 공명이

"제가 본래 싸울 마음이 없으면서 저의 임금에게 싸우겠다고 청한 것은 여러 사람에게 제 용맹을 한 번 보이자고 한 노릇이다. 원래 이르기를 '장수가 밖에 있으면 임금의 명령도 받지 않는 수가 있다' 하였는데, 어찌 천 리 밖에서 싸우기를 청할 법이 있으랴. 이는 곧 사마의가 장수들의 노여움을 풀 길이 없어서 조예의 말을 빌려 여러 사람을 제어하는 것이고, 이제 또 이 말을 전파하는 것은 우리의 군심을 해이하게 하자는 것이다."

하고 대답한다.

한창 이야기하고 있을 때 문득 비위가 왔다고 보해서 공명은 그를 청해 들여서 물었다.

비위가 말한다.

"위나라 임금 조예가 동오에서 군사들이 세 길로 나온다는 말을 듣자, 몸소 대군을 거느리고 합비에 이르러, 만총·전예·유소로 하여금 군사를 세 길로 나누어 적을 맞게 했더니, 만총이 계책을 세워서 동오의 양초와 전선과 기구를 모조리 불살라 버린 데다 동오 군사들 사이에 병자가 많이 생겨 육손은 왕에게 표문을 올리고 위병을 전후로 협공하려 한 노릇이 뜻밖에도 표문을 가지고 가던 자가 중로에서 위병에게 사로잡히게 되어 이로 말미암아 기밀이 누설되어 버렸으므로 동오 군사들은 모처럼 나왔다가 아무런 공도 없이 그대로 돌아가고 말았다 합니다."

공명은 이 소식을 듣자 한 번 길게 한숨짓고 그 자리에 쓰러져 정신을 잃어버렸다.

여러 장수들이 급히 구호해서 얼마 후에 깨어났으나 공명은 탄

식하며

"내가 마음이 산란하고 구병이 재발하니 아마도 살지 못할까 보다."

하고 말하였다.

이날 밤 공명은 병을 무릅쓰고 장막 밖으로 나가 천문을 우러러보다가 소스라쳐 놀라고 당황하여 다시 장중으로 들어오자 강유를 보고

"내 명이 조석에 있다."

하고 말하였다.

강유는 놀라서

"승상께서는 어찌하여 그런 말씀을 하십니까."

하니, 공명이

"내 보매, 삼태성 가운데 객성(客星)이 배나 더 밝고 주성(主星)은 깊이 숨어 버렸으며 서로 돕는 뭇 별들이 모두 빛이 어두워, 천상(天象)이 이러하니 내 명을 가히 알 수 있지 않으냐."

한다.

강유는 다시 말하였다.

"천상은 비록 그러하오나, 기양(祈禳)⁶⁾하는 법이 있는데 승상께서는 왜 그 법을 써서 만회해 보시려 아니 하십니까."

공명이 말한다.

"내가 본래 기양하는 법을 알고 있으나 다만 하늘의 뜻이 어떠하신지 모르겠다. 너는 갑사 사십구 명을 저마다 검은 옷 입히고

---

6) 복은 오게 하고 재앙은 물러가게 해 달라고 신명(神明)에게 비는 것.

검은 기 들려서 거느리고 장막 밖에 둘러서고, 나는 스스로 장중에서 북두에 수(壽)를 빌어 보겠다. 만약 칠 일 안에 주등(主燈)이 꺼지지 않으면 내 앞으로 일기(一紀)[7]를 더 살 수 있을 것이고 만약에 등불이 꺼지면 나는 반드시 죽는다. 잡인들을 일절 안에 들어오게 말며 모든 소용되는 물건은 다만 두 명 동자에게 날라 들이게 해라."

강유는 명령을 받고 준비하러 갔다.

때는 팔월 중추다.

이날 밤 은하는 밝은데 옥로(玉露)는 소리 없이 내리고, 정기(旌旗)는 움직이지 않으며 조두(刁斗)[8]는 소리가 없다.

강유는 장막 밖에서 갑사 사십구 명을 거느리고 지켜 서고, 공명은 장중에서 친히 향화제물(香花祭物)[9]을 배설해 놓는데, 또 땅 위에는 큰 등잔 일곱 개를 벌려 놓고 그 밖으로 작은 등잔 마흔아홉 개를 둘러놓고 안에다 본명등(本命燈) 한 개를 놓아두고, 공명이 절하고 빈다.

"량이 난세에 나서 수풀과 샘물 사이에서 평생을 지내려 하다가 소열황제로부터 삼고의 은혜와 탁고의 중임을 받자 왔으매 감히 견마의 수고를 다하지 않을 수 없어 국적을 토멸하기를 맹세하였는데, 뜻밖에도 장성(將星)이 떨어지려 하고 양수(陽壽)[10]가 다하려 하옵기로 삼가 글월을 닦아 위로 창천에 고하옵나니, 엎드

---

7) 십이 년을 기(紀)라고 한다.
8) 군중(軍中)에서 쓰는 바라.
9) 제사에 쓰는 향과 꽃과 그 밖의 제물들.
10) 수명.

려 바라옵건대 상제(上帝)[11]께서는 굽어 살피시고 신의 명을 늘려 주시와, 위로는 임금의 은혜에 보답하옵고 아래로는 백성의 목숨을 구하오며 옛 문물(文物)을 회복하옵고 한나라 종사(宗社)를 길이 잇도록 하여 주소서. 감히 망령되이 비는 것이 아니옵고 실로 사정이 절박하와 아뢰는 바이로소이다."

절하고 빌기를 마치자 공명은 장중에 그대로 부복하여 날 밝기를 기다렸다.

이튿날 병을 무릅쓰고 일을 보는데 쉴 사이 없이 피를 토하면서도 낮에는 군기(軍機)를 의논하고 밤에는 북두칠성에 수를 빈다.

한편 사마의는 영채 안에 들어앉아서 굳게 지키기만 위주로 하더니 하루는 밤에 천문을 우러러보고 크게 기뻐하여 하후패를 향해서

"내 보매 장성이 제 자리를 잃었으니 공명이 필연 병이 들어 미구에 곧 죽을 것이라, 네 일천 군을 거느리고 오장원으로 가서 초탐해 보되 만약에 촉병이 혼란에 빠져서 접전하러 나오지 않으면 공명의 병이 필연 중한 것이니 내 마땅히 승세해서 치겠다."
하고 말하였다.

하후패는 군사를 거느리고 갔다.

이때 공명이 장중에서 수를 빌기 이미 여섯 밤째 되었는데 주등의 불빛이 밝은 것을 보고 내심에 매우 기뻐하였다.

강유가 장중으로 들어가 보니 마침 공명이 머리 풀고 칼 들고

11) 옥황상제, 즉 하느님을 말한다.

답강보두(踏罡步斗)[12]하여 장성을 진압하고 있는 중인데 문득 영채 밖에서 함성이 들려왔다.

강유가 바야흐로 사람을 내어 보내서 알아보려 할 때 위연이 뛰어 들어오며

"위병이 옵니다."

하고 아뢰는데, 급한 걸음에 발길로 주등을 차서 그만 불이 탁 꺼지고 말았다.

공명이 손에 들었던 칼을 던지며

"죽고 사는 것이 명이 있으니 가히 빌어서 얻지 못하리라."

하고 탄식하니, 위연이 황공해서 땅에 엎드려 죄를 청한다.

강유는 분노하여 칼을 빼어 들고 위연을 죽이려 하였다.


인간 만사가 사람 할 탓 아니거니
지성을 가지고도 목숨과는 못 다투리.


위연의 목숨이 어찌 되려는고.

---

12) 도가(道家)에서 기도를 드리는 의식(儀式)의 하나. 북두칠성의 형상으로 발걸음을 옮겨 디디며 비는 것.

큰 별이 떨어져 한나라 승상은 하늘로 돌아가고
목상을 보고서 위나라 도독은 간담이 스러지다

| *104* |

강유는 위연이 발로 차서 등불을 꺼뜨린 것을 보고 심중에 분
노하여 곧 칼을 뽑아 그를 죽이려 들었다.

그러나 공명이

"이는 내 명이 다하기 때문이지 문장의 죄는 아니니라."

하고 말해서, 강유는 마침내 칼을 도로 칼집에 꽂았다.

공명은 두어 차례나 피를 토하고 와상 위에 쓰러지듯이 누우며
위연을 보고

"이는 사마의가 나에게 병이 있음을 짐작하는 까닭에 사람을
시켜서 허실을 탐지해 오게 한 것이니, 네 급히 나가서 적을 맞아
물리쳐라."

하고 분부하였다.

위연은 영을 받고 장막에서 나가자 즉시 말에 올라 군사를 거

느리고 영채 밖으로 짓쳐 나갔다.

하후패가 위연이 나오는 것을 보고는 황망히 군사를 돌려 가지고 달아난다.

위연은 그 뒤를 쫓아서 이십여 리나 갔다가 그제야 비로소 돌아왔다.

공명은 위연으로 하여금 자기의 본채로 돌아가서 굳게 지키고 있게 하였다.

강유가 장중으로 들어가 바로 공명이 누워 있는 와상 앞으로 다가가서 병환을 위문하니 공명이 말한다.

"내가 본디 갈충진력(竭忠盡力)해서 중원을 회복하고 한실을 다시 일으키려 하였건만 하늘의 뜻이 이러하시니 내 머지않아 죽으려니와, 내가 평생에 배운 바를 이미 글로 저술하여 놓았으니 모두 이십삼 편에 십만 사천일백십이 자라, 그 안에 팔무(八務)와 칠계(七戒)와 육공(六恐)과 오구(五懼)의 법이 들어 있다. 내 여러 장수들을 다 보아도 가히 전수할 만한 사람이 없고, 홀로 네가 내 글을 전할 만하기에 이에 네게 주는 것이니 행여 소홀히 하지 마라."

강유가 울면서 절하고 받으니 공명은 또 말을 이어

"내게 '연노(連弩)'의 법이 있으나 아직까지 써 보지 않았는데, 그 법으로 말하면 화살의 길이가 여덟 치요 쇠뇌 하나로 화살 열 개를 한꺼번에 쏘게 되어 있어서 모두 도본으로 그려 놓았으니 법에 의해서 네 만들어 쓰도록 하라."

하니 강유가 또한 절을 하고 받는다.

공명은 다시 말을 이어

"촉중의 여러 길들이 모두 크게 염려할 것은 없으나, 오직 음평

길을 부디 조심하도록 하라. 그곳이 비록 험준하다고는 하지만 오랜 뒤에는 반드시 잃을 날이 있을 것이다."

한다.

공명은 또 마대를 장중으로 불러들여서 귀에다 입을 대고 가만가만 밀계를 일러 준 다음에

"나 죽은 뒤에 네 부디 계교대로 행하라."

하고 부탁하였다.

마대가 밀계를 받아 가지고 물러간 뒤 얼마 안 있어 양의가 들어왔다.

공명은 그를 와상 앞으로 가까이 오게 하여 금낭 한 개를 주고서 가만히 말을 일렀다.

"내가 죽으면 위연이 반드시 반할 것이니 그 반한 때를 기다려서 네 진전에 나가서 이 주머니를 열어 보아라. 그러면 자연 위연을 벨 사람이 있으리라."

공명은 일일이 분별하고 나자 문득 정신을 잃고 자리 위에 그대로 쓰러졌다가, 저물녘에야 비로소 다시 깨어나서 곧 밤을 도와 표문을 올려 후주에게 주달하였다.

후주는 표문을 보고 크게 놀라 급히 상서 이복에게 명하여 밤을 도와 군중에 가서 문병하고 겸하여 후사를 물어 오게 하였다.

이복은 어명을 받고 길을 재촉해서 오장원에 이르러 공명을 들어가 보고 후주의 명을 전하였다.

병문안을 받고 나자 공명은 눈물을 흘리며 말하였다.

"내 불행히 중도에서 죽어 헛되이 국가 대사를 폐하고 말았으니 실로 죄를 천하에 얻었소. 나 죽은 뒤에 공 등은 부디 충성을

다해서 임금을 보좌해 드리되, 국가의 옛 제도를 고치지 말고 내가 쓰던 사람들을 또한 경솔하게 폐하지 말도록 하오. 내 병법은 다 강유에게 전해 주었으매 제가 능히 내 뜻을 이어 국가를 위해서 힘을 내리다. 내 목숨이 이미 조석에 있으니 내 곧 표문을 남겨 천자께 상주하겠소."

이복은 그의 말을 듣고 나자 총총히 하직하고 돌아갔다.

공명이 억지로 병든 몸을 일으켜 좌우의 부축을 받고 작은 수레에 올라 대채를 나서 각 영을 두루 돌아보는데, 가을바람이 얼굴에 홱 끼치자 몸이 오싹하며 찬 기운이 뼛속까지 스며드는 것을 스스로 느끼고 이에 길게 탄식하였다.

"내 다시는 진에 임해서 적을 치지 못하는구나. 유유창천이여, 어찌 이다지도 심하뇨."

한동안 탄식하다가 장중으로 돌아오니 병이 덜컥 더쳐서 공명은 이에 양의를 불러 분부하였다.

"마대 · 왕평 · 요화 · 장익 · 장의 등은 다 충의지사로서 오래 전진(戰陣)을 겪고 근로함이 많으니 가히 일을 맡길 만하다. 나 죽은 뒤에 모든 일을 옛 법대로 행하며 서서히 퇴병하고 급히 서두르지 마라. 네가 깊이 모략에 통했으매 구태여 더 부탁할 것이 없고, 강백약이 지모와 용맹을 갖추고 있으니 가히 뒤를 끊을 수 있을 것이다."

양의는 울며 절하여 그의 명을 받았다.

공명은 문방사보를 가져오라 하여 와상 위에서 친히 표문을 써서 후주에게 올리게 하니 글 뜻은 대개 다음과 같다.

엎드려 듣자오매 생사가 떳떳함이 있어 정한 운수를 도망하기 어려우니 이제 죽기에 미처 작은 충성을 다하려 하나이다.

신 량이 천성이 어리석고 못난 중에 어려운 시절을 만나 삼군을 거느리며 나라 정사를 맡았솝더니, 군사를 일으켜 위를 치다가 미처 공을 이루지 못하옵고 뜻밖에 병이 골수에 들어 명이 조석에 달려서 끝까지 폐하를 섬기지 못하오니 한이 무궁하오이다.

엎드려 바라옵건대 폐하께서는 마음을 깨끗이 하시며 욕심을 적게 가지시고, 몸을 검소하게 하시며 백성을 사랑하시고, 효도를 선황께 다하시며 은혜를 천하에 펴시고, 숨은 인재를 찾아내시어 어질고 착한 자를 쓰시고 간사한 무리를 물리치시어 풍속을 두텁게 하옵소서.

신의 집이 뽕나무 팔백 주와 밭 오십 경(頃)[1]이 있사오매 자손의 의식(衣食)은 이로써 넉넉하옵고, 신에 이르러는 외임(外任)으로 있어 신에게 소용되는 물건은 모두 나라에서 대어 주셨으매 따로 생산을 다스리지는 않았사오니, 신이 죽는 날에 안에는 남은 피륙이 없고 밖에는 남은 재물이 없어 폐하를 저버리지 않도록 하려 하나이다.

공명은 다 쓰고 나자 다시 양의에게 부탁하되

"내가 죽은 후에 발상하지 말고 큰 감실(龕室)[2]을 하나 만들어서

---

1) 중국 고대 면적의 단위. 일 경은 백 묘(畝), 일 묘는 이백사십 보(步), 일 보는 육척(尺) 평방이다.
2) 본래 신주를 모셔 두는 탁자를 말하는데, 여기서는 달리 씌어 있다.

176

내 시신을 그 안에 앉힌 다음 낟알 일곱 개를 내 입 안에 넣고 그 앞에다가는 등잔에 불을 밝혀 놓되 아예 곡을 올리지 말고 군중이 평상시와 같이 조용하고 보면 장성이 떨어지지 않고 내 음혼(陰魂)도 다시 일어나 진정할 것이니, 사마의가 장성이 떨어지지 않는 것을 보면 필연 놀라고 의심할 것이다. 우리 군사는 후채부터 먼저 떠나고 그 뒤에 각 영채가 하나하나 천천히 물러가게 하되, 만약 사마의가 쫓아오거든 너는 가히 군사를 돌려 진을 쳐 놓고 기다리되, 저희가 오거든 내가 앞서 새겨 놓은 목상을 수레 위에 앉혀서 군전을 밀고 나가며 대소 장사들로 하여금 좌우로 옹위하게 하면 사마의가 보고 필연 놀라서 달아나고 말리라.”

하니 양의는 일일이 응낙하였다.

이날 밤 공명이 남의 부축을 받아 밖에 나가서 북두를 우러러보고 멀리 별 하나를 가리키며

“저것이 내 장성이다.”

하고 말해서 여러 사람이 보니 그 빛이 심히 어두운데 흔들흔들하며 금방 떨어질 것만 같다.

공명이 칼을 들어 가리키며 입 속으로 주문을 외우더니, 다 외우고 나서 급히 장중으로 돌아오자 그대로 정신을 잃고 인사를 차리지 못한다.

모든 장수들이 당황해서 어찌할 바를 모를 때 홀연 상서 이복이 다시 와서 공명이 정신을 잃어 입으로 말을 못하는 것을 보고는

“내가 국가 대사를 그르치고 말았구나.”

하고 통곡하였다.

그러자 문득 공명이 다시 깨어나서 눈을 뜨고 둘러보다가 이복

이 와상 앞에 서 있는 것을 보자

"내 공이 다시 온 뜻을 이미 알고 있소."

하고 말한다.

이복은 사례하고 말하였다.

"복이 천자의 칙명을 받들어 승상 백 년 후[3]에 대사를 가히 맡을 만한 사람을 여쭈어 보려 한 것인데, 접때는 창졸간에 그만 여쭈어 보지 못하고 그대로 돌아갔던 까닭에 다시 온 것입니다."

공명이 말한다.

"나 죽은 뒤에 가히 대사를 맡을 사람으로는 장공염이 마땅할 것이오."

이복은 다시 물었다.

"공염 뒤에는 누가 대를 이을 만합니까."

공명이 다시 대답한다.

"비문위(문위는 비위의 자)가 대를 이을 만하오."

이복은 또 물었다.

"문위 뒤에는 누가 마땅히 이어야 합니까."

공명은 대답이 없다. 모든 장수들이 앞으로 가까이 가서 보니 그는 이미 세상을 떠난 뒤였다.

때는 건흥 십이년[4] 추팔월 이십삼일이니 수는 오십사 세다.

뒤에 두공부[5]가 시를 지어 탄식하였다.

---

3) '죽은 뒤'라는 말의 존칭.

4) 기원 234년.

5) 중국 당(唐)나라의 유명한 시인 두보(杜甫)라는 자미(子美). 공부 원외랑(工部員外郎)의 벼슬을 하였으므로 두공부라 부른다.

지난 밤 전영으로 장성이 떨어지더니
이날 아침 선생의 부음을 듣는구나.
호장(虎帳)<sup>6)</sup>에 호령 소리 다시는 아니 들리고
다만 인대(麟臺)<sup>7)</sup>에 이름 높이 올랐어라
문하의 삼천 빈객 갈 곳을 몰라 하고
흉중의 십만 대병 이제는 부질없다.
맑고 새뜻한 낮 녹음 우거진 속에
이제는 다시 두 번 노래 아니 들려오누나.


백낙천(白樂天)<sup>8)</sup>도 또한 시를 지었다.


종적을 감추시고 산림에 숨은 선생
현주(賢主)는 어이 알고 세 번이나 찾으신고.
고기가 남양에 와 비로소 물을 보니
용이 한 번 날아오르며 패연히 장마 졌네.
탁고의 중한 당부 은근도 하신지고
국은에 보답하는 선생의 일편단심.
슬프다 남겨 놓으신 전후 출사표여
지금도 읽는 자로 모두 울게 하시누나.


  촉 장수 교위 요립(廖立)은 스스로 저의 재능과 명성이 공명의
버금은 되리라 자부하였건만 자기의 직위가 한산하다 하여 불평

---

6) 병영(兵營).
7) 중국 한나라 때의 비서성(秘書省)을 당 즉천무후(唐則天武后) 때 인대라고 이름을
   고쳤는데, 궁중의 도서(圖書)와 비기(秘記) 등을 맡은 관아.
8) 당나라 때의 유명한 시인. 거이(居易)가 이름이고 낙천은 그의 자다. 뒤에 향산(香
   山)에 살아 호를 향산거사라 하였다.

을 품어 원망하며 비방하기를 마지않았다.

그래 공명은 그를 폐하여 서민을 만들어 문산(汝山)에 가서 수자리를 살게 했는데, 공명이 돌아갔다는 소식을 듣자 눈물을 흘리고 울면서

"내 마침내 옷깃을 외로 여미게[9] 되었구나."

하고 말하였다.

이엄도 듣고 또한 통곡하였다. 그리고 마침내는 병이 들어 죽고 말았다. 이는 대개 이엄이 이왕에 자기가 지은 죄과를 보상할 수 있도록 공명이 다시 자기를 거두어서 써 주기를 마음에 은근히 바라고 있었던 터인데, 공명이 이미 죽고 보니 앞으로는 아무도 자기를 써 줄 사람이 없다고 생각되었기 때문이다.

뒤에 원미지(元微之)[10]에게 공명을 칭찬해서 지은 시가 있다.

> 난을 쳐 임금을 돕고 은근히 탁고를 받으시다.
> 재주는 관중 · 악의 계책은 손무 · 오기.
> 늠름한 출사표여 당당한 팔진도여.
> 선생 같으신 분 고금에 또 없어라.

이날 밤 천지가 암담하고 월색이 무광한데 공명은 문득 하늘로 돌아갔다.

---

9) 고대 중국 사람은 옷깃을 바로 여미는데, 외족(外族)들은 외로 여미는 까닭에 '옷깃을 외로 여민다(左衽)'는 말은 외족에게 정복당하는 것을 의미한다.

10) 백낙천과 동시대의 유명한 시인. 이름은 진(稹)이요 미지는 그의 자다. 이백과 두보를 한데 쳐서 이두(李杜)라고 하듯이 원진과 백거이를 함께 불러 원백(元白)이라 한다.

강유와 양의는 공명의 유명(遺命)을 준수하여 감히 곡을 올리지 못하고 법대로 염습해서 감실 안에 모신 다음 심복 장졸 삼백 인으로 하여금 지키게 하고, 드디어 비밀히 영을 전해서 위연으로 하여금 뒤를 끊게 하고 각처에 있는 영채들을 하나하나 물러가게 하였다.

한편 사마의가 밤에 천문을 보니 빛이 붉고 광채에 뿔이 돋친 큰 별 하나가 동북방으로부터 서남방으로 흘러 촉병 영채 안으로 떨어지다가 다시 일어나기를 두어 차례나 하는데 은은하게 소리가 난다. 사마의는 놀라고 기뻐하여

"공명이 죽었도다."

하고 즉시 영을 전해서 대병을 일으켜 뒤를 쫓으려 하였다.

그러나 바야흐로 영채 문을 나서려고 하다가 그는 문득 마음에 또 의심이 들었다.

'공명이 육정육갑법을 잘 알고 있는 터이라 이제 내가 오래 싸우러 나오지 않는 것을 보고 짐짓 이 술법을 써서 거짓 죽은 체하고 나를 꾀어내려 하는 것이니, 이제 만약 쫓아 나갔다가는 필연 그 계책에 빠지고 말 것이다.'

사마의는 이처럼 생각하고 드디어 말머리를 다시 돌려 영채로 돌아 들어와서 나가지 않고, 다만 하후패로 하여금 가만히 수십 기를 거느리고 오장원 산벽 소로로 가서 소식을 초탐해 오게 하였다.

이때 위연이 본채 안에 있어 밤에 한 꿈을 얻으니, 꿈에 문득

머리에 뿔 두 개가 나서 보인다.

　잠을 깨자 마음에 심히 괴이하게 생각하였는데 이튿날 마침 행군사마 조직(趙直)이 찾아 와서 위연은 그를 청해 들여 물었다.

　"내 전부터 족하가 역리(易理)에 심히 밝은 줄을 알고 있거니와 내 간밤 꿈에 머리에 뿔이 두 개 났으니 그게 대체 길한 징조인지 흉한 징조인지를 모르겠소그려. 수고로우나 족하는 한 번 나를 위해 결단을 해 주오."

　조직은 한동안 생각해 보다가 대답하였다.

　"이는 아주 길한 조짐이라, 기린의 머리 위에도 뿔이 있고 창룡(蒼龍)의 머리 위에도 뿔이 있으니 곧 변해서 높이 날아오를 형상이외다."

　위연은 듣고 크게 기뻐하여

　"만일에 공의 말과 같기만 하다면 내 마땅히 사례를 후히 하겠소."

하고 말하였다.

　조직이 그를 하직하고 가다가 몇 마장을 못 가서 바로 상서 비위를 만났다. 비위가 그더러 어디서 오느냐고 물어서 조직이

　"마침 위문장의 영채에 갔다가 문장이 간밤에 머리에 뿔이 난 꿈을 꾸었다고 하면서 나더러 길흉을 결단해 달라고 하는데, 그것이 본래 길한 조짐이 아니나 다만 바른대로 말을 하였다가는 좋지 않게 생각을 하겠기에 기린과 창룡으로 풀어 주고 오는 길이올시다."

하고 대답하니, 비위가 다시

　"족하는 그것이 길한 조짐이 아닌 줄을 어떻게 아오."

하고 묻는다.

조직은 말하였다.

"뿔 각(角)자의 글자 모양이 바로 칼 도(刀)자 아래 쓸 용(用)자라, 이제 머리 위에 뿔이 있으니 그 흉하기가 이를 데 없소이다."

비위가 듣고 나더니

"족하는 아직 누설하지 마오."

하고 당부한다. 조직은 그와 작별하고 갔다.

비위는 위연의 영채에 이르자 좌우를 물리친 다음에 말하였다.

"간밤 삼경에 승상께서 이미 세상을 떠나셨소. 임종시에 재삼 당부하시기를, 장군으로 뒤를 끊어 사마의를 당하게 하고 서서히 퇴군하되 발상하지 말라고 하셨소. 이제 병부(兵符)가 여기 있으니 곧 기병하는 것이 좋겠소."

위연이 한마디 묻는다.

"어느 사람이 승상의 대사를 대리하기로 되었소."

비위는 대답하였다.

"승상께서 대사는 통틀어 양의에게 부탁하셨고, 용병하는 비밀한 법은 모두 강백약에게 전수하셨으니, 이 병부는 곧 양의의 영이오."

이에 위연은

"승상이 비록 돌아가셨으나 내가 있지 않소. 양의로 말하면 일개 장사에 불과한데 제가 어찌 능히 이렇듯 중한 소임을 감당해 내겠소. 저는 그저 영구나 뫼시고 천중에 들어가 장사나 지내게 하고 나는 친히 대군을 영솔하고 사마의를 쳐서 기어이 공을 이루고야 말겠소. 어찌 승상 한 사람으로 인해서 국가 대사를 폐할 법이 있단 말이오."

하고 말한다.

비위는

"승상께서 유명으로 일시 퇴군하라고 하신 것이니 어겨서는 아
니 되리다."

하니, 위연이 문득 노하여

"승상이 당시에 만약 내 계책대로만 하였다면 장안을 벌서 취
했을 것이오. 내 지금 직함이 전장군 정서대장군 남정후인데 어
찌 장사 따위를 위해서 뒤를 끊는단 말이오."

하고 말한다.

비위는 좋은 말로 그를 어루만졌다.

"장군의 말이 비록 옳기는 하나, 경솔하게 동해서 적의 치소를
받아서는 아니 될 것이오. 가만있소, 내 이제 가서 양의를 보고
이해(利害)로 달래서 저로 하여금 병권을 장군에게 돌려보내게 하
면 어떻겠소."

위연이 좋다고 한다.

비위는 그를 하직하고 영채에서 나와 급히 대채로 돌아가서 양
의를 보고 위연이 한 말을 다 이야기하였다.

듣고 나자 양의는 말한다.

"승상께서 임종시에 가만히 내게 당부하시며, '위연이 반드시
딴 뜻을 품었다'고 하시더니 이제 내 병부를 보내 본 것은 실상 그
마음을 알아내려 함인데 과연 승상의 말씀과 같소그려. 내 백약
으로 뒤를 끊게 하면 되오."

이리하여 양의는 군사를 통솔하여 영구를 모시고 먼저 가고 강

유로 하여금 뒤를 끊게 하는데, 공명의 유명에 의하여 서서히 퇴군해 갔다.

위연은 영채에서 비위가 회보를 가지고 오지 않는 것을 보고 마음에 의혹이 들어, 이에 마대로 하여금 십여 기를 데리고 가서 소식을 알아보게 하였더니 돌아와서 보하되

"후군은 강유가 총독하고 있는데, 전군은 태반이나 산곡 중으로 들어갔소이다."

한다.

위연은 대로하여

"되지 못한 선비 놈이 언감 나를 속인단 말이냐. 내 반드시 죽이고 말겠다."

하고, 인하여 마대를 돌아보며

"공은 나를 도와주겠소."

하고 묻자, 마대가

"나 역시 본래 양의에게는 원한이 있는 터이라 장군을 도와서 치겠소이다."

하고 선뜻 응낙하자 그는 크게 기뻐서 즉시 영채를 거두어 본부병을 거느리고서 남쪽을 향하여 나아갔다.


한편 하후패가 군사를 이끌고 오장원에 이르러 살펴보니 촉병이라고는 한 명도 없다.

그는 급히 돌아가서 사마의에게

"촉병은 이미 모조리 물러가고 말았소이다."

하고 보하였다.

사마의가 발을 구르며

"공명이 정말 죽었구나. 속히 뒤를 쫓아야겠다."

하고 말하여, 하후패는

"도독께서는 경선히 뒤를 쫓지 마시고, 편장을 시켜 먼저 가 보게 하시는 것이 좋겠습니다."

하고 권하였으나, 사마의는

"아니로다. 이번에는 내가 친히 가야만 하겠다."

하고 드디어 군사를 거느리고 두 아들과 함께 일제히 오장원으로 달려가기를 서두르고 고함치며 촉병 영채로 짓쳐 들어가 보니 과연 한 명도 없다.

사마의는 두 아들을 돌아보고

"너희들은 급히 군사를 재촉해서 뒤를 쫓아오너라. 내 먼저 군사를 끌고 앞으로 나아가겠다."

하고 말하였다.

이리하여 사마사와 사마소는 뒤에서 군사를 재촉하고, 사마의는 몸소 군사를 거느리고 앞을 서서 뒤를 쫓는데 산모퉁이에 이르러 바라보니 촉병이 멀지 않다. 그는 더욱 힘을 뽐내서 그 뒤를 쫓았다.

그러자 홀연 산 뒤에서 일성 포향에 함성이 크게 진동하더니 촉병이 모두 기를 두르고 북을 치면서 내닫는데 나무 그늘 속에서 중군 대기가 바람에 펄럭이며 나오니 그 위에 한 줄로 크게 내리쓴 글자는 바로 '한 승상 무향후 제갈량'이다.

사마의가 대경실색해서 눈을 똑바로 뜨고 자세히 보니 군중에서 수십 명의 상장이 사륜거 한 채를 옹위하고 나오는데, 수레 위에는 공명이 머리에 윤건 쓰고 몸에 학창의 입고 허리에 검은 띠 띠고 손에 우선을 쥐고서 단정히 앉아 있다.

사마의는 소스라쳐 놀라

"공명이 아직도 살아 있는데 내 경솔하게 중지에 들어와 저의 계책에 빠졌구나."

하고 급히 말을 돌려 달아나니, 배후에서 강유가

"적장은 닫지 마라. 네 우리 승상의 계책에 빠졌다."

하고 큰 소리로 외친다.

위병이 혼비백산해 갑옷과 투구를 버리고 창과 극을 내던지며 각기 목숨을 도망하느라 서로 짓밟으니 죽는 자가 무수하다.

사마의가 말을 급히 달려 오십여 리나 갔을 때 등 뒤에서 위장 두 명이 쫓아와 말 재갈 고리를 잡으며

"도독은 진정하십쇼."

하자, 사마의는 손으로 머리를 만져 보며

"내 머리가 있나."

한다.

두 장수가

"도독은 겁내실 게 없습니다. 촉병은 이미 멀리 가 버렸소이다."

하였으나, 사마의는 한동안이나 숨이 가빠하다가 겨우 진정하고 눈을 크게 떠 자세히 보니 그들은 바로 하후패와 하후혜였다. 그는 그제야 서서히 말에게 재갈을 물린 다음에 두 장수와 함께 소로를 찾아서 본채로 돌아오자 장수들을 시켜서 군사를 데리고 사면으로 초탐해 보게 하였다.

그로써 이틀이 지나, 그 고장에 사는 백성이 달려와서 고하는데

"촉병들이 산곡 중으로 들어가며 곡성이 진동하고 군중에 흰 기를 달았으니 공명이 죽은 게 분명하옵고, 다만 강유가 일천 군을 거느리고 남아서 뒤를 끊었을 뿐이온데 전일 수레 위의 공명은 나무로 깎아서 만든 사람이올시다."

한다.

사마의는 그 말을 듣자

"내 능히 그 산 것은 헤아렸어도 죽은 것은 헤아리지 못하였구나."

하고 탄식하였다.

이로 인하여 촉중에는 '죽은 제갈이 산 중달을 도망치게 했다네'라는 상말까지 생겼다.

후세 사람이 시를 지어 탄식하였다.


장성(長星)이 떨어지자 달려온 사마중달
문득 다시 의심했네, 공명 아직 살았는가.
이제도 관 밖에선 그를 웃어 이르는 말이
'이 사람 내 머리가 있나 좀 보아 주게.'


사마의는 공명이 죽은 것이 확실함을 알고 다시 군사를 거느리고서 뒤를 쫓았다. 적안파까지 가서 촉병이 이미 멀리 가 버린 것을 알고, 그제야 돌아서며 여러 장수들을 돌아보고

"공명이 이미 죽었으니 우리는 이제 아무 걱정이 없다."

하고 드디어 군사를 돌려서 회로에 올랐다.

길을 오며 공명이 영채를 세웠던 자리들을 둘러보니 전후좌우

로 정연하게 법도가 있다.

사마의는

"이는 천하의 기재로다."

하고 탄식하였다.

이에 군사를 거느리고 장안으로 돌아가 여러 장수들을 각처로 별러 보내 애구를 지키고 있게 하고 사마의 자기는 임금을 뵈러 낙양으로 돌아갔다.

한편 양의와 강유는 진세를 벌리며 서서히 잔각 도구로 들어간 연후에 옷을 갈아입고 발상하며 기를 들고 곡을 올렸다.

촉병들이 너무나 애통하여 머리를 부딪고 발을 구르며 통곡을 하는데 심지어 통곡하다가 죽는 자들까지도 있었다.

촉병의 전대가 바야흐로 잔각 도구에 당도하자, 홀연 전면에 화광이 하늘을 찌르고 함성이 땅을 진동하며 일표군이 길을 막아선다.

장수들은 크게 놀라 급히 양의에게 보하였다.

　　이미 위국 장수들이 돌아감을 보았는데
　　어인 군사 또 있어서 촉 땅에 나타났는고.

대체 그것이 어디 군마인고.

무후는 미리 금낭계를 깔아 두고
위주는 승로반을 떼어 옮기다

| *105* |

이때 양의는 앞길에 군사가 있어 길을 끊어 막고 있다는 말을 듣고 황망히 사람을 시켜 초탐해 보게 하니, 돌아와서 보하되 위연이 잔도를 불살라 끊어 버리고 군사를 거느려 길을 막고 있다 한다.

양의는 크게 놀라

"승상께서 생존해 계실 때 이 사람이 오랜 후에는 반드시 반할 것이라 하시더니, 오늘날 과연 이러할 줄을 뉘 알았으리. 이제 우리 돌아갈 길을 끊어 놓았으니 대체 어찌하면 좋소."

하고 말하니, 비위가

"이 사람이 필연 먼저 천자께 상주하여 우리가 모반했다고 무소해 놓은 까닭에 잔도를 불을 질러 끊어 놓고 우리의 돌아갈 길을 막고 있는 것일 게니, 우리도 마땅히 천자께 표주해서 위연의 반정을 낱낱이 사뢴 다음에 도모하도록 하십시다.”

하고 자기의 소견을 말하는데, 강유가 나서며

“이곳에 소로가 하나 있으니 이름은 차산이라, 비록 길이 기구하고 험준하기는 하나 가히 잔도 뒤로 빠져나갈 수 있소이다.”

하고 말해서 일변 표문을 닦아 천자에게 주달하고, 일변 군사를 거느리고 차산 소로를 바라고 나아갔다.


이때 후주는 성도에서 침식이 불안하고 기거동작이 편안치 않더니, 그날 밤 자다가 꿈에 성도 금병산이 무너지는 것을 보고 놀라 깨어 앉아서 날이 밝기를 기다려 문무백관을 모아 놓고 해몽(解夢)을 시켜 보니, 태사 초주가 나서서

“신이 간밤에 천문을 우러러 보았사옵는데 별 하나가 빛은 붉고 광채에 뿔이 돋친 것이 동북방으로부터 서남방으로 떨어졌사오니 이는 승상에게 크게 흉한 일이 있을 조짐이온데 이제 폐하께서 산이 무너지는 꿈을 꾸셨다 하오니 바야흐로 이 조짐에 응하는가 하나이다.”

하고 아뢴다.

후주가 더욱 놀라고 두려워하는데, 문득 이복이 돌아왔다고 보해서 후주는 급히 그를 불러들여 물어보았다.

이복이 머리를 조아리고 울면서, 승상이 이미 세상을 떠났음을 상주하고 뒤이어 승상이 임종시에 한 말씀을 하나 빼 놓지 않고 자세히 아뢰었다.

후주는 듣고 나자 통곡을 하며

“하늘이 나를 망하게 하시는구나.”

191
큰 별 하늘로 돌아가다

하고 그대로 용상 위에 쓰러져 버렸다.

시신들이 그를 부축하여 후궁으로 들어갔는데 오 태후가 듣고 역시 목을 놓아 통곡하기를 마지않고, 관원들이 애통해하지 않는 사람이 없으며 백성도 모두 울었다.

후주가 연일 슬픔에 잠겨서 능히 조회도 받지 못하고 지내는 중에 홀연 보하되, 위연이 양의의 모반함을 표주해 왔다고 해서 모든 신하들이 크게 놀라 궁중에 들어가 후주에게 주달하는데 이때 오 태후도 또한 궁중에 있었다.

후주는 신하들의 아뢰는 말을 듣고 크게 놀라 곧 근신에게 명해서 위연이 올린 표문을 읽게 하였다. 표문의 내용은 대강 다음과 같다.

정서대장군 남정후 신 위연은 황공하옴을 이기지 못하오며 머리를 조아려 말씀을 올리나이다.

양의가 제 스스로 병권을 잡은 다음에 군사를 거느리고 모반하여 승상의 영구를 겁칙하고 적병을 지경 안으로 끌어들이려 하옵기로 신이 먼저 잔도를 불살라 끊고 군사로써 막고 있사옵니다.

삼가 이 사연을 주문하나이다.

근신이 표문을 읽고 나자 후주가
"위연은 용맹한 장수라 족히 양의의 무리를 대적할 만한데 어찌하여 잔도를 불살라 끊어 놓았을꼬."
하고 한마디 하니, 오 태후가 그 뒤를 받아서

"내 일찍이 선제께서 하시는 말씀을 들었는데, 공명이 위연의 뒤통수에 반골이 있는 것을 알고 매양 참하려 하면서도 그 용맹을 불쌍히 여겨서 아직 두어 두고 쓰는 터이라고 하십디다. 그러니 이제 제가 양의의 무리들이 모반한다고 아뢰는 말을 경망되게 믿을 수 없고, 또 양의는 글하는 사람이라 승상이 장사의 소임을 맡겼으니 반드시 사람이 쓸 만할 것이오. 오늘 만약에 한쪽 말만 들었다가는 양의의 무리가 반드시 위나라로 가 버릴 것이니 이 일은 마땅히 깊이 생각해서 조처해야지 경솔하게 해서는 아니 되리다."

하고 사리를 따져서 말한다.

모든 관원들이 바야흐로 상의하고 있을 때 홀연 보하되 장사 양의로부터 긴급 표문이 이르렀다고 한다.

근신이 표문을 펴서 읽는데 사연은 대개 다음과 같다.

장사 수군장군 신 양의는 황공하오믈 이기지 못하오며 머리를 조아려 삼가 표문을 올리나이다.

승상이 임종시에 대사를 신에게 맡기면서 옛 제도대로 하여 감히 변경하지 마라 하옵고, 위연으로 뒤를 끊으며 강유로 버금을 삼게 하였소이다. 이제 위연이 승상의 끼친 말을 지키지 않고 스스로 본부 인마를 이끌고 먼저 한중으로 들어가서 불을 놓아 잔도를 끊고, 승상의 영구를 겁칙해 모반을 꾀하고 있사옵는바, 변이 창졸지간에 일어났사옵기로 삼가 표문을 날려 주달하는 바로소이다.

오 태후는 표문을 듣고 나서 여러 신하들에게 물었다.

"경들의 소견은 어떠하오."

장완이 아뢴다.

"신의 어리석은 소견에는 양의의 사람됨이 비록 성미가 너무 급해서 남을 용납하지 못하는 단처는 있사오나, 양초를 바라지하며 군사기밀에 참여하여 승상과 오래 일을 함께 보아 왔사온데, 이제 승상이 세상을 떠날 때 대사를 그에게 맡겼사오니 결단코 배반할 사람이 아닐 줄로 아오며, 한편 위연으로 말씀하오면 평일에 저의 공이 큼을 스스로 믿었사옵고 남들도 다 제게 사양하건만 홀로 양의가 양보하지 않으므로 위연이 마음에 한을 품었사옵는데, 이제 양의가 군사를 총섭하는 것을 보고는 심중에 복종하지 않아 잔도를 불사르고 그 돌아올 길을 끊으며 또 무소하여 그를 모해하려 한 것이오니, 신이 전가양천(全家良賤)으로 양의가 모반하지 않을 것은 담당하겠사오나, 실로 위연은 감히 담당하지 못하겠나이다."

동윤(董允)이 또한 아뢴다.

"위연이 스스로 공이 높은 것을 믿어 항상 불평한 마음을 가지고 원망하는 말을 하면서도 이제까지 반하지 않은 것은 오직 승상을 두려워하기 때문이온데, 이제 승상이 세상을 떠나자 때를 타서 난을 일으킨 것이오니 이는 필연한 형세이옵니다. 양의로 말씀하오면 재주가 민첩하여 승상의 신임을 받아 온 터이라 제 반드시 배반하지 않사오리다."

듣고 나자 후주가

"만일 위연이 과연 반하였다면 마땅히 무슨 계책을 써서 막을꼬."

194

하고 물어서 장완은 다시 아뢰었다.

"승상이 본디 이 사람을 의심해 온 터이니 필시 계책을 끼쳐 양의에게 주었을 듯하외다. 만약에 양의가 믿는 것이 없다 하오면 어찌 능히 군사를 물려 골 안으로 들어가오리까. 위연이 필시 계교에 빠지고 말 것이오니 폐하께서는 근심 마옵소서."

그러자 얼마 지나지 않아서 위연의 표문이 또 들어왔다. 양의가 반했다는 것이다.

바야흐로 표문을 보고 있을 때 이번에는 양의의 표문이 또 들어왔다. 위연이 배반했다는 것이다.

두 사람이 서로 연달아 표를 올려서 각기 시비를 다툴 때 문득 비위가 돌아왔다고 보해서 후주가 불러들이니, 비위가 위연의 반정을 자세히 아뢴다.

듣고 나자 후주가

"만일 그렇다면 우선 동윤으로 하여금 절을 가지고 가서 마음을 풀어 주며 좋은 말로 위무하도록 하라."
하고 말해서 동윤은 조서를 받들고 떠났다.


한편 위연은 잔도를 불살라 끊어 놓고 군사를 남곡에 둔쳐 애구를 지키며 스스로 득책(得策)이라 생각하고 있었는데, 뜻밖에도 양의와 강유가 밤을 도와 군사를 이끌고 샛길로 해서 남곡 뒤에 이른 것이다.

양의는 한중을 잃을까 저어하여 선봉 하평(何平)으로 하여금 삼천 병을 거느리고 먼저 가게 하고, 양의 자기는 강유의 무리로 더불어 군사를 통솔하고 영구를 모셔 한중을 바라고 왔다.

이때 하평은 군사를 이끌고 바로 남곡 뒤에 이르러 북 치고 고함질렀다.

초마가 나는 듯이 위연에게

"양의가 선봉 하평으로 하여금 군사를 거느리고 차산 소로를 쫓아와서 싸움을 청하고 있소이다."

하고 보하였다.

위연은 크게 노하여 급히 갑옷 입고 투구 쓰고 말에 올라 칼 들고 군사를 거느리고서 나와 맞았다.

양군이 진을 치고 서로 대하자 하평이 말을 진전에 내며 큰 소리로 욕하였다.

"반적 위연이 어디 있노."

위연이 역시 마주 욕질을 한다.

"네가 양의에게 붙어서 모반하면서 어찌 감히 나를 욕하느냐."

하평은 다시

"승상께서 갓 돌아가셔서 골육이 아직 식지 않았는데 네 어찌 감히 모반하느냐."

하고 위연을 꾸짖고 이에 채찍을 들어 촉병을 가리키며 말하였다.

"너희 군사들은 모두 서천 사람으로서 천중에 거의 다 부모처자와 형제친우들이 있다. 승상이 생존해 계실 때 일찍이 너희들을 박대하신 일이 없거니, 이제 반적을 돕지 말고 각기 집으로들 돌아가서 상급이 내리기를 기다리고 있거라."

모든 군사들이 이 말을 듣자 크게 아우성을 치며 흩어져 가는 자가 태반이나 된다.

위연은 대로하여 칼을 휘두르며 말을 놓아 바로 하평을 취하였다. 하평은 창을 꼬나 잡고 내달아 맞았다.

그러나 서로 싸우기 두어 합이 못 되어 하평은 거짓 패해서 달아났다.

위연은 그 뒤를 쫓았다. 그러나 군사들이 활과 쇠뇌를 일제히 쏘아서 위연은 말을 빼어 돌아오는데, 보니 자기 수하의 군사들이 패해서 뿔뿔이 흩어져 달아나고 있다.

위연은 화를 내어 말을 몰아 쫓아가서 사오 명을 죽였으나 그래도 여전히 도망들을 치는데, 오직 마대가 거느리는 삼백 명 군사만은 꼼짝 않고 있다.

위연은 마대를 향하여

"공이 진심으로 나를 도와주면 일을 이룬 뒤에 결코 저버리지 않으리다."

하고 드디어 마대로 더불어 하평의 뒤를 몰아쳤다. 하평은 군사를 이끌고 달아났다.

위연은 남은 군사를 수습한 다음에 마대로 더불어 앞일을 의논하였다.

"우리가 위나라로 가서 항복하는 것이 어떻소."

마대가 말한다.

"장군의 말씀은 참으로 사리에 맞지 않소이다. 대장부가 어찌하여 스스로 패업을 도모하지 않고 경선히 남에게 무릎을 꿇는단 말씀이오니까. 내가 보기에 장군은 지모와 용맹을 넉넉히 갖추고 계시니 양천의 어느 누가 감히 대적하리까. 내 맹세코 장군과 함께 먼저 한중을 취하고 그 뒤에 서천으로 진공하겠소이다."

위연은 크게 기뻐하여, 드디어 마대와 함께 군사를 이끌고 바로 남정(南鄭)을 치러 갔다.

강유가 남정성 위에서 보니, 위연과 마대가 무위를 뽐내며 질풍같이 몰려 들어온다. 강유는 급히 사람을 시켜서 조교(弔橋)를 끌어 올리게 하였다.

위연과 마대 두 사람이

"빨리 항복해라."

하고 크게 외친다.

강유는 사람을 시켜서 양의를 청해다가 상의하였다.

"위연이 원체 용맹한 데다가 또 마대가 서로 도우니 비록 군사는 적으나 무슨 계책으로 물리친단 말이오."

양의가 말한다.

"승상께서 임종시에 금낭 하나를 내게 주시며, '만약에 위연이 반하거든 성에 임해 대적할 때에 끌러 보라. 그러면 곧 위연을 벨 계책이 있느니라' 하고 당부하셨으니 이제 마땅히 한 번 꺼내 보아야겠소."

드디어 금낭을 꺼내서 끌러 보니 겉봉에

"위연으로 더불어 대적할 때 마상에서 비로소 열어 볼 것을 허락한다."

하고 씌어 있다.

강유는 크게 기뻐하여

"이미 승상께서 이처럼 경계하셨으니 장사는 잘 간수하고 있다가, 내 먼저 군사를 거느리고 성 밖에 나가 진을 벌려 놓거든 그때 곧 오시오."

하고 말한 다음, 갑옷 입고 투구 쓰고 창 들고 말에 올라 삼천 군

거느리고서 성문을 열고 일제히 짓쳐 나갔다.

북소리 크게 진동하는 가운데 진세를 벌려 놓고 나서 강유는 창을 꼬나 잡고 문기 아래 말을 세운 다음 소리를 높여 크게 꾸짖었다.

"반적 위연아, 승상께서 일찍이 네게 섭섭히 하신 것이 없는데 오늘 어찌하여 배반하느냐."

위연이 칼을 비껴들고 말을 멈추어 세우며 말한다.

"백약아, 네겐 상관이 없는 일이다. 양의만 불러오너라."

이때 양의가 문기 뒤에서 금낭을 열어 보니 이리이리 하라고 씌어 있다.

그는 크게 기뻐하여 경기(輕騎)[1]로 나가서 진전에 말을 세우고 손을 들어 위연을 가리키며 웃고 말하였다.

"승상께서 생존해 계실 때 네가 후일에 반드시 반할 줄을 아시고 나더러 방비하라 하시더니, 이제 과연 그 말씀이 맞았다. 네 감히 마상에서 연달아 세 번 '뉘 감히 나를 죽이리오' 하고 큰 소리로 외친다면 참으로 대장부니, 내 곧 한중의 성지를 그대로 다 네게 바치겠다."

위연이 크게 웃으며

"양의 필부야, 네 듣거라. 만약 공명이 살아 있을 때라면 내 서푼쯤은 저를 두려워하겠지만 제가 이제 이미 죽었으니 천하에 누가 감히 나를 대적하랴. 연하여 세 번은 말도 말고 삼만 번을 외치라 한대도 무슨 어려울 일이 있겠느냐."

---

1) 홀가분한 차림으로 말을 탄 군사. 여기서는 양의가 무장하지 않고 그냥 말 타고 나간 것을 말한다.

하고 드디어 칼 든 손을 늘어뜨리고 또 한 손으로는 고삐를 잡고 마상에서 큰 소리로

"뉘 감히 나를 죽이리오."

하고 외치는데, 그 한마디가 미처 끝나기 전에 그의 등 뒤에서 한 사람이 목소리를 가다듬어

"내 감히 너를 죽이겠다."

하고 한 번 외치더니 손이 번뜻 칼이 번개같이 내려지며 위연을 베어 말 아래 거꾸러뜨린다.

여러 사람이 모두 놀랐으니 위연을 벤 사람은 곧 마대다.

원래 공명이 임종시에 마대에게 밀계를 주어 위연이 소리쳐 외치기만 기다려서 곧 불시에 내달아 베게 한 것이니, 이날 양의는 금낭을 열어 보고 이미 마대를 저편에 깔아 두었다는 것을 안 까닭에 계책대로 행하여 과연 위연을 죽인 것이었다.

후세 사람이 지은 시가 있다.


뒷날에 위연이 서천을 배반할 줄
어이 미리 공명 선생 귀신같이 아셨는고.
금낭에 감춘 계책 아는 이 없었더니
말 앞에서 성공할 줄 참으로 의외로세.


이리하여 동윤이 미처 남정에 이르기 전에 마대는 이미 위연을 베어 강유로 더불어 군사를 한곳에 합하였다.

양의가 표문을 갖추어 밤을 도와 후주에게 주달하니 후주는 성지를 내려서

"이미 그 죄를 바로잡았으니 전의 공로를 생각하여 관곽(棺槨)을 내려 장사지내 주라."

하였다.

양의의 무리가 공명의 영구를 모시고 성도에 이르자 후주는 문무백관을 거느리고 모두 상복을 입고서 성 밖 이십 리에 나가 영접하였다.

후주가 목을 놓아 통곡하고, 위는 공경대부로부터 아래는 산림 백성에 이르기까지 남녀노유가 없이 모두 통곡하니 울음소리가 천지를 진동한다.

후주는 영구를 모시고 성으로 들어가 승상 부중에 모시게 하고 공명의 아들 제갈첨(諸葛瞻)으로 하여금 거상을 입게 하였다.

후주가 환궁하자 양의는 제 몸을 스스로 결박하고 죄를 청하였다.

후주는 근신으로 하여금 그 묶은 것을 끌러 주게 한 다음

"만약에 경이 능히 승상의 유언대로 하지 않았다면 영구가 어느 날에 돌아왔을 것이며 위연을 어떻게 멸했으랴. 대사를 보전한 것은 다 경의 힘이로다."

하고 드디어 양의의 벼슬을 더해서 중군사를 삼고, 마대는 역적을 친 공로가 있으므로 곧 위연의 관작으로 작을 봉하였다.

양의는 공명이 남기고 간 표문을 올렸다. 후주가 보고 나서 통곡하고 성지를 내려 명당을 가려서 장사지내게 하는데, 비위가 나서서

"승상이 임종시에 유언하되, 정군산에 묻고 담을 치지 말며 벽돌을 쓰지 말고 또 일체 제물을 쓰지 말라 하였소이다."

하고 아뢰어서 후주는 그 말을 좇아, 그해 시월 길일을 택하여 친히 영구를 모셔다 정군산에 안장하고 조서를 내려 제를 지내고, 시호를 충무후(忠武侯)라 하며 면양에 사당을 세워 철따라 제를 지내게 하였다.

뒤에 두공부가 시를 지었다.

승상 사당이 어느 곳에 있으신고
금관성 밖에는 잣나무만 울창하다.
섬돌 아래 푸른 풀은 봄빛을 자랑하고
숲속에 저 꾀꼬리 노래만 하는구나.
삼고의 은혜를 받아 천하 대계 정하신 후
양조(兩朝)를 섬겨 오신 노신의 마음이여.
출사했다 못 이기시고 몸이 먼저 궂기시니
후세의 영웅들은 눈물 마를 날 없도다.

또 두공부의 다른 시가 있다.

와룡의 대명이 우주에 드리셨다
종신(宗臣)[2]의 화상이 청고(淸高)도 하시구나.
삼분천하에 계책을 베푸시니
만고에 그 성망이 하늘 끝에 닿으셨네.
크신 경륜을 이려(伊呂)[3]에 비해 볼까
소하·조삼은 선생에게 못 미치리.

---

2) 나라의 원로 중신.
3) 중국 은나라의 이윤(伊尹)과 주나라의 여상(呂尙)을 함께 일컫는 말. 두 사람 모두 현상(賢相)으로 이름이 높다.

천운이 한(漢)을 떠나 만회할 길 없었건만
뜻을 결하고 몸을 바쳐 군무에 힘쓰셨네.


당시 후주가 성도로 돌아오자 문득 근신이 아뢰되

"변경에서 첩보가 들어왔사온데, 동오에서 전종(全綜)으로 하여금 군사 수만을 거느려 파구 지경 어귀에 둔치고 있게 하였다 하오니 무슨 뜻임을 모르겠나이다."

한다.

후주가 듣고 놀라서

"승상이 세상을 떠나시자 동오에서 맹세를 저버리고 지경을 범해 오니 어찌하면 좋을꼬."

하고 말하니, 장완이 나서서

"신이 감히 왕평과 장의로 하여금 군사 수만 명을 거느리고 영안을 지켜 불측지변을 방비하게 하오리니, 폐하께서는 다시 사람 하나를 동으로 보내셔서 통부(通訃)하게 하시고 그 동정을 살피게 하옵소서."

하고 아뢴다.

후주가

"모름지기 구변 있는 사람으로 사자를 삼아야 할 것이라."

하고 말하는데, 한 사람이 그 말에 응하여

"소신이 가기를 원하나이다."

하고 나서서 모든 사람이 보니, 그는 곧 남양 안중(安衆) 사람으로 성은 종(宗)이요 이름은 예(預)요 자는 덕염(德豔)이라, 당시 벼슬이 참군 우중랑장이었다.

후주는 크게 기뻐하여 즉시 종예에게 명하여 동오에 가서 통부하고, 겸하여 허실을 탐지해 오게 하였다.

종예는 명을 받고 그 길로 금릉으로 가서 오나라 임금 손권을 들어가 보았다.

예를 마친 다음에 종예가 보니 좌우에 있는 사람들이 모두 흰옷을 입고 있다.

이때 손권이 얼굴에 노기를 띠고

"오나라와 촉나라가 이미 한집안이 된 터에, 그대네 임금은 어찌하여 백제성에 군사를 더 보내서 지키게 하는고."

하고 한마디 한다.

종예는 태연히 말하였다.

"신이 헤아리되, 동에서 파구의 수자리를 더하고 서에서 백제의 수비를 늘이는 것이 모두 사세 당연한 일로서, 다 족히 서로 물을 거리가 못 될까 하나이다."

그 말에 손권은 웃으며

"경이 등지만 못하지 않도다."

하고, 이에 종예를 대하여

"짐이 제갈 승상이 세상을 떠났다 듣고 매일 유체하며 관료들로 하여금 모두 거상을 입게 하였거니와, 짐은 위국에서 이 틈을 타 촉을 취하려 하지나 않을까 저어하여 파구에 군사 만 명을 더해서 구원을 삼으려 한 것이지 그 밖에 딴 뜻이 없소."

하고 말하였다.

종예가 머리를 조아리며 절하고 사례하니 손권이

"짐이 이미 동맹하기를 허락한 터에 어찌 의리를 저버릴 법이 있겠소."

하고 말한다.

종예는 아뢰었다.

"천자께서 승상이 별세했음으로 하여 특히 신에게 명하시어 상사를 보하게 하신 것이외다."

손권은 드디어 금비전(金鈚箭) 한 개를 집어서 꺾고

"짐이 만약 전에 한 맹세를 저버린다면 자손이 끊어지고 말리다."

하고 맹세를 하고 나서 그는 다시 사신에게 명하여 향과 비단과 전물(奠物)을 가지고 천중에 들어가서 제를 지내게 하였다.

종예는 오나라 임금에게 절하여 하직을 고하고 동오 사신과 동행하여 성도로 돌아왔다.

그는 후주를 들어가 보고

"승상이 별세함을 알고 오국 임금이 또한 유체하며 군신에게 모두 상복을 입혔사옵는데, 파구에다 군사를 더하옵기는 오직 위국에서 우리의 허한 틈을 타서 들어올까 저어하기 때문이옵지 달리 딴마음이 있는 것이 아니오며, 이제 또 화살을 꺾어 맹세하여 동맹의 의리를 저버리지 않으리라 하옵니다."

하고 아뢰니, 후주는 크게 기뻐하여 종예에게 중상을 내리고 또 동오 사자를 후하게 대접해서 돌려보냈다.

그리고 드디어 공명의 유언을 좇아서 장완의 벼슬을 더해서 승상대장군 녹상서사를 삼고, 비위의 벼슬을 더해서 상서령을 삼아 함께 승상의 직무를 다스리게 하며, 오의의 벼슬을 더해서 거기장군을 삼고 절을 빌려 한중을 다스리게 하고, 강유로 보한장군 평양후를 삼아 각처 인마를 총독하며 오의와 함께 한중에 나가 둔치고 위병을 방어하게 하고, 그 밖의 장교들은 각각 전직(前職) 대로 두었다.

이때 양의는 자기가 벼슬길에 나온 연한이 장완보다 먼저건만 작위가 그보다 아래일뿐더러 또 저의 공이 높다고 스스로 생각하고 있건만 아직 후하게 상을 받은 것이 없어서 원망하는 말을 하며 비위를 향하여

"전일에 승상이 갓 돌아가셨을 때 내가 만약 전군(全軍)을 데리고 위나라로 가서 항복했다면 아무려면 적막하기가 이렇기까지야 하였으리까."

하고 말하였다.

비위가 이에 이 말로써 후주에게 가만히 표주하니, 후주는 크게 노하여 양의를 옥에 내려 국문(鞫問)하게 한 다음 참하려 하였다.

그러나 장완이 나서서

"양의가 비록 죄를 지었사오나 다만 전일에 승상을 따라 공로를 많이 세웠사오니 참하시지는 마옵시고 관작을 삭탈하여 서인을 삼으심이 마땅하올까 하나이다."

하고 아뢰어, 후주는 그 말을 좇아서 드디어 양의의 벼슬을 뺏고 한가군으로 보내서 서민을 삼아 버렸는데, 양의는 참괴함을 이기지 못하여 스스로 목을 찔러 죽고 말았다.

촉한 건흥 십삼년은 위주(魏主) 조예의 청룡 삼년이요 오주(吳主) 손권의 가화 사년인데, 삼국이 다 군사를 일으키지 않았다.

이해에 위주는 사마의를 봉해 태위를 삼아 군마를 총독해서 각처 변경을 진압하게 하니 사마의는 사은하고 낙양으로 돌아가

206

버렸다.

이때 위주 조예가 허창에서 크게 토목을 일으켜 궁전을 짓고, 또 낙양에다가 조양전(朝陽殿)·태극전(太極殿)을 지으며 총장관(總章觀)을 쌓으니 그 높이가 모두 십 장이요, 또 숭화전(崇華殿)·청소각(靑宵閣)·봉황루(鳳凰樓)를 세우며 구룡지(九龍池)를 파는데, 박사 마균(馬鈞)에게 명하여 감독하게 해서 그 화려하기가 이를 데 없으니, 아로새긴 들보며 곱게 단청한 마룻대와 청기와며 금 벽돌이 햇빛에 빛나 휘황찬란한데 천하에 이름 있는 장색 삼만여 명을 뽑아서 삼십여 만 명 역군을 데리고서 밤낮을 가리지 않고 짓게 하니 민력이 피폐해서 원성이 그치지 않는다.

조예는 또 칙지를 내려서 방림원(芳林園)에다 토목을 일으키고 공경들로 하여금 모두 그 안에서 흙을 지며 나무를 심게 하였다.

이것을 보고 사도 동심(董尋)이 표문을 올려서 통절하게 간하니, 표문의 내용은 다음과 같다.


엎드려 아뢰옵나니,

건안(建安)[4] 이래로 백성이 전쟁에서 죽고 혹은 집안이 망해서 비록 살아남은 자가 있다 하여도 고아와 늙고 허약한 자라, 만약에 궁실이 협소하여 이를 넓히고 크게 하려 하신다 하여도 오히려 때를 가리시어 농사에 지장이 없도록 하셔야 할 일이온데, 항차 무익한 물건을 지으시는 것이겠습니까.

폐하께서 이미 신하들을 높이셔서 머리에는 관을 쓰게 하시

---

4) 한 헌제의 연호. 196~220년.

고 몸에는 문채 있는 옷을 입게 하시며 출입에는 남여를 타게 하시니 이는 관원들이 서민과는 다르기 때문이온데, 이제 또 나무를 나르며 흙을 지게 하시여 온 몸이 땀으로 범벅이 되고 두 발이 흙투성이가 되어 국가의 체모를 상하게 하시면서 무익한 일을 숭상하고 계시니 실로 이럴 법은 없는 것이외다.

공자께서 말씀하시기를, '임금이 신하를 예(禮)로써 부려야 신하도 임금을 충성으로써 섬기느니라' 하셨사온데, 충성이 없고 예절이 없으니 국가가 어떻게 설 것이오니까.

신은 이 말씀이 나가자 반드시 죽을 줄을 알고 있사오나 몸을 스스로 한 오라기의 쇠털에 비하고 있어, 사는 것이 이미 유익할 게 없으매 죽는 것도 손 될 게 없으니 붓을 잡고 눈물을 흘리며 마음으로 이 세상에 하직을 고하나이다.

신에게 자식 여덟이 있어 신이 죽은 후에 폐하께 누가 되올 듯, 전율함을 이기지 못하오며 처분 있으시기만 기다리나이다.


조예가 표문을 보고 노하여

"동심이 죽음을 두려워 아니 하는가."

하고 말하니, 좌우가 참할 것을 주청한다.

그러나 조예는

"이 사람이 본디 충의가 있으니 아직 폐해서 서민을 삼으려와, 다시 함부로 말하는 자 있으면 반드시 참하리라."

하였다.

때에 태자의 사인(舍人)[5] 장무(張茂)라는 사람이 있었으니 자는 언재(彦材)라, 또한 표문을 올려서 간절하게 간하였는데 조예는 그를 참해 버렸다.

그리고 그날로 박사 마균을 불러서

"짐이 고대준각(高臺峻閣)을 세워 신선과 왕래하여 장생불로할 방도를 구하고 싶다."

하고 말하니, 마균이 아뢰되

"한조 이십사 황제 중에서 유독 무제(武帝)⁶⁾가 제위에 있기도 가장 오래였고 또 수도 가장 높았사온데, 이는 대개 천상의 일월정기를 마셨기 때문이옵니다. 그가 일찍이 장안 궁중에 백량대(柏梁臺)를 세우고 대 위에 구리로 만든 사람 하나를 세워서 손으로 소반 하나를 받쳐 들고 있게 하니 이름은 '승로반(承露盤)'⁷⁾이라, 삼경에 북두에서 내린 항해수(沆瀣水)⁸⁾를 받는데 그 이름을 '천장(天漿)'이라 하며 또 '감로(甘露)'라고도 하옵니다. 이 물에다 아름다운 옥으로 가루를 내서 한데 복용하오면 가히 노인이 다시 동자로 돌아갈 수 있나이다."

한다.

조예는 듣고 나서 크게 기뻐하여

"네 이제 역군들을 데리고 밤을 도와 장안으로 가서 그 동인(銅

---

5) 중국 전국시대로부터 한나라 때에 걸쳐 왕공(王公)과 귀인(貴人)의 문객으로 있던 사람.
6) 경제(景帝)의 뒤를 이어 기원전 140년에 즉위한 한나라의 임금. 사방을 정벌해서 한나라의 판도를 크게 넓히고 유학을 숭상하여 문예를 일으켰으나, 다만 신선을 좋아해서 불로장생하는 술법을 얻으려 하며, 궁궐을 짓고 가혹한 정사를 하여 그의 대에 사방에서 농민봉기가 있었다.
7) 하늘에서 내린 이슬을 받는 소반.
8) 야반에 이슬이 맺혀서 물이 된 것.

人)을 떼어 내어 방림원에 옮겨다 놓게 하라."
하고 분부하였다.

마균은 명을 받아 역군 일만 명을 데리고 장안으로 가서, 영을
내려 주위에 높다랗게 비계를 걸어 놓고 백량대로 올라가게 하
였다.

시각을 지체 않고 오천 명 역군들이 새끼를 잇고 노를 끌어 빙
빙 돌아서 올라가는데, 그 백량대의 높이는 이십 장이요 구리 기
둥의 둘레는 십 위(圍)[9]다.

마균이 먼저 동인부터 꺾어 내리라고 일러서 여러 사람이 힘을
아울러 동인을 꺾어 내리는데 동인의 눈에서 눈물이 주르륵 흘러
내려서 모든 사람이 다 크게 놀라는 판에, 홀연 대 아래서 일진광
풍이 일어나 모래를 날리고 돌을 굴려 그 급하기가 소나기 퍼붓
는 것 같더니 마치 하늘이 무너지고 땅이 찢어지는 듯싶은 소리
가 나며 대가 한편으로 기울고 기둥이 모로 쓰러져서 그 통에 사
람이 천여 명이나 치여 죽었다.

마균은 동인과 금반을 취하여 낙양으로 돌아왔다.

궁중에 들어가서 위주를 보고 동인과 승로반을 바치니 조예가
"동주는 어디 있느냐."
하고 물으니, 마균이 이에 대답하여
"기둥의 무게가 백만 근이나 되어서 능히 운반해 오지 못하였
소이다."
하고 대답하자 조예는 영을 내려서 동주를 쳐 깨뜨려 낙양으로 날

---

9) 십 위는 다섯 치.

라다가 새로 동인 두 개를 만들게 하여 이름을 '옹중(翁仲)'[10]이라 해서 사마문(司馬門) 밖에다 벌려 세우게 하고, 또 용과 봉 각 한 개씩을 부어 만드니 용은 높기가 사 장이요 봉은 삼 장여라 전각 앞에다가 세워 놓았다.

또 조예는 상림원 안에다 기이한 화초와 이상한 나무를 심고 진기한 새와 기괴한 짐승들을 기르게 하니, 소부 양부가 표문을 올려서 간하였다.

신은 들자오매 요임금이 띳집을 숭상하매 만국이 편안히 지 냈고, 하우씨가 궁실을 낮게 하매 천하가 업을 즐겼다 하오며, 은나라 · 주나라에서는 명당(明堂)[11]을 석 자를 높이고 구연(九筵)[12]으로 법을 삼았을 뿐이오니, 옛 성제(聖帝)와 명왕(明王)으로 서 궁실을 높고 화려하게 하여 백성의 재력을 마르게 한 분은 이제까지 없나이다. 걸(桀)은 선실(旋室)[13]과 상랑(象廊)[14]을 짓고 주(紂)는 경궁(傾宮)[15]과 녹대(鹿臺)[16]를 세워 사직을 잃기에 이르

---

10) 중국의 역사 전설로, 진나라의 완옹중(阮翁仲)은 키가 열석 자나 되었는데 진시황 이 그로 하여금 변방을 지키게 하매 흉노 사람들이 매우 두려워했다고 한다. 그가 죽은 뒤에 진시황은 그의 동상을 만들었다. 그 뒤로 거대한 동상이나 석상을 옹중 이라고 불렀다.

11) 중국 고대에 궁실(宮室)의 제도가 완비되기 이전 천자가 거처하며 정사를 보는 집 을 명당이라 불렀다.

12) 명당의 집 제도를 말하는 것이니, 아홉 자 길이의 돗자리[九尺之筵]로 동서에 구 연(九筵), 남북에 칠연(七筵)이라고 『주례(周禮)』에 있다.

13) 선옥(璇玉)으로 꾸며 놓은 방. 일설에는 회전(廻轉) 장치가 있어서 돌게 된 방이라 고도 한다.

14) 상아(象牙)로 장식한 익랑(翼廊).

15) 밭 일 경(頃) 안에 꽉 들어찰 만큼 광대한 궁전.

16) 주(紂)가 재물을 쌓아 놓은 큰 곳집.

렸으며, 초령왕(楚靈王)[17]은 장화궁(章華宮)을 쌓아 자신이 그 화를 받았고 진시황(秦始皇)은 아방궁(阿房宮)을 지어 앙화가 그 자식에게 미치고 천하가 배반해서 겨우 이대(二代)에 망했으니, 대저 만백성의 힘을 헤아리지 않고 저의 이목만 즐겁게 하려다가 망하지 않은 자는 이제까지 없나이다.

폐하께서는 마땅히 요·순·우·탕·문·무를 본받으시고 걸·주·초·진으로 경계를 삼으실 것이니 이에 스스로 한가하시며 스스로 편안하시어 오직 궁실만 꾸미신다면 반드시 위태롭고 멸망할 화가 있사오리다. 임금은 머리가 되시고 신하는 팔다리가 되어, 사나 죽으나 한몸이요 얻고 잃는 것을 한가지로 하니 신이 비록 노둔하고 겁이 많사오나 어찌 감히 쟁신(諍臣)[18]의 의리를 잊으오리까. 말씀이 간절하지 못하와 족히 폐하를 감동하시게 못하였으리니 삼가 관(棺)을 놓고 목욕하여 엎드려 중한 벌을 기다리나이다.

표문이 올라갔으나 조예는 그래도 반성하지 않고 오직 마균을 재촉하여 높은 누대를 짓고 동인과 승로반을 안치하며, 또 칙지를 내려서 천하의 미녀를 널리 뽑아 방림원 안에 두었다.

신하들이 분분히 표문을 올려서 간하건만 조예는 모두 듣지 않는다.

본래 조예의 황후 모씨(毛氏)는 하내 사람이니, 앞서 조예가 평

---

17) 중국 춘추시대의 제후.
18) 임금의 잘못에 대하여 바른말을 해서 간하는 신하.

원왕으로 있을 때 서로 지극히 사랑하여 조예가 천자의 위에 오르자 황후로 책립했던 것인데, 뒤에 조예가 곽 부인을 총애하게 되자 모 황후는 그만 소박을 맞고 말았다.

곽 부인이 자색이 있고 또 영리하므로 조예는 그를 몹시 사랑하여 매일같이 즐기면서 월여나 궁문 밖을 나오지 않았다.

때는 춘삼월, 방림원 안에 백화가 서로 다투어 난만하게 피어서 조예는 곽 부인을 데리고 동산 안으로 들어가 꽃구경을 하며 술을 마시는데 곽 부인이 있다가

"왜 황후도 오시라 해서 함께 즐기시지 않으시나요."

하고 한마디 해서, 조예는

"그가 곁에 있으면 술이 한 모금도 목구멍을 넘지 않으니 어이하노."

하고 드디어 궁녀들을 신칙해서

"모 황후로 하여금 알게 하여서는 아니 되느니라."

라고 하였다.

모 황후는 조예가 한 달 넘어 정궁(正宮)[19]으로 들어오는 것을 못 본 끝에, 이날 고적함을 이기지 못하여 궁녀 십여 인을 데리고 취화루(翠花樓)로 나왔는데 어디선가 풍악소리가 유량히 들려와서

"어디서 아뢰는 풍악이냐."

하고 물으니, 한 궁관(宮官)이 있다가

"성상께서 곽 부인과 함께 어화원(御花園) 안에서 꽃을 구경하시며 주연을 베푸시고 계시답니다."

---

19) 황후가 거처하는 궁전.

하고 아뢴다.

모 황후는 그 말을 듣자 마음이 번란해서 곧 환궁해 버렸다.

그 이튿날이다.

모 황후는 작은 수레를 타고 궁을 나서 이리저리 노닐다가 바로 곡랑(曲廊) 사이에서 조예를 만났다.

그는 미소하며

"폐하께서는 어제 북원에 납시어 얼마나 즐거우셨겠어요."
하고 한마디 하였다.

그러나 그 말을 듣자 조예는 크게 노하여 곧 어제 시봉하던 사람들을 잡아오라고 하여

"어제 북원에서 논 일은, 짐이 좌우를 신칙해서 모 황후로 하여금 알게 하지 말라 했는데, 어찌하여 또 소문을 냈단 말이냐."
하고 꾸짖고 궁관을 호령해서 시봉한 사람들을 모조리 참하게 하는 것이다.

모 황후는 소스라쳐 놀라 곧 수레를 돌려 환궁하였다.

조예는 즉시 조서를 내려서 모 황후에게 죽음을 내리고 곽 부인을 세워서 황후를 삼았는데, 조신(朝臣)으로서 아무도 감히 이를 간하는 자가 없었다.


그러자 어느 날 유주자사 관구검(毌丘儉)이 표문을 올려서 보하되, 요동의 공손연(公孫淵)이 반하여 스스로 연왕(燕王)이라 일컫고 연호를 고쳐서 소한(紹漢) 원년이라 하며, 궁전을 세우고 관직을 정한 다음 군사를 일으켜 쳐들어오매 북방이 통으로 흔들린다고 한다.

조예는 크게 놀라 즉시 문무 관료들을 모아 놓고 군사를 일으
켜 공손연을 물리칠 계책을 의논하였다.

대궐 역사로 나라 안이 들끓더니
이제 또 외방에선 난리가 났다 하누나.

어떻게 막는지 하회의 분해를 보라.

공손연이 싸우다 패하여 양평에서 죽고
사마의 거짓 병든 체하여 조상을 속이다

| *106* |

공손연은 요동 공손도(公孫度)의 손자요 공손강(公孫康)의 아들
이다.

건안 십이년[1]에 조조가 원상의 뒤를 쫓았을 때, 미처 요동에 이
르기 전에 공손강이 원상의 수급을 베어다 조조에게 바쳐서 조조
는 그를 봉해 양평후를 삼았다.

뒤에 공손강이 죽고 아들 형제가 있었으나 맏아들 황(晃)이나 둘
째아들 연(淵)이나 모두 나이 어려서 공손강의 아우 공손공(公孫恭)
이 그 관직을 이었는데, 조비가 제위에 오르자 그를 봉해서 거기
장군 양평후를 삼았다.

태화 이년[2]에 공손연이 장성하자 문무(文武)를 겸비하고 천성이

---

1) 207년.
2) 228년.

굳세며 남과 싸우기를 좋아하여 그의 숙부 공손공의 지위를 뺏으니, 조예는 공손연을 봉해서 양렬장군 요동태수를 삼았다.

그 뒤 동오 손권이 장미(張彌)와 허연(許宴)으로 하여금 은금 보화와 진기한 옥돌을 가지고 요동으로 와서 그를 봉해 연왕을 삼았는데, 공손연이 중원을 어렵게 알아서 이에 장미·허연 두 사람을 베어 그 수급을 조예에게로 보내니 조예는 연을 봉해서 대사마 악랑공을 삼았다.

그러나 공손연은 마음에 차지 않아서 수하 관원들과 상의하고 자립해서 연왕이라 일컫고 연호를 고쳐 소한 원년이라 하였는데, 부장 가범(賈範)이 나서서

"중원에서 주공을 상공(上公)의 작위로 대접해 드리니 비천하다 할 수 없는데, 이제 만약 배반하시면 이는 실로 공손치 못한 일이옵고, 겸하여 사마의가 용병에 능해서 서촉 제갈무후로서도 능히 이기지 못하였으니 항차 주공이겠습니까."

하고 간하므로, 공손연은 대로해서 좌우를 꾸짖어 가범을 묶어서 목을 베게 하려 하였다.

이때 참군 윤직(倫直)이 또 나서서 간하였다.

"가범의 말씀이 옳소이다. 성인이 이르시기를 '나라가 망하려 하매 반드시 요악한 귀신의 재앙이 있다'고 하셨는데, 지금 국내에 여러 차례 괴이한 일이 있었소이다. 우선 근자에 개가 상투관을 쓰고 붉은 옷을 입고 지붕 위로 사람처럼 다니고, 또 성남의 촌사람 하나가 밥을 짓는데 솥 가운데 난데없는 어린아이가 죽어 있더라고 하오며, 또 양평 북쪽 저자 가운데 땅이 홀연 꺼지며 구멍이 하나 나고 그 속에서 고깃덩이 하나가 솟아 나왔는데 주위가

두어 자나 되며 머리고 얼굴이고 이목구비는 다 있으나 다만 수족이 없고 칼로 치나 화살로 찌르나 도무지 들어가지를 않아 무슨 물건인지를 몰랐더니, 점쟁이가 점을 쳐 보고 하는 말이 '형상이 있으나 이루지 못하고 입이 있어도 소리하지 못하니 나라가 멸망하려 하매 그 형상을 나타낸 것이라'고 하였다 하옵니다. 이 세 가지 일이 모두 상서롭지 못한 조짐이오니 주공께서는 부디 흉한 것을 피하시고 길한 데로 나가시어 경거망동하지 마사이다."

공손연은 발연대로해서 무사를 꾸짖어 윤직을 결박하여 가범과 함께 저자에 내어다가 목을 치게 하고, 대장군 비연(卑衍)으로 원수를 삼고, 양조(楊祚)로 선봉을 삼아 요동 군사 십오만을 일으켜 가지고 중원으로 짓쳐 들어갔다.

변방을 지키는 관원이 이 일을 위주 조예에게 보하자, 조예가 크게 놀라 이에 사마의를 궐내로 불러들여 의논하니 사마의가 아뢴다.

"신의 수하에 있는 마보 관군 사만이면 족히 도적을 깨칠 수 있으리이다."

이에 조예가

"경이 군사는 적고 길은 머니 회복하기 어려울까 염려로다."

하니, 사마의는

"군사는 많은 데 있지 않사옵고 능히 기병을 쓰며 지략을 베푸는 데 있을 뿐이오니, 신이 폐하의 홍복을 의탁하와 반드시 공손연을 사로잡아다 폐하께 바치리이다."

하고 아뢴다.

조예는 다시

"경은 공손연이 어떻게 하리라고 요량하노."

하고 물으니, 사마의는

"연이 만약에 성을 버리고 미리 도주하오면 이는 상계(上計)이옵고 요동을 지켜 대군을 항거하오면 이는 중계(中計)이오며, 앉아서 양평을 지킨다면 이는 하계(下計)라 제 반드시 신의 손에 사로잡히고 마오리다."

라고 답한다.

"이제 가면 왕복에 얼마나 걸릴꼬."

"그곳까지 사천 리 길이라, 가는 데 백 일, 치는 데 백 일, 돌아오는 데 백 일, 게다가 휴식 육십 일 하여 대략 일 년이면 족할 줄로 아옵니다."

"만일에 동오와 서촉에서 침노해 오면 어찌할꼬."

하고 조예가 걱정하자,

"신이 이미 방어할 계책을 정해 놓았사오니 폐하께서는 아무 근심 마옵소서."

하고 사마의가 대답한다.

조예는 크게 기뻐하여 곧 사마의에게 명해서 군사를 일으켜 가지고 가서 공손연을 치게 하였다.

사마의는 위주를 하직하고 성을 나서, 호준으로 선봉을 삼아 전부병을 거느리고 먼저 요동으로 가서 하채하게 하였다.

초마가 나는 듯이 공손연에게 보하자, 공손연은 비연, 양조로 하여금 군사 팔만을 나누어 요수(遼隧)에 둔치게 하고, 이십여 리 해자에 두루 녹각을 또 둘러쳐서 방비를 심히 엄밀하게 하였다.

호준이 사람을 시켜서 이 일을 사마의에게 보하게 하니 사마의

는 듣고 웃으면서

"도적이 우리와 싸우려 하지 않고 우리 군사를 늙히려고 그러는구나. 내 요량컨대 도적의 무리가 태반이 이곳에 있어 그 소굴이 비었을 것이매, 이곳을 버려두고 바로 양평으로 나가면 도적이 반드시 구하러 갈 것이니, 그때에 중로에서 치면 반드시 전공을 얻을 수 있으리라."

하고 이에 군사를 돌려 소로로 해서 양평을 바라고 나아갔다.

한편 비연은 양조로 더불어 상의하였다.

"만약에 위병이 와서 치더라도 교전하지는 마세. 제가 천 리 길을 와서 양초가 달릴 것이매 오래 버티든 못할 것이니, 양초가 다 하면 제 반드시 물러갈 것이라, 저희가 물러갈 때를 기다려서 기병을 내어 들이치면 사마의를 가히 사로잡을 것일세. 지난날에 사마의가 촉병으로 더불어 상지할 적에 굳게 위남을 지키고 있어서 공명은 마침내 군중에서 죽고 말았으니 오늘 바로 이 이치와 같으이그려."

두 사람이 바야흐로 이렇듯 상의하고 있을 때 홀연 보하되

"위병들이 남쪽으로 가 버렸소이다."

한다.

비연은 듣고 크게 놀라

"저희가 우리의 양평 군사가 적은 것을 알고 본영을 엄습하러 갔구나. 만약에 양평에 소실함이 있으면 우리가 이곳을 지키고 있대야 아무 유익함이 없는 일이다."

하고 드디어 영채를 빼서 뒤를 따라 나갔다.

탐마가 벌써 이것을 알아다가 나는 듯이 사마의에게 보하니 사마의는 웃으며

"내 계책에 빠졌다."

하고, 이에 하후패·하후위로 하여금 각기 일군을 거느려 양수(梁水) 가에 매복하게 하고

"만일 요동 군사가 오거든 양쪽에서 일제히 나오도록 하라."

하고 분부하였다.

두 사람은 계책을 받아 가지고 갔다. 바라보니 벌써 비연과 양조가 군사를 거느리고 앞으로 오고 있다.

일성포향에 양쪽에서 북 치고 고함지르고 기를 휘두르며 일제히 짓쳐 나가니 좌편은 하후패요 우편은 하후위다.

비연과 양조 두 사람은 싸울 마음이 없어 길을 앗아 달아나다가 수산(首山)에 이르러 바야흐로 공손연의 군사가 오는 것과 서로 만나 군사를 한곳에 합쳐 놓고 말을 돌려 다시 위병으로 더불어 교전하였다.

비연이 말 타고 나서서

"적장은 간계를 쓰지 마라. 네 감히 나와서 싸우겠느냐."

하고 꾸짖으니, 하후패가 말을 놓아서 칼을 휘두르며 나와 맞는다.

서로 싸우기 두어 합이 못 되어 하후패는 한 칼에 비연을 베어 말 아래 떨어뜨리니 요동 군사들은 큰 혼란에 빠지고 말았다.

하후패는 군사를 휘몰아서 들이쳤다.

공손연이 패군을 이끌고 양평성으로 달려 들어가자 성문을 닫고 굳게 지키며 나오지 않는다. 위병은 성을 사면으로 에워싸 버렸다.

가을비가 연일 내려 한 달을 두고 끊이지 않으니 평지에 수심이 삼 척이라, 군량을 운반하는 배가 요하 어귀로부터 바로 양평성 아래 이른다.

위병들은 모두 물 가운데가 들어 있어서 앉으나 서나 불안하였다.

좌도독 배경(裵景)은 장중으로 들어가서

"비가 그치지 않아 영채 안이 수렁이 되어 버렸으매 군사들이 있을 수가 없사오니 전면 산 위로 영채를 옮기게 해 주셨으면 합니다."

하고 고하였다.

그러나 사마의는 노하여

"공손연을 잡는 것이 바로 조석지간에 있는데 어찌 영채를 옮길까 보냐. 만일에 영채를 옮기자고 다시 말하는 자가 있으면 참하리라."

하고 호령하였다.

배경은

"예, 예."

대답하고 물러 나갔는데, 그로서 조금 있다가 우도독 구련(仇連)이 또 와서

"군사들이 물로 해서 고생들이오니 태위께서는 부디 영채를 높은 곳으로 옮겨 앉게 하여 주옵소서."

하고 청한다.

사마의는 대로하여

"내 군령이 이미 내린 터에 네 어찌 감히 어긴단 말이냐."

하고 즉시 밖으로 끌어내어다 목을 베게 하고 그 수급을 원문 밖에 달아 놓게 하였다. 이에 군사들이 모두 두려워서 떤다.

사마의는 두 영채의 인마로 하여금 잠시 이십 리를 물러나 성내의 군사와 백성으로 하여금 성에서들 나와서 임의로 나무를 하고 마소를 놓아서 기르게 두어 두었다.

이것을 보고 사마진군(司馬陳羣)이

"전에 태위께서 상용을 치실 때, 군사를 팔로로 나누어 팔 일 만에 성 아래로 쫓아 들어가 드디어 맹달을 잡으셔서 큰 공을 세우셨는데, 이제 갑병 사만 병을 거느리시고 수천 리 길을 오셔서 성을 치게는 아니 하시고 군사들을 오래 수렁 속에서 지내게 하시다가, 이번에는 또 적의 무리들로 하여금 마음대로 나무를 하고 마소를 치게 두어 두시니 태위께서 이 무슨 주의이신지 모르겠나이다."

하고 묻는다.

사마의가 웃으며

"공은 병법을 모르오. 전일에 맹달은 양초가 많고 군사가 적었으며 우리는 양초가 적고 군사가 많았으므로 불가불 속히 싸워야할 일이라 출기불의로 돌연 들이쳐야만 비로소 이길 수 있는 것이지만, 이제 요동 군사는 많고 우리 군사는 적으며, 도적은 주리고 우리는 배부른 터에 구태여 힘을 들여 칠 것이 있겠소. 마땅히 저희들로 하여금 제풀에 달아나게 둔 연후에 기틀을 타서 쳐야할 것이오. 내 이제 길 하나를 터 주어 저희들이 나무 하고 마소 치는 것을 막지 않기는 저희로 하여금 스스로 달아나게 하자는 것이오."

큰 별 하늘로 돌아가다

하고 말한다.

진군은 배복하였다.

이에 사마의는 사람을 낙양으로 보내서 양초를 재촉하였다.

위주 조예가 조회를 받으니 여러 신하들이 모두 아뢴다.

"요사이 가을비가 연달아 내려 한 달을 끊이지 않으매 군사들이 고생일 것이오니 사마의를 불러 올리셔서 일시 군사를 파하도록 하사이다."

그러나 조예는

"사마 태위가 용병에 능해서 위태함에 임하여 변을 처치하며, 좋은 꾀가 많으니 공손연을 잡기 날을 계산해 기다릴 일인데 경들은 무엇을 근심하는고."

하고 드디어 여러 신하들의 간하는 말을 듣지 않고 사람을 시켜서 양초를 영거하여 사마의의 군전으로 가져가게 하였다.

사마의는 영채 안에서 또 수일을 지냈다. 그러자 비가 그치고 날이 개었다.

그날 밤 사마의가 장막 밖에 나가서 천문을 우러러보는데 별 하나가 크기는 말[斗]만 하고 광채가 수십 척이나 뻗친 것이 수산 동북쪽으로부터 양평 동남쪽으로 떨어지니 각 영 장병들이 놀라고 의아해하지 않는 자가 없다.

사마의는 보고 크게 기뻐하여 장수들에게 말하였다.

"닷새 후에 저 별 떨어진 곳에서 반드시 공손연을 베게 되리니 내일은 힘을 아울러 성을 치도록 하라."

장수들은 영을 받고 이튿날 이른 새벽에 군사들을 지휘하여 사면으로 성을 에워싸고서, 토산을 쌓아 올리고 땅속으로 굴을 파며 포(礮) 걸어 놓을 시렁을 세우고 운제를 꾸며 밤낮을 가리지 않고 들이치니 화살이 성내로 빗발치듯 쏟아진다.

공손연이 성중에서 군량이 떨어져 모두 소와 말을 잡아서 먹으니 사람마다 원한을 품어 다들 지킬 마음이 없고, 공손연의 머리를 베어 성을 바치고 항복하려고들 한다.

공손연은 듣고 마음에 심히 놀라고 근심이 되어, 황망히 상국 왕건과 어사대부 유보로 하여금 위병 영채로 가서 항복을 청하게 하였다.

두 사람은 성 위에서 줄을 타고 내려와 사마의를 가 보고 고하였다.

"청컨대 태위께서는 이십 리를 물리소서. 저희 군신이 와서 항복을 드리겠나이다."

사마의는 대로하여

"공손연이 어찌하여 제가 오지 않는고. 그럴 법이 없느니라."

하고 무사를 꾸짖어서 끌어내어다가 목을 베어 수급을 종인에게 주어 보냈다.

종인이 돌아가서 보하니 공손연은 크게 놀라 다시 시중 위연(衛演)을 위병 영채로 보냈다.

사마의는 장상에 올라 여러 장수들을 모아서 양편에 벌려 늘어세웠다.

위연이 무릎걸음을 걸어서 앞으로 나오자 장하에 꿇어 엎드려

"바라옵건대 태위께서는 뇌정(雷霆)의 노여움을 걷으소서. 날을 한해서 먼저 태자 수(修)를 보내 인질을 삼은 연후에 군신이 스스로 제 몸을 묶고 와서 항복을 드리오리다."

225

하고 아뢰니, 사마의가 호령한다.

"군사의 대요(大要)가 다섯이 있으니, 능히 싸우겠으면 마땅히 싸울 것이요, 능히 싸울 수 없으면 마땅히 지킬 것이요, 능히 지킬 수 없으면 마땅히 달아날 것이요, 능히 달아날 수 없으면 마땅히 항복할 것이요, 능히 항복할 수 없으면 마땅히 죽을 뿐이라. 구태여 자식을 보내서 인질을 삼을 일이 있겠느냐."

사마의는 위연으로 하여금 돌아가서 공손연에게 그대로 보하게 하였다.

위연이 머리를 움켜쥐고 쥐처럼 도망해 돌아가 공손연에게 보하니 공손연은 크게 놀라, 이에 아들 공손수와 가만히 의논을 정한 다음 일천 군을 뽑아내어 그날 밤 이경에 남문을 열고 동남방을 바라고 달아났다.

공손연은 사람이 없는 것을 보고 마음에 은근히 기뻐하였으나, 십 리를 미처 못 가서 문득 산 위에서 호포소리 한 번 크게 울리더니 북소리 · 각적소리가 일제히 일어나며 일지병이 내달아 앞을 막아서는데 중앙은 바로 사마의다.

좌편의 사마사, 우편의 사마소 두 사람이

"반적은 달아나지 마라."

하고 큰 소리로 외친다.

공손연이 크게 놀라 급히 말을 빼어 길을 찾아 도망하려 하는데, 이때 벌써 호준의 군사가 들이닥치고 좌편에는 하후패 · 하후위요, 우편은 장호 · 악림이라 사면으로 철통같이 에워싸 버렸다.

공손연 부자는 하는 수 없이 말에서 내려 항복을 드렸다.

사마의는 마상에서 여러 장수들을 돌아보며

"내 전날 밤 병인일에 큰 별이 이곳에 떨어진 것을 보았는데 오늘 밤 임신일에 바로 맞혔다."

하고 말하니, 여러 장수들이

"태위께서는 참으로 신령하시기도 하십니다."

하고 모두 치하한다.

사마의가 목을 베라고 영을 전해서 공손연 부자는 서로 마주 대하고 앉아 죽음을 받았다.

사마의는 드디어 군사를 다시 거느리고 양평을 취하러 왔는데, 미처 그가 성 아래 이르기 전에 호준이 벌써 군사를 데리고 성 안에 들어가 있었다.

양평 백성이 향을 피우고 절하여 맞는다. 위병은 모조리 성 안으로 들어갔다.

사마의가 아문 청상에 좌기하고 공손연의 종족들과 공모한 관원들을 다 죽이니 수급이 도합 칠십여 개나 된다.

방을 내어 붙여 백성을 안심시켰는데, 사람들이 사마의에게 아뢰기를

"가범과 윤직이 공손연더러 반하지 말라고 끝까지 간하다가 모두 그의 손에 죽고 말았소이다."

한다.

사마의는 드디어 그들의 무덤을 봉해 주며 그 자손들을 영귀하게 하여 주고 곧 곳집 안의 재물을 내어 삼군을 상 준 다음 회군하여 낙양으로 돌아갔다.

한편 위주가 궁중에 있는데 밤이 삼경이나 하여서 홀연 일진음

풍이 일어나 등불이 꺼지더니, 이미 유명을 달리한 모 황후가 궁인 수십 명을 데리고 통곡하며 옥좌 앞으로 와서 억울하게 잃은 목숨을 찾는다. 조예는 이로 인하여 병을 얻었다.

조예는 병이 점점 침중하여지자 시중 광록대부 유방(劉放)과 손자(孫資)에게 명하여 추밀원의 일체 사무를 맡아 보게 하며, 또 문제의 아들 연왕 조우(曹宇)를 불러들여서 대장군을 삼아 태자 조방(曹芳)을 보좌하여 섭정하게 하였다. 그러나 조우의 사람됨이 공순하고 검소하며 온화하므로 이 중임을 맡고 싶지 않아 굳이 사양하여 받지 않았다.

조예는 유방과 손자를 불러서

"종족 가운데 누가 맡김 직한고."

하고 물었다.

두 사람은 오랫동안 조진의 은혜를 받아 온 터라

"오직 조자단의 아들 조상(曹爽)이 가할까 하나이다."

하고 아뢰었다.

조예가 윤종하자 두 사람이 다시 아뢰어

"조상을 쓰시려 하실진대 연왕은 귀국하게 하심이 마땅할 듯하외다."

하니 조예는 그 말을 그러히 여긴다.

두 사람은 조예에게 청해서 조서를 내리게 하여 받들고 나가 연왕에게 선유하였다.

"천자께서 조서를 내리시어 연왕으로 하여금 귀국하게 하시니 즉일로 떠나가되, 만약 조서가 없으시면 입조하지 못할 줄로 알라."

연왕은 슬피 울며 떠나갔다.

이리하여 마침내 조상을 봉해서 대장군을 삼아 나라 정사를 총섭하게 하였다.

　조예는 병이 점점 위중해지자 급히 사자로 하여금 절을 가지고 가서 사마의를 불러오게 하였다.

　사마의가 소명을 받고 바로 허창에 이르러 위주를 들어가 보니, 조예가

　"짐은 오직 경을 보지 못하고 죽나 하여 근심했는데 오늘 이렇게 보게 되니 실로 죽어도 한이 없도다."

하고 말한다.

　사마의는 머리를 조아리고 아뢰었다.

　"신이 중로에서 폐하의 성체 불안하심을 듣자옵고 두 겨드랑이에 날개가 없어 궐하에 날아오지 못함을 한하였사옵는데, 오늘날 용안을 우러러뵈니 이는 신의 다행이로소이다."

　조예는 태자 조방과 대장군 조상과 시중 유방과 손자 등을 모두 어탑 앞으로 불렀다. 그리고 그는 사마의의 손을 잡으며

　"옛적에 유현덕이 백제성에서 병이 위독할 때 어린 아들 유선을 제갈공명에게 탁고하매, 공명이 이로 인하여 충성을 다해서 죽기에 이르러서야 비로소 말았으니, 작은 나라에서도 오히려 이러하거든 항차 대국이겠소. 짐의 어린아이 방이 이제 나이 겨우 여덟 살이라 사직을 맡아서 다스리지 못할지니 부디 태위와 종형이며 원훈구신은 힘을 다해 서로 도와서 짐의 마음을 저버림이 없게 하오."

하고, 또 조방을 불러서

　"중달은 짐과 일체라 네 마땅히 공경하여 예로써 대하라."

하고 드디어 사마의에게 명해서 조방을 앞으로 가까이 데려오라 하니 조방이 사마의의 목을 얼싸안고 놓지 않는다.

이것을 보고 조예는

"부디 태위는 어린아이가 오늘 이렇듯 서로 그리던 정을 잊지 마오."

하고 말을 마치며 주르르 눈물을 흘리니, 사마의가 머리를 조아리며 저도 눈물을 짓는다.

위주는 정신이 혼몽해져서 다시는 입으로 능히 말을 못하고 오직 손으로 태자를 가리키다가 바로 죽으니, 재위 십삼 년이요 수는 삼십육 세라, 때는 위 경초(景初) 삼년[3] 춘정월 하순이었다.

그 자리에서 사마의와 조상은 태자 조방을 붙들어 황제의 위에 나아가게 하였다.

조방의 자는 난경(蘭卿)이니 조예가 얻어다 기른 자식이라 비밀히 궁중에서 자라 아무도 그 내력을 아는 이가 없었다.

이에 조방은 조예에게 시호를 올려서 명제(明帝)라 하여 고평릉(高平陵)에 장사지내고, 곽 황후를 높여 황태후를 삼고, 연호를 고쳐 정시(正始) 원년이라 하였다.

사마의가 조상으로 더불어 정사를 보좌하는데 조상이 사마의 섬기기를 심히 삼가 큰 일은 모두 반드시 그에게 먼저 고하였다.

조상의 자는 소백(昭伯)으로서 어렸을 때부터 궁중에 출입하였는데 명제는 조상이 근신함을 보고 심히 사랑하며 공경했다.

조상의 문하에 객이 오백 명이 있었는데, 그중의 다섯 명은 부

---

3) 239년.

화(浮華)한 것으로서 서로 잘 통하였는데, 하나는 하안(何晏)이니 자는 평숙(平叔)이요, 하나는 등양(鄧颺)이니 자는 현무(玄茂)라 곧 등우(鄧禹)⁴⁾의 후예요, 하나는 이승(李勝)이니 자는 공소(公昭)요, 하나는 정밀(丁謐)이니 자는 언정(彦靖)이요, 하나는 필궤(畢軌)니 자는 소선(昭先)이며, 또 대사농 환범(桓範)의 자는 원칙(元則)으로 자못 지모가 있어 사람이 많이들 '슬기주머니'라고 불렀는데, 이 오륙 명은 모두 조상에게 신임을 받고 있는 사람들이었다.

하안은 조상에게 고하였다.

"주공의 대권을 다른 사람에 위탁하셔서는 아니 되니 후환이 생길까 두렵습니다."

조상이 말한다.

"사마공은 나와 함께 선제로부터 탁고의 명을 받은 사람인데 내 어찌 그를 저버리겠나."

그러나 하안이 다시 한마디

"지난날에 선장께서 중달과 함께 촉병을 깨뜨리실 때 누차 이 사람 때문에 기가 질리셔서 마침내는 돌아가시기까지 한 터에 주공은 어찌하여 살피지 아니 하십니까."

하고 말하자 조상은 돌연 깨도가 되어 드디어 여러 관원들과 의논을 정한 다음에 궐내로 들어가서 위주 조방에게

"사마의는 공이 높고 덕이 중하매 태부를 삼으심이 가할까 하나이다."

---

4) 중국 동한 때의 유명한 공신. 광무제를 도와 군사를 일으켜 크게 공을 세우고 광무제가 즉위하자 나이 겨우 스물네 살로 대사마가 되고, 명제가 즉위하자 태부가 되었다.

하고 아뢰었다.

조방이 그 말을 좇아서, 이로부터 병권은 모두 조상에게로 돌아갔는데 조상은 자기의 아우 조희(曹羲)로 중령군을 삼고 조훈(曹訓)으로 무위장군을 삼으며, 조언(曹彦)으로 산기상시를 삼아 각각 사천 어림군을 거느리고 마음대로 금궁을 출입하게 하며, 또 하안·등양·정밀로 상서를 삼고, 필궤로 사예교위를 삼고, 이승으로 하남윤을 삼아서, 이 다섯 사람이 밤낮으로 조상과 함께 일을 의논하니 이에 조상의 문하에 빈객이 날로 성하다.

사마의는 병이라 칭탁하여 나오지 않고, 두 아들도 모두 관직에서 물러나와 한가히 지냈다.

조상이 매일 하안의 무리들로 더불어 술 마시며 즐기는데 무릇 의복이나 기명들을 조정과 다름이 없이 쓰며 각처에서 진상하는 진기한 물건들은 제가 먼저 좋은 것을 취한 다음에 궁중으로 들여보내고, 가인과 미녀가 부원(府院)에 가득 찼는데 황문(黃門)[5] 장당(張當)이 조상을 아첨해 섬기느라 몰래 선제의 시첩 칠팔 인을 뽑아서 조상 부중으로 들여보냈다.

조상은 또 가무에 능한 양가의 자녀 삼사십 명을 뽑아서 집안의 풍류를 삼고, 또 높은 다락과 단청한 누각을 세우며 금은 기명을 만드는데 공교한 장색 수백 명을 써서 밤낮으로 일을 하게 하였다.

어느 날 하안은 평원 사람 관로(管輅)가 술수(術數)[6]에 밝다는 말

---

5) 환관(宦官).
6) 사람의 길흉화복을 점치는 법. 물론 황당무계한 말이다.

을 듣고 청해다가 주역을 논하는데, 그때 등양이 자리에 있다가 관로를 보고

"그대가 스스로 역리에 통했다고 하면서 주역의 사의(詞義)에는 언급하지 않으니 웬일인고."

하고 한마디 물으니, 관로가

"대저 주역을 잘 하는 사람은 주역을 말하지 않는 법이라오."

하고 대답한다.

하안이 듣고 웃으며

"가히 간단하면서 요령이 있는 말이라 하겠군."

하고 칭찬한 다음, 인하여 관로를 보고

"내가 삼공까지 하겠나. 어디 시험 삼아 점을 한 괘 쳐 주지."

하고, 다시

"파리 수십 마리가 내 코 위로 모여드는 꿈을 연하여 꾸는데, 이건 대체 무슨 조짐일고."

하고 물었다.

관로가 대답한다.

"팔원팔개(八元八愷)[7]가 순임금을 보좌하고 주공이 주나라를 도울 때, 모두 온화하고 은혜를 베풀며 겸손하고 공경함으로 해서 많은 복을 누렸거니와 이제 군후는 벼슬이 높고 권세가 중하되 군후의 덕을 생각하는 자는 적고 위엄을 두려워하는 자는 많으니, 이는 조심해서 복을 구하는 도리가 아니외다. 또 코라고 하는 것

7) 중국 역사 전설에 나오는 사람들. 팔원은 여덟 명의 재능이 있는 사람이란 말이니 중국 고대 고신씨(高辛氏) 때 사람들이라 하며, 팔개는 여덟 명의 덕이 있는 사람이란 말로서 고양씨(高陽氏) 때 사람들이라고 전한다.

큰 별 하늘로 돌아가다

은 산이라, 산이 높되 위태하지 않아야 길이 귀(貴)를 누릴 수 있는 것인데 이제 파리들이 고약한 냄새를 맡고 모여 들었으니 벼슬이 높은 자가 엎드러지면 어찌 두렵지 않으리까. 바라건대 군후는 남의 좋은 의견을 많이 받아들여 부족한 점을 보태고 예(禮)가 아니거든 밟지 않기로 하면 비로소 벼슬이 삼공에도 이를 것이요 파리들도 쫓을 수 있사오리다."

곁에서 등양이 듣고 노하여

"이는 노생(老生)[8]의 상담(常談)[9]이로군."

하고 말하니, 관로가

"노생이란 자가 살지 못할 것을 보고, 상담하는 자가 말하지 못할 것을 보았소."

하고 드디어 소매를 떨치고 가 버렸다.

두 사람은

"그 멀쩡한 미친놈이로군."

하고 크게 웃었다.

관로가 집으로 돌아가서 외숙에게 말하니 외숙이 크게 놀라

"하안과 등양 두 사람이 위엄과 권세가 심히 중한데 네 어찌하여 범했느냐."

하고 말한다. 관로는

"제가 죽은 사람하고 말을 했는데 무엇이 두렵겠습니까."

한마디 하니, 외숙이 그 까닭을 묻자 이렇게 대답하였다.

---

8) 늙은 서생(書生).
9) 일상적으로 하는 이야기. '노생의 상담'이란 곧 노인들이 하는 두서없는 이야기, 곧 지극히 평범한 이야기를 가리켜서 하는 말이다.

"등양은 걸음을 걸으매 힘줄이 뼈를 묶지 못하고 맥이 살을 제어하지 못해서 일어섰다는 꼴이 한편으로 기울어져 마치 수족이 없는 것 같으니 이는 '귀조지상(鬼躁之相)'[10]이라는 것이요, 하안은 남을 보매 혼이 집을 지키지 못하고 피가 빛을 빛내지 못하며 맑은 정신이 연기처럼 떠서 얼굴이 마른 나무 같으니 이는 '귀유지상(鬼幽之相)'[11]이라는 것이라, 두 사람이 머지않아서 반드시 제 몸들이 죽고 말 재앙이 있는데 무어 두려울 것이 있습니까."

듣고 나자 외숙은,

"미친 자식이로구나."

하고 큰 소리로 관로를 꾸짖고 가 버렸다.

조상이 일찍이 하안, 등양의 무리를 데리고 사냥을 다녔는데, 아우 조희가

"형님의 위엄과 권세가 대단히 중하신데 밖에 나가셔서 사냥질하기만 좋아하시니, 만일에 그 틈을 타서 누가 일이라도 꾸민다면 후회막급하오리다."

하고 간하니,

"병권이 내 수중에 있는데 무슨 두려울 것이 있단 말이냐."

하고 꾸짖었고, 대사농 환범이 또한 간하였으나 그는 역시 듣지 않았다.

때에 위주 조방이 정시(正始) 십년을 고쳐서 가평(嘉平) 원년이라 하였는데, 조상이 한결같이 나라 권세를 제 마음대로 하며 사마

---

10) 관상쟁이들이 말하는 '귀신이 뛰는 상'이다.
11) 관상쟁이들이 말하는 '귀신이 갇힌 상'이다.

의의 허실을 모르고 지내더니, 마침 위주가 이승에게 형주자사를
제수하매 조상은 곧 그로 하여금 중달에게 가서 하직을 고하고
그 김에 소식을 탐지해 오라고 일렀다.

　이승은 그 길로 곧 태부 부중으로 갔다.

　문을 지키는 아전이 안에다 보하자 사마의는 두 아들을 보고

　"이는 바로 조상이 내 병의 허실을 알려고 보낸 것이다."

하고, 이에 관을 벗고 산발하고 와상 위에 이불을 두르고 앉아서
두 시비로 하여금 좌우에서 붙들고 있게 한 다음, 비로소 이승을
청해 들이게 하였다.

　이승이 와상 앞으로 와 절을 하고 나서

　"일향 태부를 뵙지 못하더니 이처럼 병환이 중하실 줄이야 누
가 생각이나 했겠습니까. 이번에 천자께서 시생에게 형주자사를
제수하셔서 그래 대감께 하직을 여쭈러 온 것이올시다."

라고 고했다.

　사마의는 짐짓 잘못 들은 체하고

　"병주는 북방이 가까우니까 방비를 잘 하오."

하고 말하여, 이승이

　"형주자사에 제수되었습니다고 여쭈었습니다. 병주가 아니올
시다."

하니, 사마의가 웃으며

　"오, 바로 지금 병주서 오는 길이오그려."

한다.

　이승이 다시

　"한수 위에 있는 형주 말씀이올시다."

하니, 사마의는 크게 웃으며

"옳지, 형주서 오는 길이구먼."

하여, 이승이 어이가 없어서

"태부께서 어떻게 이처럼 병환이 심하신고."

하고 말하니, 좌우가

"대감께서 귀를 잡수셔서 못 들으신답니다."

하고 대답한다.

"나 종이하고 붓을 좀 갖다 주게."

하고 이승이 청하였다.

좌우가 곧 그에게 지필을 갖다 주어서 이승이 써서 올리니, 사마의가 받아서 보고 웃으며

"내가 이농증(耳聾症)이 심하다오. 가거든 보중(保重)하오."

하고 말을 마치자 손으로 입을 가리켰다.

시비가 더운 물을 가지고 와서 사마의가 그것을 입으로 받아 마시는데 온통 물을 흘려서 옷깃을 다 적셔 놓고 말았다.

사마의는 목이 멘 소리로

"내 이제 노쇠한 데다 병이 중해서 곧 죽을 형편이라. 두 자식이 불초하니 영감은 좀 가르쳐 주오. 그리고 만약 대장군을 뵈옵거든 내 자식들을 부디 잘 좀 보아 줍시사고 말씀 좀 올려 주오."

하고 말을 마치자 그대로 와상 위에가 쓰러지더니 목으로 가르랑 소리를 내며 숨이 가빠 헐떡헐떡한다.

이승은 중달에게 하직 인사를 하고 돌아와서 조상을 보고 그 일을 자세히 이야기하였다.

조상은 듣고 크게 기뻐하여

“이 늙은이가 만일 죽기만 하면 나는 아무 근심이 없네.”
하고 말하였다.

한편 사마의는 이승이 돌아가자 드디어 자리에서 일어나 두 아들을 보고

“이제 이승이 돌아가서 제가 본 대로 소식을 전할 말이면 조상이 필연 나를 꺼리지는 않을 것이니, 제가 성에서 나가 사냥할 때를 기다려서 일을 도모하면 되느니라.”
하고 말하는 것이었다.

그로써 며칠이 안 가 조상이 위주 조방에게 청해서 고평릉에 전알(展謁)하고 선제에게 제사하기로 하니 대소 관료들이 모두 대가를 따라 성을 나선다.

조상이 세 아우와 자기의 심복 하안의 무리며 어림군을 거느리고 천자의 수레를 호위하여 나가는데, 사농 환범이 말 앞을 가로막고 서서 간하였다.

“주공께서 금군을 다 맡아 가지고 계신 터에, 형제분이 모두 나가시는 것은 좋지 못합니다. 만일 성중에 변이라도 있고 보면 어떻게 하시렵니까.”

그러나 조상은 채찍을 들어 가리키며

“누가 감히 변을 일으킨단 말이야. 다시 두 번 그 따위 말은 하지 말게.”
하고 꾸짖었다.

이날 사마의는 조상이 성에서 나가는 것을 보고 마음에 크게 기뻐하여, 즉시 전일 수하에서 적을 깨뜨리던 사람들과 자기 집에 있는 장수 수십 명을 거느리고 두 아들과 함께 말에 올라 바로

조상을 모살하러 나섰다.

문 닫고 누웠더니 홀지에 일어나서
군사를 몰고 나가 큰 소동을 빚어낸다.

조상의 목숨이 어찌 되려는고.

위나라 임금의 정사는 사마씨에게로 돌아가고
강유의 군사는 우두산에서 패하다
| *107* |

이때 사마의는 조상이 자기 아우 조희 · 조훈 · 조언과 함께 심
복 하안 · 등양 · 정밀 · 필궤 · 이승의 무리와 어림군을 거느리고
위주 조방을 따라 성에서 나가 명제의 능에 전알하고 바로 사냥
을 하리라는 말을 듣고 크게 기뻐하여, 즉시 성중(省中)[1]에 이르러
사도 고유(高柔)로 하여금 절월을 가지고 대장군의 일을 행하게 하
여 먼저 조상의 영(營)을 웅거하게 하고 또 태복 왕관(王觀)으로 하
여금 중령군의 일을 행하게 하여 조희의 영을 웅거하게 하였다.

그리고 사마의는 옛 관원들을 거느리고 후궁으로 들어가서 곽
태후에게

"조상이 선제의 탁고한 은혜를 저버리고 간사한 짓을 해서 나

---

1) 궁중에 있는 삼공이 정사를 보는 처소이다. 임금이 거하는 곳을 금중(禁中)이라
   하고 삼공이 있는 곳을 성중이라 한다.

라를 어지럽게 하니 그 죄가 마땅히 폐함 직하다."
라고 아뢰었다.

 곽 태후가 듣고 크게 놀라
"천자가 밖에 계시니 어찌한단 말이오."
하고 말한다.

 사마의는 다시 아뢰었다.
"신에게 천자께 올릴 표문이 있사옵고, 간신을 벨 계책이 있사
오니 태후께서는 근심 마옵소서."
 태후는 두려워서 그대로 좇는 수밖에 없었다.

 사마의는 급히 태위 장제(蔣濟)와 상서령 사마부(司馬孚)로 하여
금 함께 표문을 짓게 하여 황문을 시켜서 가지고 성 밖으로 나가
바로 천자 앞에 가서 바치게 하였다.

 그리고 사마의 자기는 친히 대군을 거느리고 무고(武庫)를 점거
하였는데, 이때 벌써 이 소식을 조상의 집에 보한 사람이 있었다.

 그 말을 듣자 조상의 아내 유씨(劉氏)는 급히 정청 앞으로 나와
수부관(守府官)을 불러서
"지금 주공께서 밖에 나가 계신데 중달이 군사를 일으켰다니
이게 웬일이오."
하고 물었다.

 수문장 반거가
"부인께서는 놀라지 마십시오. 내 가서 물어보고 오겠습니다."
하고 이에 궁노수 수십 명을 데리고 문루 위에 올라가서 바라보
았다.

 그러자 보니 마침 사마의가 군사를 거느리고 부문 앞을 지나간

다. 반거는 궁노수들을 시켜서 활을 어지러이 쏘게 하였다.

사마의가 그 앞으로 지나가지를 못하는데 편장 손겸(孫謙)이 뒤에 있다가

"태부께서 국가 대사를 위하여 하시는 일이니 쏘지 마라."

하고 연달아 세 번 소리쳐 못하게 해서 반거는 비로소 활 쏘는 것을 멈추었다.

이 틈에 사마의는 아들 사마소의 보호를 받아 그 앞을 지나서 군사를 거느리고 성에서 나가 낙하(洛河)에 영채를 세워 놓고 부교를 지켰다.


이때 조상 수하의 사마 노지(魯芝)는 성중에 변이 일어난 것을 보고, 참군 신창(辛敞)을 와서 보고 상의하였다.

"이제 중달이 이렇듯 난을 일으켰으니 장차 어찌하면 좋소."

노지가 묻자 신창이

"본부 군사들을 끌고 성에서 나가 천자를 가 뵈어야 할 것이오."

하고 대답한다.

노지는 그 말을 옳다고 하였다.

신창은 그 길로 후당으로 급히 들어갔는데, 그 손윗누이 신헌영(辛憲英)이 보고

"자네가 무슨 일이 있기에 이처럼 당황해하나."

하고 물어서, 신창은

"천자께서 성 밖에 거둥하셨는데 태부가 성문을 닫아 버렸으니 필시 모역하려는 모양입니다."

하고 말하였다.

신헌영이 듣고

"아니, 사마공이 모역을 하려는 것은 아니고 특히 조 장군을 죽이려고 그러는 것일세."

하고 말한다.

신창이 놀라서

"그럼 일이 어떻게 될까요."

하니, 누이의 말이

"조 장군은 사마공의 적수가 아니니까 반드시 패할 테지."

한다.

신창이 다시 한마디

"노지가 저더러 같이 가자고 하였는데 가는 것이 옳을까요."

하고 물으니, 신헌영이

"제 직분을 지키는 것은 사람의 큰 의리라네. 보통 사람이 환난을 당했대도 오히려 구해 주어야 할 일이거늘 우러러 섬기던 터에 버리고 모른 체한다면 이보다 더 상서롭지 못한 일은 없을 것일세."

하고 말한다.

신창은 그 말을 좇아서 이에 노지로 더불어 수십 기를 이끌고 관문을 깨뜨리고 성에서 나갔다.

사람이 사마의에게 이 일을 보하자, 사마의는 환범이 또한 달아날까 저어하여 급히 사람을 보내서 그를 불렀다.

환범이 자기 아들과 상의하니 아들의 말이

"거가가 밖에 계시니 남쪽으로 나가시느니만 못하오리다."

한다.

환범은 아들의 말을 좇아서 이에 말 타고 평창문(平昌門)으로 갔는데, 성문은 이미 닫혀 있고 문을 지키는 장수는 바로 환범 수하에서 전일 아전 노릇하던 사번(司藩)이란 자다.

환범은 소매 속에서 죽판(竹版)²⁾을 하나 꺼내 들고 말하였다.

"태후께서 조서를 내리셨으니 곧 문을 열게."

사번이 말한다.

"어디 그 조서라는 것을 보여 주십시오."

환범은 꾸짖었다.

"너는 바로 내 옛 아전인데 어찌 감히 이럴 법이 있단 말이냐."

사번이 하는 수 없이 성문을 열어서 나가게 하여 준다.

환범은 성 밖으로 나서자 사번을 향하여 소리쳤다.

"태부가 모반을 하니 자네도 속히 나를 따라가는 것이 좋을까 보이."

사번은 깜짝 놀라 그의 뒤를 쫓았으나 잡지 못하였다.

사람이 사마의에게 이 일을 보하자 사마의가 크게 놀라

"슬기주머니가 빠져나갔으니 어찌하면 좋을꼬."

하니, 태위 장제가 있다가

"노둔한 말은 말먹이 콩이 그리워서 반드시 쓰지 못하오리다."

하고 말한다.

사마의는 이에 허윤과 진태를 불러서

"너희는 가서 조상을 보고 말하되, 태부가 아무 다른 일은 없고 다만 그대네 형제의 병권을 삭탈하려 할 뿐이라고 하여라."

하고 말을 일러, 허윤·진태 두 사람이 가자 또 전중교위 윤대목

---

2) 중국 고대에 대쪽을 깎아서 거기다가 글씨를 썼다.

(尹大目)을 불러 놓고 장제로 하여금 글을 쓰게 하여 윤대목에게 주며 가지고 가서 조상에게 전하게 하는데 사마의가 그에게 분부하기를

"네가 조상과 정분이 두터우니 이 소임을 맡아라. 너는 조상을 보고 내가 장제로 더불어 낙수를 두고 맹세하였는데 다만 병권의 일뿐이요 다른 뜻은 조금도 없다고 하여라."

하니 윤대목은 영을 받고 갔다.

이때 조상은 한창 매를 날리고 개를 달리고 하며 사냥을 하고 있는 중이었는데, 홀연 보하는 말이 성 안에서 변이 일어나고 태부가 표문을 올려 왔다고 한다.

조상은 크게 놀라서 하마터면 말에서 떨어질 뻔하였다.

황문이 표문을 받들고 천자 앞에 꿇어앉자, 조상은 표문을 받아서 봉한 것을 뜯고 근신으로 하여금 읽게 하였다. 표문의 내용은 대개 다음과 같은 것이다.

정서대도독 태부 신 사마의는 황공하옴을 이기지 못하오며 머리를 조아려 삼가 표문을 올리나이다.

신이 옛날에 요동으로부터 돌아오자 선제께서 폐하께 조서하시어 진왕(秦王)과 신의 무리로 어상(御牀)에 오르게 하시어 신의 팔을 잡으시고 깊이 후사로서 염려를 하셨사옵는데, 이제 대장군 조상이 고명(顧命)[3]을 저버리고 국가의 전례(典例)와 제도를

---

3) 임금이 임종 시에 내린 명령.

문란하게 하여, 안으로는 참람한 짓을 하며 밖으로는 위엄과 권세를 마음대로 하고, 황문 장당으로 도감(都監)을 삼아 서로 왕래하며, 지존을 감시하고 신기(神器)⁴⁾를 엿보며 이궁(二宮)⁵⁾을 이간하고 골육을 상해하며 천하가 흉흉하고 사람들이 마음에 위구를 품으니, 이는 선제께서 폐하께 조서하시고 신에게 부탁하신 본의가 아니로소이다.

신이 비록 노쇠하였으나 감히 이왕에 하신 말씀을 잊사오리까. 태위 장제와 상서 사마부 등이 모두 생각하옵기를, 조상이 임금을 업신여기는 마음을 가졌으니 형제에게 군사를 맡겨 숙위(宿衛)⁶⁾케 함이 마땅치 않으리라 하여, 영녕궁 황 태후께 상주하오매 신에게 칙지를 내리시와 표주하온 대로 시행하라 하시기로, 신이 문득 주장하는 자와 황문령(黃門令)으로 상(爽)과 희(羲)와 훈(訓)의 병권을 파하여 집에 나가기를 기다리게 하되, 두류(逗留)하여 거가를 머무르시게 하지 못하리니, 감히 머무르시게 한다면 곧 군법으로써 다스리려 하옵는바, 신이 이제 병을 무릅쓰옵고 군사를 거느려 낙수 부교에 둔치고 비상함을 살피며, 삼가 이에 상문(上聞)하와 엎드려 성청을 바라나이다.

위주 조방은 듣고 나자 조상을 불러서
"태부의 말이 이러한데 경은 어떻게 재처(裁處)하려 하느뇨."
하고 물었다.

---

4) 천자(天子)의 위(位).
5) 천자와 곽 태후.
6) 궁궐을 호위하기 위해서 숙직하는 것.

조상이 당황하여 어찌할 바를 모르며

"대체 어떻게 하면 좋은가."

하고 두 아우를 돌아보니, 조희가 있다가

"제가 그래서 전에도 형님을 간했건만 형님이 고집하고 듣지 않으시더니 오늘 그예 이렇게 되었습니다그려. 사마의로 말하면 간사하기가 비길 데 없어 공명도 오히려 이기지 못했는데 항차 우리 형제겠습니까. 아무래도 스스로 결박하고 가서 죽음이나 면하도록 하여 볼밖에 없을까 봅니다."

하고 말한다.

그 말이 미처 끝나기 전에 참군 신창과 사마 노지가 이르렀다.

조상이 묻자 두 사람이 고한다.

"성중의 수비가 철통같사온데, 태부가 군사를 거느리고 낙수 부교에 둔치고 있어서 형세가 도저히 다시 돌아가실 수 없게 되었사오니 빨리 대계(大計)를 정하심이 좋을까 보이다."

이렇듯 말하고 있는 중에 사농 환범이 말을 풍우같이 몰아 들어오며 곧 조상을 보고

"태부가 이미 변을 일으켰는데, 장군은 어찌하여 천자를 모시고 허도로 가서 외병(外兵)을 불러 사마의를 치려 아니 하십니까."

하고 계책을 드린다.

조상이 말하였다.

"우리들의 온 집안식구들이 다 성중에 있는데, 어찌 다른 곳으로 가서 구원을 청한단 말이오."

환범이 다시 권한다.

"필부도 난을 당하면 오히려 살기를 바랍니다. 이제 주공이 몸

소 천자를 모시고 천하에 호령하신다면 뉘 감히 응하지 않사오리까. 그런데 스스로 죽을 땅으로 들어가시려 하십니까."

조상은 그 말을 듣고도 결단을 못하고 오직 눈물만 줄줄 흘리고 있을 뿐이다.

환범은 또다시 권하였다.

"여기서 허도가 불과 반나질 길이요, 성중에 양초가 족히 수년을 지탱할 만하며, 주공의 별영(別營) 군마가 가까이 궁궐 남쪽에 있으니 부르시기만 하면 곧 올 것이요, 또 대사마의 인을 제가 여기 가지고 있사오니 주공은 급히 행하도록 하십시오. 늦으면 아니 됩니다."

그래도 조상이 결단을 못하고

"너무 재촉들 마오. 내 좀 곰곰 생각해 봐야겠소."

하는데, 조금 있다 시중 허윤과 상서령 진태가 당도하였다.

두 사람은 조상을 향하여

"태부는 다만 장군의 권세가 너무 중하다 해서 그저 병권을 깎으려는데 불과하지, 딴 뜻은 없소이다. 장군께서는 빨리 성중으로 돌아가시는 것이 좋겠습니다."

하고 권하였다.

조상이 잠잠하고 말이 없는데 또 전중교위 윤대목이 와서

"태부가 낙수를 가리키며 맹세를 하고 조금도 다른 뜻은 없다고 하였습니다. 장 태위의 글월이 여기 있으니, 장군께서는 병권을 버리시고 빨리 상부로 돌아가시는 것이 좋겠습니다."

하고 말하니 조상은 그것을 옳은 말이라 믿는다.

환범은 다시 한 번 고하였다.

"사세가 급합니다. 남의 말을 듣고 죽을 땅으로 가셔서는 아니 됩니다."

이날 밤 조상은 뜻을 능히 결단하지 못하고, 이에 검을 빼어 손에 들고 앉아서 한숨을 지으며 되풀이 생각해 보았건만 황혼녘서부터 그대로 눈물을 흘리며 새벽에 이르도록 종시 의심해서 결정을 짓지 못한다.

환범이 다시 그를 보고

"주공께서 하루 낮 하루 밤을 생각하시고도 어찌하여 결단을 못하십니까."

하니, 조상이 들고 있던 검을 내던지고 탄식하며

"나는 군사를 일으키지 않을 테야. 벼슬도 다 버리고 다만 부가옹(富家翁)[7]이 되면 족하지."

하고 말하는 것이다.

환범은 크게 울며 장막 밖으로 나와서

"조자단은 스스로 지모를 가지고 자랑을 하더니, 자식 삼형제는 참말 돼지새끼들이다."

하고 통곡하기를 마지않았다.

허윤과 진태가 조상으로 하여금 먼저 대장군의 인수를 사마의에게 보내게 해서 조상이 먼저 인을 보내는데, 주부 양종(楊綜)은 인수를 꽉 붙잡고

"주공이 오늘 병권을 버리시고 스스로 몸을 묶어 항복하시면 동쪽 저자로 끌려 나가 죽기를 면하지 못하오리라."

---

7) 부자 늙은이.

하고 울었다.

　그러나 조상은

"태부가 반드시 내게 실신은 하지 않으실 거야."

하고 이에 인수를 허윤·진태 두 사람에게 주어 먼저 사마의에게로 가져가게 하였다.

　이때 군사들은 대장인(大將印)이 없는 것을 보고는 모조리 사면으로 흩어져 버린다. 조상의 수하에는 오직 관료들 수 기가 남아 있을 뿐이다.

　조상의 일행이 부교에 이르렀을 때 사마의는 영을 전해서 조상 삼형제는 우선 자택으로 돌아가게 하고, 나머지 무리는 모두 감금해 놓고 칙지를 기다리게 하였다.

　조상 삼형제가 성으로 들어갈 때 시종하는 자가 단 한 명이 없었다.

　환범이 부교 가에 이르니 사마의가 채찍을 들어 가리키며

"환 대부가 어찌하여 이 모양이 되었소."

하고 한마디 한다.

　환범은 머리를 숙인 채 말 없이 성으로 들어가 버렸다.

　이에 사마의는 거가를 청해서 낙양으로 모셔 들여 왔다. 그리고 조상 형제 삼인이 집으로 돌아가자, 그는 큰 자물쇠로 문을 잠가 놓고 동네 백성 팔백 명으로 하여금 그 저택을 둘러싸고 지키게 하였다.

　조상이 마음에 근심하며 번민하니 아우 조희가 그에게 말한다.

"지금 집안에 양식이 떨어졌으니 형님은 태부에게 글을 보내셔서 양식을 꾸어 달라고 해 보시지요. 만일에 그가 선선하게 양식

을 우리한테 꿔준다면 반드시 해칠 마음이 없는 것이거든요."

조상은 이에 글을 써서 사람을 시켜 가져가게 하였다. 사마의가 글을 보더니 드디어 양미 일백 곡(斛)[8]을 사람 시켜 조상 부중으로 보냈다.

조상은 크게 기뻐하여

"사마공이 본래 나를 해칠 마음은 없구나."

하고 드디어 다시는 근심을 하지 않았다.

원래 사마의는 먼저 황문 장당을 잡아다가 옥에 가두고 문초를 하였는데, 장당이

"저 한 사람이 아니라 하안·등양·이승·필궤·정밀 등 다섯 명이 다 같이 찬역할 것을 꾀했소이다."

하고 불어서, 사마의는 장당의 공초(供招)를 받아 놓고 다시 하안의 무리를 잡아다가 국문을 분명하게 해 보니 모두 말하기를

"삼월 간에 모반하려고 하였소이다."

한다.

사마의는 죄인들에게 큰 칼을 씌워서 가두어 놓았는데, 성문을 지키는 장수 사번이 그에게

"환범이 거짓 조서가 있다 하고 성에서 나갔는데, 그때 태부께서 모반하신다고 말했소이다."

하고 고하였다.

"남이 반한다고 무소하였으니 반좌율(反坐律)[9]에 해당한다."

---

8) 열 말이 한 곡이다.

9) 남을 무고(誣告)한 사람에 대하여 그 무고한 죄와 같게 처벌하는 율. 율이란 곧 법(法)이다.

하고 사마의는 환범의 무리도 모두 옥에 가두었다.

그런 뒤에 조상 형제 삼인과 사건에 관련이 있는 인물들을 모두 저자에 끌어내다 목을 베고 그 삼족을 멸했는데, 그들의 가산 재물들은 모조리 적몰(籍沒)[10]해 버렸다.

때에 조상의 종제 문숙(文叔)의 아내가 있었으니 그는 곧 하후영의 딸이다. 소년 과부가 되고 또 자식도 없어서 그 아비가 개가를 시키려 했는데 딸은 제 손으로 귀를 베어 개가하지 않을 것을 맹세했다.

조상이 참을 당하자 아비는 다시 딸을 시집보내려 하였는데 그는 이번에는 또 저의 코를 베어 버렸다.

온 집안이 놀라고 당황해하며 모두 그를 보고

"사람이 세상에 있는 것은 바로 가벼운 티끌이 약한 풀에 앉은 것과 같은데 스스로 괴롭게 하기를 어찌 이처럼이나 하느냐. 또 네 시집으로 말하면 사마씨에게 도륙을 당해서 아무도 남은 사람이 없다. 대체 누구를 위해서 수절을 하려는 것이냐."

하니, 딸이 울면서

"제가 들으니 '어진 사람은 성쇠(盛衰)로써 절개를 고치지 않고, 의로운 사람은 존망(存亡)으로써 마음을 바꾸지 않는다'고 합니다. 조씨가 성할 때에도 오히려 끝까지 보전하려 했는데, 하물며 멸망한 이제 어찌 차마 버리겠습니까. 이는 금수의 행실이라 저는 못하겠습니다."

하고 말하는 것이다.

---

10) 죄인의 재산을 몰수하는 것.

사마의가 듣고 마음에 어질게 여겨, 그 앞으로 양자를 해서 조씨의 뒤를 잇게 하여 주었다.

　후세 사람이 지은 시가 있다.

　　'풀 끝에 앉은 티끌' 달관한 말이로되
　　하후씨의 그 의리가 무겁기 태산 같다.
　　장부도 못 따르리 그 여인의 그 절개를
　　수염을 만져 보며 얼굴에 땀 흘린다.


　당시 사마의가 조상을 베고 나자 태위 장제가

　"아직도 관문을 깨뜨리고 나간 노지와 신창이 있고, 인을 뺏고 내놓지 않은 양종이 남아 있는데 다 그냥 두어서는 아니 되오리다."

라고 한다.

　그러나 사마의는

　"저희도 각각 그 주인을 위해서 한 일이니 곧 의로운 사람들이오"

하고 드디어 그들의 옛 벼슬을 회복해 주니, 신창이

　"내 만약에 누님께 여쭈어 보지 않았다면 대의(大義)를 잃을 뻔했구나."

하고 탄식하였다.

　후세 사람이 신헌영을 칭찬해서 지은 시가 있다.

　　몸이 남의 신하 되어 그 녹을 먹었으니
　　위급한 지경 당해 어이 아니 보답하리.

일찍이 신헌영이 오라비를 권했거니
천 년이 지난 오늘에도 천하가 다 우러르네.


　사마의는 신창의 무리를 용서해 주고는 인하여 방을 내어 효유
하되 조상 문하에 있던 모든 사람들을 다 살려 주며 벼슬이 있는
자는 다 복직시켜 준다 하였다.
　이리하여 군사나 백성이나 모두 가업을 지켜 안팎이 다 저 있
을 곳에 편안히 있게 되었다.
　하안과 등양 두 사람이 모두 비명에 죽고 말았으니 과연 관로
가 말한 대로다.
　후세 사람이 관로를 칭찬해서 지은 시가 있다.


성현의 묘한 비결 어이 전해 얻었는고.
평원 관로 상 보는 법이 귀신과 통했어라.
살아생전에 하안 · 등양을 '귀유' · '귀조'로 나누고서
그들이 죽은 사람임을 그는 먼저 알았더라.


　당시 위주 조방은 사마의를 봉해서 승상을 삼고 구석(九錫)을 가
했는데 사마의는 굳이 사양하고 받지 않으려 하였다. 그러나 조
방은 준허(準許)하지 않고, 부자 삼인이 함께 국사를 맡아 보게 하
였다.
　어느 날 사마의는 홀연 한 가지 일을 생각해 내었다.
　"조상의 집안이 비록 멸문을 당했으나 하후패가 옹주 등지를
수비하고 있는데, 제가 조상의 친척이니 만일에 갑자기 난이라도

## 管輅　관로

平原神卜管公明　평원땅의 신비한 복술가 관공명(공명은 관로의 자)
能算南辰北斗星　남과 북의 별자리까지 능히 계산했다
鬼幽鬼躁分何鄧　귀유와 귀조로 하안과 등양을 분별하고
未喪先知是死人　초상이 나기도 전에 죽을 것을 알았도다

일으키면 어떻게 방비하노, 마땅히 처치를 해야겠다."

하고, 그는 즉시 조서를 내려 사자에게 주고 옹주에 가서 의논할 일이 있다 하고 정서장군 하후패를 낙양으로 불러올리게 하였다.

하후패가 이 소식을 듣자 크게 놀라 곧 수하 군사 삼천 명을 거느리고 반하니 옹주자사 곽회는 하후패가 반했다는 말을 듣고 즉시 본부병을 영솔하고 하후패와 싸우러 나왔다.

곽회가 말 타고 나서서 하후패를 향하여

"네가 이미 대위 황족이요 또 천자께서 네게 부족하게 하신 일이 없는데 어찌하여 배반하느냐."

하고 큰 소리로 꾸짖으니, 하후패가 또한

"우리 조부께서 국가에 근로하심이 많거늘, 이제 사마의가 어떠한 사람이건대 우리 조씨 종족을 멸하고 또 나를 잡으려 한단 말이냐. 머지않아서 반드시 찬역하려 생각하고 있는 것이라 내의를 지켜 도적을 치는 터에 어찌 반한다 하느냐."

하고 마주 대고 꾸짖는다.

곽회는 대로해서 창을 꼬나 잡고 말을 급히 몰아 바로 하후패에게 달려들었다.

하후패는 칼을 휘두르며 말을 놓아 그를 맞았다.

서로 싸우기 십 합이 못 되어 곽회가 패해서 달아나 하후패가 그 뒤를 쫓아가는데, 홀연 후군에서 함성이 일어나 급히 말머리를 돌리니 진태가 군사를 휘몰아 짓쳐 들어오고 있다.

곽회도 군사를 다시 돌려 앞뒤에서 끼고 친다.

하후패는 크게 패해서 달아났다. 군사를 태반이나 꺾었다. 아무리 생각해 보아도 계책이 없어서 그는 드디어 후주에게 항복하려고 한중으로 넘어 왔다.

누가 강유에게 보하였으나 강유는 마음에 믿지 않고, 사람을 시켜 그를 찾아가서 자세히 알아보게 하여 실정을 안 다음에야 비로소 성중으로 들어오게 하였다.

하후패가 절하여 뵙고 나서 지난 일을 울며 호소하니 강유는

"옛날에 미자(微子)[11]가 주나라로 가서 만고에 이름을 전하게 되었거니와, 공이 능히 한실을 돕는다면 옛 사람에게 부끄러울 것이 없으리다."

하고 드디어 연석을 배설하여 대접하였다.

강유는 술자리에서 그에게 물었다.

"이제 사마의 부자가 나라의 권세를 잡았으니 혹 우리나라를 엿보는 뜻이나 가지고 있지 않소."

하후패가 대답한다.

"늙은 도적놈이 바야흐로 역모를 하느라 미처 밖을 칠 겨를이 없는데, 다만 위국에 새로 인물 둘이 있어 지금 바로 묘령이라, 만약에 이들에게 병마를 거느리게 하면 실로 오·촉의 큰 우환이 될 것이외다."

강유가

"그 두 사람이 누구요."

하고 물으니, 하후패가 대답하였다.

---

11) 중국 고대 은나라 최후의 임금인 주(紂)의 서형(庶兄)으로 이름은 계(啓)이다. 주가 포학무도하므로 미자는 여러 차례 간하였으나 듣지 않아서 마침내 그는 은나라를 떠나 버렸다.

큰 별 하늘로 돌아가다

"한 사람은 지금 비서랑으로 있으니 영천 장사 사람이라, 성은 종(鐘)이요 이름은 회(會)요 자는 사계(士季)니 태부 종요의 아들로 어려서부터 담력과 슬기가 있었소이다. 일찍이 종요가 아들 형제를 데리고 문제를 들어가 뵌 일이 있는데 종회는 그때 나이가 일곱 살이요 그 형 육(毓)은 나이 여덟 살이라, 육이 황제를 뵙고 너무 황공해서 땀이 얼굴에 가득히 흐르매 황제께서 그에게 '경은 어찌하여 땀을 흘리는고' 한마디 물으셨더니 육의 대답이 '전전황황(戰戰惶惶)하와 땀이 비 오듯 하나이다' 하여 황제께서 이번에는 회에게 '경은 어찌하여 땀이 나지 않노' 물으시매 회가 '전전율율(戰戰慄慄)하와 땀이 감히 나오지 못하나이다' 하고 대답해서 황제께서는 그를 홀로 기특히 여기셨는데, 차차 자라자 병서 읽기를 좋아하며 도략에 심히 밝아서 사마의와 장제가 모두 그 재주를 칭찬하는 터요, 또 한 사람은 지금 연리(掾吏)로 있으니 의양 사람이라, 성은 등(鄧)이요 이름은 애(艾)요 자는 사재(士載)로 어려서 부친을 여의었는데, 일찍부터 큰 뜻이 있어 높은 산이나 큰 못을 보기만 하면 문득 가만히 헤아려 보고 손으로 그리며, 어디다가는 군사를 둔쳐 놓을 수 있고 어디다가는 군량을 쌓아 놓을 수 있고 어디다가는 군사를 매복할 수 있다고 하니, 사람들이 모두 웃건만 홀로 사마의는 그 재주를 기이하게 여겨서 드디어 군사 기밀에 참여하게 하였는데, 등애가 원래 말을 더듬는 터이라 매양 일을 아뢸 때면 반드시 '애, 애' 하는 까닭에, 사마의가 희롱하여 '자네는 언제나 애, 애 하니 대체 애가 몇이나 있나' 하고 물었더니 등애가 응구첩대로 '봉이여, 봉이여(鳳兮鳳兮) 하지만 실상 봉은 한 마리뿐이올시다' 하고 대답하였는데, 그 천성의 민첩하기가 대저 이 같으니, 이 두 사람이 가히 두렵다 하오리다."

그러나 강유는 웃으며

"그 같은 어린아이들이야 무어 말할 거리가 되겠소."

할 뿐이었다.

이에 강유는 하후패를 데리고 성도로 올라가 후주를 들어가 뵈었다.

그는 천자에게 아뢰었다.

"사마의가 조상을 모살하옵고 또 하후패를 잡으려 하므로 하후패가 이로 인하여 우리나라에 투항한 것이온데, 지금 사마의 부자가 나라 권세를 흠빡 틀어쥐고 조방이 나약해서 위국이 장차위태할 형편이라 신이 한중에 오래 있어 군사가 정예하고 양초가넉넉하오니, 바라옵건대 왕사를 거느리고 하후패로 향도관을 삼아 나아가서 중원을 취하고 한실을 다시 일으켜 폐하의 은혜에보답하옵고 승상의 뜻을 마치려 하나이다."

이때 상서령 비위가 나와서 간한다.

"근자에 장완과 동윤이 모두 뒤를 이어 세상을 떠나 나라를 다스릴 사람이 없으니, 백약은 다만 때를 기다리고 경솔히 동하지는 않는 것이 좋을까 하오."

그러나 강유는 말하였다.

"그렇지 않소이다. 인생 백 년이 꿈결 같은데 이처럼 세월을 천연했다가는 어느 날에나 중원을 회복하리까."

비위가 다시 말한다.

"손자가 이르기를 '저를 알고 나를 알면 백 번 싸워서 백 번 이긴다'고 하였소. 우리가 모두 승상에게 멀리 미치지 못하는데, 승상도 오히려 중원을 회복하시지 못했거니 하물며 우리들이야 일러 무엇 하겠소."

그래도 강유는 고집하였다.

"내 오래 농상에 있어 깊이 강인(羌人)의 마음을 아니, 이제 만약에 강인과 맺어서 후원을 삼고 보면, 비록 중원은 회복하지 못한다 하더라도 농에서부터 서쪽은 끊어 얻을 수가 있사오리다."

후주가 마침내

"경이 이미 위를 치려 하거든 가히 진충갈력해서 행여나 예기를 떨어뜨려 짐의 명을 저버리는 일이 없게 하라."

하고 말하였다.

이에 강유는 칙지를 받아 후주를 하직하고, 하후패와 함께 바로 한중에 이르러 기병할 일을 의논하였다.

강유는

"가히 먼저 사자를 강인에게로 보내서 동맹을 맺은 연후에 서평을 나가 옹주로 가까이 가되, 우선 국산(麴山) 아래다가 성 둘을 쌓고 군사로 하여금 지키게 해서 의각지세를 삼고, 우리는 양초를 모조리 천구로 내다 놓고 승상의 옛 제도에 의해서 차례로 진병하도록 하십시다."

하고, 이해 가을 팔월에 먼저 촉장 구안(句安)과 이흠(李歆)으로 함께 일만 오천 병을 거느리고 국산 앞으로 가서 연하여 성 둘을 쌓아 구안은 동쪽 성을 지키고 이흠은 서쪽 성을 지키게 하였다.

어느 틈에 세작이 이것을 알아다가 옹주자사 곽회에게 보해서, 곽회는 한편으로 낙양에 신보하고 한편으로 부장 진태를 시켜 군사 오만을 거느리고 가서 촉병과 싸우게 하였다.

구안과 이흠은 각기 일군을 거느리고 나가서 막았으나, 군사가 적어서 대적하지 못하고 물러나 성 안으로 들어가 버렸다.

　진태가 군사들로 하여금 사면으로 성을 에워싸고 치게 하며 또 한중의 양도를 끊었다.

　이로 말미암아 구안과 이흠의 성중에는 양식이 달리게 되었는데, 뒤미처 곽회가 또한 몸소 군사를 거느리고 당도하여 지세를 살펴보고 나더니 흔연히 기뻐하며 영채로 돌아와서 진태로 더불어 의논하되

　"이 성이 산세가 높아서 필연 물이 적을 것이매 반드시 성에서 나와 물을 길어야 할 것이라, 만약에 그 상류를 끊으면 촉병이 모두 목이 타서 죽고 말 것이오."
하고 드디어 군사들로 하여금 흙을 파서 둑을 쌓아 상류를 막아 버리니 성중에 과연 물이 없다.

　이흠이 군사를 거느리고 성에서 나와 물을 길으려 하였으나, 옹주병이 원체 철통같이 에워싸고 있어서 이흠은 죽을힘을 다하여 싸우다가 끝내 나오지 못하고 도로 성 안으로 들어가 버릴밖에 없었다.

　구안의 성중에도 역시 물이 없어서 이흠과 만나고, 군사를 이끌고 성에서 나가 한 곳에 합쳐 놓고 한동안 위병과 크게 싸웠으나 또 패해서 성 안으로 들어가 버렸다.

　군사들은 목이 타서 모두 죽을 지경이다.

　구안이 이흠을 보고

　"강 도독의 군사가 이제 이르도록 오지 않으니 웬일인지를 모르겠소."

하고 말하니, 이흠은

"내 한 번 목숨을 버리고 짓쳐 나가 구원을 구해 보겠소."

하고 드디어 수십 기를 데리고 성문을 열고 짓쳐 나갔다.

옹주병이 사면으로 에워싼다.

이흠은 죽기를 무릅쓰고 충돌하여 겨우 포위를 벗어났으나 단지 저 한 몸뿐이요 또 중상을 입었고 나머지 무리는 다 난군 속에서 죽고 말았다.

이날 밤에 북풍이 크게 일어나 구름이 온 하늘을 덮더니 큰 눈이 내렸다. 이로 인해서 성 안의 촉병들은 양식을 나누어 눈으로 밥을 지어 먹었다.


한편 이흠은 포위를 뚫고 나가 서산 소로로 해서 이틀 밤낮을 길을 가 바로 강유의 인마와 만났다.

이흠은 말에서 내려 땅에 엎드려 고하였다.

"국산의 두 성이 모두 위병에게 포위를 당하고 물이 끊어졌사온데, 요행 하늘이 큰 눈을 내려서 이로 인해 눈을 먹고 지내오나 심히 위급하외다."

듣고 나자 강유는

"내 늦고 싶어 늦은 것이 아니라 강병이 아직 오지 않아 기다리다가 그만 일을 그르친 것이다."

하고 드디어 사람으로 하여금 이흠을 데리고 천중으로 들어가 상처를 치료받게 하였다.

강유가 하후패를 보고

"강병은 아직도 오지 않고 위병은 국산을 포위해 형세가 심히 급한데 장군은 어떠한 고견을 가지셨소.”

하고 물으니, 하후패가

“만약에 강병이 국산에 이르기를 기다리고 있다가는 두 성이 다 함몰하고 마오리다. 내 요량컨대 옹주 군사가 반드시 모조리 와서 국산을 치고 있을 것이매 옹주성이 필연 비었으리니, 장군은 군사를 거느리고 바로 우두산(牛頭山)으로 가서 옹주성의 뒤를 엄습하십시오. 곽회와 진태가 반드시 옹주를 구하러 돌아갈 것이니 그러면 국산의 포위는 저절로 풀어질 것이외다.”

하고 계책을 드린다.

강유는 크게 기뻐하여

“이 계교가 가장 좋소.”

하고 이에 그는 군사를 거느리고 우두산을 바라고 갔다.


이때 진태는 이흠이 성에서 짓쳐 나간 것을 보고 이에 곽회에게 말하였다.

“이흠이 만약 강유에게 위급함을 고하면, 강유가 우리의 대병이 국산에 다 와 있음을 헤아려 반드시 우두산으로 나가 우리의 뒤를 엄습할 것이니, 장군은 일군을 거느리고 가서 도수(洮水)를 취하여 촉병의 양도를 끊으십시오. 나는 군사 절반을 나누어 바로 우두산으로 가서 칠 터이니, 제가 만약에 양도가 이미 끊어진 것을 알면 필연 제 풀에 달아나고 마오리다.”

곽회는 그 말을 좇아서 드디어 일군을 이끌고 가만히 도수를 취하러 가고 진태는 일군을 거느리고 바로 우두산으로 갔다.

한편 강유는 군사를 거느리고 우두산에 이르렀는데 홀연 전군에서 함성이 일어나며, 위병이 갈 길을 막고 있다고 보한다.

강유가 황망히 군전으로 가서 보니 진태가 큰 소리로

"네 우리 옹주를 엄습하려 하느냐. 내 이미 기다리고 있은 지 오래다."

하고 호통 친다.

강유는 크게 노하여 창을 꼬나 잡고 말을 놓아 바로 진태에게로 달려들었다.

진태가 칼을 휘두르며 맞는다.

그러나 서로 싸우기 삼 합이 못 되어서 진태가 패하여 달아나 강유는 군사를 휘몰아 그 뒤를 들이쳤다.

옹주병이 물러가 산머리를 점거한다. 강유는 군사를 거두어 우두산에 하채하였다.

강유가 매일 군사를 시켜서 싸움을 돋우나 승부를 나누지 못하는데 하후패가 그를 보고

"이곳이 오래 머물러 있을 데가 아니외다. 연일 싸우나 승부를 나누지 못하는 것은 곧 적을 유인하는 계책이라, 저희에게 반드시 딴 꾀가 있는 것이니 잠시 퇴군하여 따로 좋을 도리를 차리느니만 못할까 보이다."

라고 말한다.

바로 이렇듯 이야기를 하고 있을 때 홀연 보하되, 곽회가 일군을 거느리고 도수를 취하여 양도를 끊어 놓았다고 한다.

강유는 크게 놀라 급히 하후패로 하여금 먼저 물러가게 하고 자기는 몸소 뒤를 끊었다.

진태가 군사를 다섯 길로 나누어 쫓아 들어온다.

강유가 홀로 오로 총구(總口)를 막아 위병과 싸우는데, 진태가 군사를 몰고 산으로 올라가서 활과 포를 어지러이 쏘니 화살과 돌이 비 퍼붓듯 한다.

강유는 급히 군사를 물렸다. 그러나 그가 도수에 이르렀을 때 곽회가 또 군사를 거느리고 짓쳐 들어왔다.

강유는 군사를 휘몰아 왕래 충돌하였으나, 위병이 갈 길을 딱 막아서 군기가 철통과 흡사하다.

강유가 죽기로써 싸워 군사를 태반이나 잃고 간신히 빠져나오자 그대로 나는 듯이 말을 달려 양평관으로 오려니까 전면에 또 일군이 들이닥치며, 한 장수가 칼을 비껴들고 말을 놓아 앞을 서서 나오는데, 얼굴은 둥글고 귀는 크고 입은 모지고 입술은 두꺼우며 왼편 눈 아래 검은 혹이 있고 혹 위에 검은 털 수십 개가 났으니 그는 곧 사마의의 맏아들 표기장군 사마사다.

강유는 대로하여

"어린 자식이 어딜 감히 내 돌아갈 길을 막느냐."

하고 말을 몰아 창을 꼬나 잡고 바로 그를 찌르려 들었다.

사마사가 칼을 휘두르며 마주 나왔으나 강유는 단지 삼 합에 그를 쳐 물리치고 몸을 빼쳐 바로 양평관으로 달려갔다.

성 위에 있는 사람이 문을 열어 강유를 맞아들였는데, 뒤미처 사마사가 또 관을 뺏으러 짓쳐 들어오자 양편에 깔아 두었던 쇠뇌가 일제히 발동하여 쇠뇌 하나가 화살 열 개씩을 쏘아 대니, 이는 바로 공명이 임종시에 강유에게 물려준 '연노법(連弩法)'이다.

이날 삼군이 크게 패해 지탱하기 어렵더니
당년에 전수받은 연노법으로 부지하네.

사마사의 목숨이 어찌 될 것인고.

정봉은 눈 속에서 짧은 병장기를 뽑내고
손준은 술자리에서 비밀한 계책을 베풀다

| *108* |

　당시 강유가 한창 말을 달릴 때 사마사가 군사를 거느리고 내
달아 길을 끊었으니, 이는 원래 강유가 옹주를 취할 때 곽회가 조
정에 급보를 올리매 위주와 사마의가 상의한 끝에 사마의가 자기
의 장자 사마사로 하여금 군사 오만을 거느리고 옹주로 내려가
싸움을 돕게 하였는데, 곽회가 촉병을 쳐 물리쳤다는 소식을 듣
자 사마사는 촉병의 형세가 약할 것을 생각하고 바로 중로에서
길을 끊고 치려 했던 때문이다.

　사마사는 그 길로 바로 양평관까지 쫓아갔는데, 강유가 공명에
게서 물려받은 연노법을 써서 만든 신병기 연노 백여 틀을 양편
에다 몰래 깔아 놓았는데 쇠뇌 하나가 화살 열 개씩을 한 번에 쏘
아 대는데 모두가 살촉에 약을 바른 것이라, 양편의 노전이 일제
히 발하자 위군의 군사와 말이 맞아서 죽는 자가 부지기수다.

사마사는 난군 가운데서 간신히 목숨을 도망해서 돌아갔다.

이때 국산 성중의 촉장 구안은 구원병이 이르지 않는 것을 보자 성문을 열고 위에 항복하였고 강유는 이 싸움에서 군사를 수만 명이나 잃고서 패병을 거느려 한중으로 돌아가 둔찰하였으며 또 사마사는 낙양으로 돌아갔다.

가평 삼년[1] 추팔월에 이르러 사마의는 병이 들어서 점점 침중해지자, 이에 두 아들을 와상 앞으로 불러

"내 위국을 오랫동안 섬겨 벼슬이 태부에 이르렀으니, 인신(人臣)의 신분으로서는 더는 이르지 못할 높은 지위여서 뭇 사람들이 모두 나에게 딴 뜻이 있지나 않은가 의심하고 두려워하므로 내 일찍부터 송구한 마음을 품어 왔거니와, 너희 형제는 나 죽은 후에 나라 정사를 다스리는 데 혼신을 다할 것이며 부디 매사에 삼가고 또 삼가거라."

하고 당부하고, 말을 마치자 세상을 떠났다.

큰아들 사마사와 작은아들 사마소 두 사람이 위주 조방에게 신주하니, 조방은 예를 후히 해서 그를 장사지내 주게 하고 시호를 내리며, 사마사를 봉해서 대장군을 삼아 상서 기밀대사를 통령하게 하고, 사마소로 표기상장군을 삼았다.

한편 오주 손권은 앞서 서 부인이 낳은 태자 손등(孫登)이 오나라 적오(赤烏) 사년에 죽자, 다음에 둘째아들 손화(孫和)로 태자를

---

1) 251년.

봉했는데, 그는 낭야 왕 부인의 소생으로서 전 공주와 사이가 불화해서 공주의 참소를 입고 폐함을 당한 뒤로 울화가 성해서 죽어 버리니, 손권은 드디어 반 부인의 몸에서 낳은 셋째아들 손량(孫亮)을 세워서 태자를 삼은 바 있는데, 이때 육손과 제갈근이 모두 세상을 떠나서 나라의 모든 권세가 제갈각에게 돌아갔다.

태원(太元) 원년[2] 추팔월 초하룻날 난데없이 큰 바람이 일어나 강물·바닷물이 모두 끓어 넘쳐서 평지에 수심이 팔 척이라, 오주 선릉(先陵)에 심어 놓은 소나무·잣나무가 모조리 뽑혀 그대로 건업성 남문 밖으로 날아와 길에가 거꾸로 꽂히니, 손권은 이로 인하여 놀란 끝에 병이 들고 말았다.

그 이듬해 사월에 이르러 손권은 병세가 침중해지자, 태부 제갈각과 대사마 여대를 와상 앞으로 불러서 후사를 부탁하였는데, 부탁하기를 마치고 바로 세상을 떠나니 그가 제위에 있기는 이십사 년이요 수는 칠십일 세라, 촉한의 연호로는 연희(延熙) 십오년[3]의 일이다.

후세 사람이 지은 시가 있다.

> 푸른 눈에 붉은 수염 손권이 영웅이라
> 신하들 어루만져 진충보국하게 하며
> 재위 이십사 년간에 대업을 일으키어
> 강동에 용처럼 서리고 범 같이 도사리다.

---

2) 251년.
3) 252년.

## 吳大帝　　오대제

| 紫髥碧眼號英雄 | 붉은 수염에 푸른 눈의 영웅이라고 하는데 |
|---|---|
| 能使群僚肯盡忠 | 신하에게 충성을 다하게 했네 |
| 二十四年興大業 | 재위 24년에 대업을 일으키고 |
| 龍盤虎踞在江東 | 용과 호랑이처럼 강동에 웅거하였도다 |

손권이 세상을 떠나자 제갈각은 손량을 세워서 황제를 삼고 천하에 대사령을 펴며 연호를 고쳐서 건흥(建興) 원년이라 하고, 손권에게 시호를 바쳐서 대황제(大皇帝)라 하여 장릉(蔣陵)에 장사지내었다.

　어느 틈에 세작이 이 일을 탐지해다가 낙양에 보하자, 사마사가 손권이 이미 죽었다는 말을 듣고 드디어 군사를 일으켜서 동오를 칠 일을 의논하니 상서 부하(傅嘏)가 나서서

　"동오에는 장강의 험함이 있어서 선제께서 누차 정벌하셨으나 모두 뜻을 이루시지 못하였으니, 각기 변방을 지키고 있는 것이 아무래도 상책일까 보이다."

하고 말한다.

　그러나 사마사가

　"천도(天道)란 삼십 년에 한 번 변하는 법이니, 어찌 밤낮 정립한 채로 지내겠소. 나는 동오를 치려 하오."

하고 주장하니, 사마소가 또한

　"이제 손권이 막 죽은 데다가 손량이 나이 어리고 나약하니 바야흐로 이 틈을 타서 쳐야만 하오리다."

하고 형의 말을 거든다.

　사마사는 드디어 영을 내려 정남대장군 왕창(王昶)으로 하여금 군사 십만을 거느려 남군을 치게 하고, 정동장군 호준으로 하여금 군사 십만을 거느려 동흥(東興)을 치게 하며, 진남도독 관구검으로 하여금 역시 군사 십만을 거느려 무창을 치게 하여 세 길로 나아가게 하고, 다시 아우 사마소로 대도독을 삼아서 삼로 군마를 총령하게 하였다.

이해 겨울 십이월에 사마소는 동오 지경에 이르러 군사를 둔쳐 놓고 왕창·호준·관구검을 장중으로 불러서

"동오의 가장 긴요한 곳이 동흥군이라. 이제 저희가 큰 둑을 쌓아 올리고 또 좌우에 성 둘을 쌓아 놓아 소호 후면의 공격을 방비하고 있으니, 제공은 부디 조심하라."

하고 드디어 왕창과 관구검으로 하여금 각각 일만 병을 거느리고 벌려 있게 하되

"아직 나아가지 말고 동흥군을 취하기를 기다려서 일제히 진병하게 하라."

하니, 왕창과 관구검 두 사람이 영을 받아 가지고 간다.

사마소는 또 호준으로 선봉을 삼아서 삼로병을 총령하여 앞으로 나아가게 하되

"먼저 부교를 놓아 동흥 대제(大堤)를 취하도록 하되, 만약에 좌우의 두 성까지 뺏는다면 바로 큰 공이니라."

하니, 호준은 군사를 거느리고 부교를 놓으러 나갔다.

한편 동오에서는 태부 제갈각이 위나라 군사가 세 길로 온다는 말을 듣고 여러 장수를 모아서 의논하니, 평북장군 정봉이 나서며

"동흥은 바로 동오의 아주 긴요한 곳이라, 만약에 이곳을 잃으면 남군과 무창이 위태하오리다."

하고 말한다.

제갈각은 듣고

"그 말이 바로 내 뜻과 같군. 공은 곧 수군 삼천 명을 거느리고 강으로 해서 가면, 내 그 뒤로 여거(呂據)·당자(唐咨)·유찬(留贊)으로 하여금 각각 마보군 일만씩 거느리고 삼로로 나뉘어 접응하게

할 것이매, 연주포 소리만 나거든 일제히 진병하도록 하라. 내 몸소 대병을 거느리고 뒤미처 가리라."

하고 영을 내렸다.

정봉은 장령을 받아 즉시 삼천 수병들을 삼십 척 배에 나누어 태우고 동흥을 바라고 나아갔다.


이때 호준은 부교를 놓고 강을 건너가 군사를 둑 위에 둔쳐 놓고 환가(桓嘉)와 한종(韓綜)을 보내서 두 성을 치게 하였다.

당시 좌편에 있는 성은 동오 장수 전단(全端)이 지키고 있었고 우편에 있는 성은 유략(留略)이 지키고 있었는데, 이 두 성이 험준하고 견고해서 졸연히 쳐서 깨뜨리기가 어려웠다. 전단·유략 두 장수는 위병의 형세가 큰 것을 보고는 감히 나가서 싸우지 못하고 그저 성지만 사수하고 있다.

호준은 서당(徐塘)에다 군사를 둔쳐 놓았다. 때는 마침 엄동인데다 또 큰 눈이 와서 호준은 여러 장수들로 더불어 연석을 베풀고 술을 마셨다.

그러자 문득 보하되, 강 위로 전선 삼십 척이 온다고 한다.

호준이 영채에서 나가 보니 배들이 언덕에 와 닿으려 하고 있는데 한 배에 군사가 약 백 명씩 타고 있다.

호준은 그냥 장중으로 돌아와서 장수들을 보고

"불과 삼천 명뿐이니 두려울 것 조금도 없네."

하고, 다만 수하 장수에게 명하여 살피고 있게 하고는 그대로 앉아 술을 마셨다.

이때 정봉은 물 위에다 전선들을 일자로 벌려 놓고서, 이에 수

하 장수들을 향하여

"대장부가 공명을 세우며 부귀를 취하는 것이 바로 오늘에 있다."

한마디 한 다음, 드디어 모든 군사들로 하여금 옷과 갑옷과 투구를 다 벗어 놓고 장창과 대극은 다 놓아 둔 채 오직 단도만 몸에 들 지니게 하니, 위병들이 건너다보고 크게 웃으며 아무러한 준비도 하지 않는다.

그러자 홀지에 연주포 세 방이 울렸다.

정봉이 칼을 손에 쥐고 남보다 먼저 한 번 뛰어 언덕에 오르니, 군사들이 저마다 단도를 뽑아 들고 정봉을 따라 언덕에 오르며 그대로 위병 영채로 쳐들어온다.

위병들이 미처 손을 놀려 볼 사이도 없다.

한종이 급히 장전에 있는 대극을 빼어 들고 막으려 하는데, 벌써 정봉은 그의 품 안으로 달려들며 번개같이 칼로 찍어 그를 땅에다 거꾸러뜨렸다.

환가가 왼편으로부터 내달으며 황망히 창을 들어 정봉을 찔렀으나, 정봉이 손을 놀려 창 자루를 꽉 잡아 버려서 환가가 창을 버리고 달아나는데, 정봉이 그를 겨누어 칼을 던지니 환가는 바로 왼편 어깻죽지를 맞고 뒤로 벌떡 나가자빠진다. 정봉은 쫓아 들어가서 곧 창으로 찔렀다.

삼천 명 동오 군사들이 위병 영채 안에서 좌충우돌한다.

호준은 급히 말에 뛰어올라 길을 찾아 달아나고 위병들은 일제히 부교로 달려갔는데, 부교가 이미 끊어져서 태반이 강물에 빠져 죽었으며, 동오 군사들에게 칼을 맞고 눈 속에 죽어 자빠진 자는 이루 그 수효를 알 길이 없다.

수레와 마필과 병장기들은 모조리 동오 군사의 노획물이 되고 말았다. 사마소와 왕창과 관구검은 동흥에서 위병이 패한 소식을 듣자 역시 군사를 돌려 물러가 버렸다.

한편 제갈각은 대군을 영솔하고 동흥에 이르러, 군사를 거두어서 상을 내리며 위로하고 나자 이에 여러 장수들을 모아 놓고

"사마소가 싸움에 패하여 북으로 돌아갔으니 바야흐로 이때를 타서 중원을 나가 취하는 것이 좋겠다."

하고, 드디어 한편으로는 사람을 시켜서 글을 가지고 서촉으로 들어가 강유에게 청해서 군사를 일으켜 그 북쪽을 치게 하되 천하를 똑같이 나눌 것을 허락하고, 한편으로는 대병 이십만을 일으켜 중원을 치기로 하였다.

대군이 막 떠나려 할 때 홀연 한 줄기 흰 기운이 땅에서 일어나며 삼군을 차단해서 얼굴을 마주 대하고도 보이지 않을 지경이다. 장연(蔣延)이 나서서 말한다.

"이 기운은 곧 흰 무지개라 군사를 크게 잃을 조짐이오니 태부께서는 다만 돌아가시는 것이 가하옵지, 위를 치심은 불가한가 하나이다."

제갈각은 대로하여

"네 어찌 감히 불길한 말을 내어 내 군심을 흔들리게 해 놓는고."

하고 무사를 꾸짖어 그를 참하라 하였다. 이것을 보고 여러 사람이 나서서 빌었다.

제갈각은 이에 장연을 내쳐 서인을 만들어 버린 다음, 그대로 군사를 재촉해서 앞으로 나아갔다.

정봉이 나서서

"위나라가 신성으로 총애구를 삼고 있사오니, 만약 이 성을 얻고 보면 사마소가 담이 찢어질 것이외다."

하고 계책을 드린다.

제갈각은 크게 기뻐하여 그 길로 바로 군사를 재촉해서 신성으로 나아갔다.

이때 신성을 지키고 있던 것은 아문장군 장특(張特)이었는데, 동오 군사가 대거하여 들어온 것을 보자 성문을 닫고 굳게 지켰다. 제갈각은 군사로 하여금 성을 사면으로 에워싸게 하였다.

유성마가 이 소식을 낙양에다 보하니, 주부 우송(虞松)이 사마사를 보고

"이제 제갈각이 신성을 에우고 있사오나 아직 싸워서는 아니 되오리다. 동오 군사가 멀리 와서 군사는 많고 양식은 적으매 양식이 다하면 제 풀에 달아날 것이오니, 저희가 달아나려 하기를 기다려서 치면 반드시 전승을 얻사오리다. 그러나 다만 촉병이 지경을 범할까 두려우니 불가불 방비는 있으셔야만 하겠소이다."

하고 말한다.

사마사는 그 말을 옳게 여겨, 드디어 사마소로 하여금 일군을 거느리고 가서 곽회를 도와 강유를 방비하게 하고, 관구검과 호준으로는 동오 군사를 막게 하였다.

한편 제갈각은 여러 달째 성을 쳤으나 깨뜨리지 못해서 마침내 장수들에게 영을 내려

"힘을 합해서 성을 치되 태만한 자가 있으면 참하리라."

하였다.

이에 모든 장수들이 힘을 뽐내서 성을 치니 드디어 성 동북각이 거의 허물어지게 되었다.

이때 성중에서 장특은 한 계책을 생각해 내고서, 구변 좋은 사람 하나를 뽑아 고을의 문부(文簿)를 가지고 오병 영채로 가서 제갈각을 보고 말하게 하였다.

"저희 위나라 법도에 적병이 와서 성을 에웠을 때 성 지키는 장수가 백 일 동안을 굳게 지키다가 구원병이 이르지 않아 부득불 성에서 나가 적에게 항복을 한 자에게는 그 가족이 죄를 받지 않게 되어 있답니다. 이제 장군께서 성을 에우신 지 이미 구십여 일이라 앞으로 불과 수 일만 참아 주시면 저희 주장(主將)이 군사와 백성을 모조리 거느리고 성에서 나와 항복을 드리려 하옵는바, 이제 우선 문부들을 갖추어 장군께 바치는 바이옵니다."

제갈각은 그 말을 깊이 믿어 군사를 거두어 성을 치는 일을 멈추었다.

그러나 원래 장특은 완병지계(緩兵之計)를 써서 동오 군사를 속인 것이라, 그 틈을 타서 성중의 집들을 헐어 구들장과 주춧돌로 성에 깨어진 곳을 튼튼히 수보해 놓은 다음에, 성 위로 올라가서 큰 소리로

"우리 성중에 아직도 반년은 먹을 군량이 있는데, 왜 오나라 개한테 항복을 하겠느냐. 싸우려거든 얼마든지 싸워 보자."
하고 욕질을 하였다.

제갈각은 크게 노해서 군사를 재촉하여 다시 성을 쳤다.

그러나 성 위에서 어지러이 쏘아대는 화살에 제갈각은 바로 이마에 화살을 맞고 그대로 뒤재주쳐 말에서 떨어졌다.

장수들이 그를 구호하여 영채로 돌아왔으나 전창이 발해서 고통이 심하다.

　군사들은 모두 싸울 마음이 없어졌고 또 날이 너무 더워서 앓는 자가 많았는데, 제갈각은 전창이 좀 그만해지자 다시 군사를 재촉해서 성을 치려 하였다.

　그것을 보고 영리(營吏)가

　"군사들이 모두 지치고 앓는데 어떻게 싸우라십니까."

하고 한마디 하니, 제갈각은 크게 노해서

　"다시 앓는 이야기를 하는 자는 참하리라."

하고 호령하였다.

　군사들이 이 말을 듣고 도망하는 자가 무수하였는데, 홀연 보하되 도독 채림(蔡林)이 본부 군사를 거느리고 위로 가서 항복하였다고 한다.

　제갈각이 크게 놀라 말을 타고 친히 각 영채를 돌아보니, 과연 군사들의 얼굴빛이 누렇고 부어서 모두 병색이 완연하다. 그는 드디어 군사를 거두어 동오로 퇴군해 갔다.

　세작이 벌써 이것을 알아 가지고 관구검에게 보해서, 관구검은 대병을 모조리 일으켜 가지고 뒤로부터 몰아쳤다. 동오 군사는 크게 패해서 돌아갔다.

　제갈각이 마음에 심히 참괴해서 병이라 칭탁하고 조회에도 나가지 않으니, 오주 손량이 친히 그의 저택으로 거둥하여 병을 묻고 문무 관료들이 모두 와서 절하고 뵙는다.

　제갈각은 남들의 공론이 두려워 제 편에서 먼저 여러 관원들과 장수들의 과실을 수탐해서 경하면 변방으로 보내 버리고 중하면 머리를 베어 여러 사람을 경계하니, 이에 내외 관료들로서 송구해하지 않는 자가 없다.

제갈각은 또 저의 심복 장수 장약(張約)과 주은(朱恩)으로 어림군을 거느리게 하여, 자기의 조아(爪牙)[4]를 삼았다.

이때 손준(孫峻)이란 사람이 있었으니 자는 자원(子遠)이라, 손견의 아우인 손정의 증손이요, 손공(孫恭)의 아들이다.

손권이 생존해 있을 때 심히 사랑해서 어림군을 맡게 하였던 것인데, 이제 제갈각이 장약과 주은 두 사람으로 하여금 어림군을 거느리게 하여 자기의 권한을 뺏은 것을 보고 마음에 크게 노하였다.

태상경 등윤(騰胤)이 본래 제갈각과 틈이 있는 터이라 이 사이를 타서 손준을 보고

"제갈각이 나라 권세를 제 손아귀에 틀어쥐어 온갖 방자한 짓을 다하며 공경들을 살해하니 장차는 찬역할 마음까지도 먹을 것이외다. 공은 종실의 한 사람으로서 어찌하여 일찍 도모하려 아니하십니까."

하고 한마디 하니, 손준이 곧

"나도 그런 마음을 가진 지 오래니, 이제 마땅히 천자께 아뢰고 칙지를 주청해서 죽이기로 하십시다."

하고 말한다.

이에 손준과 등윤은 오주 손량을 들어가서 보고 가만히 이 일

---

4) 조(爪)는 손톱발톱이요, 아(牙)는 어금니다. 심복 부하나 한동아리를 가리켜서 하는 말이다.

을 아뢰었다.

듣고 나자 손량이

"짐도 이 사람을 보면 또한 심히 두려워서, 매양 없이 하려 하면서도 아직 그 기회를 얻지 못했는데, 이제 경들이 과연 충의가 있다면 비밀히 도모하는 것이 좋으리로다."

하고 말한다.

등윤이 계책을 드렸다.

"폐하께서 어연(御宴)을 베푸시고 각을 명소하시되, 가만히 무사를 휘장 뒤에 매복해 두었다가 잔을 던지는 것으로 군호를 삼아 석상에서 죽여 후환을 끊으심이 가할까 하나이다."

손량은 윤종하였다.


한편 제갈각은 싸움에 패하고 돌아온 뒤로 병을 칭탁하고 집에만 들어박혀 있었는데, 자연 심신이 황홀할 적이 있었다.

하루는 우연히 중당(中堂)에 나갔다가, 문득 웬 사람 하나가 상복을 입고 들어오는 것을 보았다.

제갈각이 꾸짖어 물으니 그 사람이 대경실색해서 어찌할 바를 몰라 한다.

제갈각은 그를 잡아서 좌우로 하여 재우쳐 묻게 하니, 그 사람이 아뢰는데

"소인이 이번에 아비의 상사를 당하와 성내로 들어와 중을 청해다가 돌아간 이의 명복을 빌려 한 일이온데, 처음에 절인 줄로만 여기고 들어온 노릇이 태부 대감의 부중일 줄이야 어찌 생각이나 했사오리까. 진작에 대감 부중인 줄 알았다면 언감 어찌 여

기를 들어오게 되었겠습니까.”

하는 것이다.

제갈각이 보매 상제 차림의 말이 그러히도 생각되어 문 지키는 군사를 불러들여서 어찌 잡인을 들였느냐 호령하니 군사들은 한결같이

“소인들 수십 인이 모두 창을 들고 문을 지키며 잠시도 제 자리를 떠나지 않았사온데, 아무도 들어오는 것을 보지 못했소이다.”

하고 아뢴다.

제갈각은 대로하여 그들을 모조리 참해 버렸다.

이날 밤 제갈각이 자리에 누워서도 마음이 불안해 잠을 못 이루는데, 문득 정당 안에서 벼락 치는 소리가 나서 몸소 나가 보니 대들보가 중간에서 부러져 두 동강이 나 버린 것이다.

그가 깜짝 놀라 침실로 돌아오니, 홀연 일진음풍이 일어나며 낮에 죽인 상복 입은 사람과 문 지키던 군사 수십 명이 각기 피투성이가 된 머리를 들고 와서 살려 내라고 달려드는 것이다. 그는 그대로 그 자리에 놀라 자빠졌다가 한동안이 지나서야 비로소 다시 깨어났다.

이튿날 아침에 세수를 하는데 물에서 피비린내가 심하게 난다. 제갈각은 시비를 꾸짖어 세숫물을 다시 떠오게 하였다. 그러나 연하여 수십 대야를 갈아 내 와도 비린내가 가시기는커녕 매한가지다.

제갈각이 바야흐로 마음에 놀라고 의심할 때, 홀연 보하되 천자께서 사자를 보내셔서 태부를 어연에 부르신다고 한다. 그는 수레를 준비하게 하였다.

제갈각이 바야흐로 부문을 나서려 하는데, 집에서 기르는 누렁이가 그의 옷자락을 입으로 물고 엉엉 하고 짖는 것이 흡사 우는 것과 같다. 그는 노하여

"이 개가 나를 놀리는구나."

하고 좌우를 꾸짖어 쫓아 버리게 하였다.

드디어 수레를 타고 부문을 나서서 몇 간 통도 못 갔을 때 수레 앞에서 한 줄기 흰 무지개가 땅에서부터 일어나 흰 비단 폭을 늘여놓은 것처럼 하늘로 뻗쳐 올라간다.

제갈각이 마음에 심히 놀라고 괴이해할 때 심복 장수 장약이 수레 앞으로 와서 가만히 고한다.

"오늘 궁중에 어연을 베푸시고 청하시나 그 길흉을 모를 일이오니, 주공께서는 경선히 들어가시지 않는 것이 좋을까 보이다."

제갈각은 그 말을 듣자 곧 수레를 돌리게 하였는데, 미처 십여 간 통을 못 가서 손준과 등윤이 말을 달려 수레 앞으로 오더니

"태부께서는 어찌하여 그냥 돌아가십니까."

하고 묻는다.

"내 갑자기 복통이 나서 천자를 들어 가 뵙지 못하겠소."

하고 제갈각이 대답하니, 등윤이

"조정에서 태부 회군해 오신 후로 아직 면대하셔서 정회를 펴시지 못하셨으므로 특히 어연을 베푸시어 부르시는 것이요 겸하여 대사를 의논하려 하심이니, 태부께서는 비록 병환이 있으시더라도 강작(強作)하셔서 한 번 가시는 것이 옳을까 보이다."

하고 권한다.

제갈각이 그의 말을 좇아서 드디어 손준, 등윤과 함께 궁중으

로 들어가니, 장약이 또한 따라 들어간다.

　제갈각이 임금에게 알현하고 자리에 나가 앉자 손량이 술을 드리라고 명하니 제갈각은 문득 마음에 의심이 들어

"몸에 병이 있어 잔은 못 들겠소이다."

하고 사양하였다.

　그것을 보고 손준이 한마디 하였다.

"태부가 부중에서 늘 드시던 약주를 갖다가 드시겠습니까."

　제갈각은

"그러겠소."

하고 드디어 종인을 시켜서 부중에 돌아가 집에서 만든 약주를 가져오게 하여 비로소 마음을 놓고 마셨다.

　술이 두어 순 돌았을 때 오주 손량이 일이 있다 칭탁하고 먼저 일어나니, 손준은 전각에서 내려와 조복을 벗고 짧은 옷으로 갈아입는데, 안에는 갑옷을 입고 손에 날카로운 칼을 든 다음에 전각 위로 올라가

"천자께서 조서를 내리셔서 역적을 베라고 하셨다."

하고 큰 소리로 외치니 제갈각은 크게 놀라 술잔을 땅에 던지며 허리에 찬 칼을 빼어 대적하려 하였다. 그러나 그때 이미 그의 머리는 땅에 떨어지고 말았다.

　손준이 제갈각을 벤 것을 보자, 장약이 칼을 휘두르며 그에게로 달려든다. 손준이 급히 몸을 틀어 피했으나 장약의 칼끝에 왼손 손가락을 베였다.

　손준은 몸을 돌치며 손을 번쩍 들어 장약의 오른팔에 한 칼을 먹였다. 이때 숨어 있던 무사들이 일제히 몰려 나와 장약을 찍어

넘어뜨리고 칼로 어지러이 쳐서 육장을 만들어 버렸다.

손준은 일변 무사로 하여금 제갈각의 가권을 잡아들이게 하고, 일변 제갈각과 장약의 시체를 갈대 자리로 싸서 작은 수레에 실어 내다가 성남문 밖 석자강(石子崗) 난총(亂塚)[5] 구덩이 속에다가 처박아 버렸다.

이때 제갈각의 처는 마침 자기 방에 있었는데, 웬 까닭인지 심신이 황홀하여지고 행동거지가 편안치 않은 게 도무지 안절부절못하겠다.

그러자 문득 한 여종이 방 안으로 들어와서 제갈각의 처가 그를 보고

"네 몸에서 온통 피 비린내가 나니 웬일이냐."

하고 물으니, 그 여종이 홀연 눈을 홉뜨고 이를 갈며 길길이 뛰고 머리로 들보를 치받아 가면서

"나다, 제갈각이다. 간적 손준이 손에 내 모살당했다."

하고 큰 소리로 부르짖는다.

온 집안 식구들이 놀라고 당황해서 노소가 없이 모두 울고불고 하는데, 얼마 안 있다 군사들이 몰려와서 저택을 에워싸고 제갈각의 온 집안 식구들을 모조리 묶어다가 저자에서 목을 베니, 때는 오 건흥 이년 겨울 십이월이다.

회고하건대 전에 제갈근이 살아 있을 적에 아들 각의 총명이 남들에 비해 너무나 드러나는 것을 보고

---

5) 공동묘지.

"이 자식은 장차 집안을 보전할 주인이 못 되느니라."

하고 탄식하였고, 또 위나라의 광록대부 장즙(張緝)이 일찍이 사마사를 보고

"제갈각이 오래지 않아 죽사오리다."

하고 말해서 사마사가 그 까닭을 물으니,

"위엄이 그 임금에게 떨치니 어찌 오래 갈 수 있사오리까."

하고 장즙은 대답했는데, 이에 이르러 과연 그 말이 모두 맞았다.

손준이 제갈각을 처치하자 오주 손량은 손준을 봉해서 승상대장군 부춘후를 삼아 중외 제군의 일을 총독하게 하니, 이로부터 나라 권세가 모두 손준에게로 돌아갔다.

한편 성도에서 강유는 제갈각으로부터 오를 도와서 위를 쳐 달라는 글월을 받고 드디어 궁중으로 들어가 후주에게 주품하고 다시 대병을 일으켜 중원을 치러 나섰다.

단지 한 번 기병하여 성사(成事)하기 바랄쏘냐
다시 한 번 적을 쳐서 공을 기어이 거두려네.

승부가 어찌 되려는고.

한나라 장수가 기이한 꾀를 쓰매 사마소는 곡경을 치르고
위나라 집의 응보로 조방은 폐함을 당하다

| *109* |

촉한 연희(延熙) 십육년[1] 가을에 장군 강유는 군사 이십만을 일
으켜 요화와 장익으로 좌우 선봉을 삼고 하후패로 참모를 삼으며
장의로 운량사를 삼아 대병이 위를 치러 양평관을 나섰다.

강유가 하후패를 보고

"향일(向日)에 옹주를 취하려다가 이기지 못하고 돌아왔으니, 이
제 만약 다시 나아간다면 저희에게 반드시 준비가 있을 터인데 공
은 어떤 고견을 가지셨소."

하고 의논하니, 하후패가 계책을 드리되

"농상에서 여러 고을 가운데 남안이 오직 전량이 가장 많으니,
만약에 먼저 여기를 취하면 족히 근본을 삼을 수 있사오리다. 그

---

1) 253년.

리고 향자에 우리가 이기지 못하고 돌아가기는 대개 강병(羌兵)이 오지 않았기 때문이니, 이번에는 우선 사람을 보내서 강병과 농우에서 만나기로 한 연후에 군사를 내어 석영(石營)으로 나가서 동정(董亭)으로 길을 잡아 바로 남안을 취하도록 해야만 하오리다."

한다.

강유는 듣고 크게 기뻐하여

"공의 계책이 참으로 묘하오."

하고 드디어 극정(郤正)으로 사자를 삼아 황금과 주옥과 촉금(蜀錦)을 가지고 강 땅으로 들어가서 강나라 임금과 좋은 정의를 맺게 하였다.

강왕 미당(迷當)은 예물을 받자 즉시로 군사 오만을 일으켜 강장 아하소과(俄何燒戈)로 대선봉을 삼아 군사를 거느리고 남안으로 나왔다.

위국의 좌장군 곽회는 이 소식을 듣자 나는 듯이 낙양으로 급보를 띄웠다.

사마사는 여러 장수들에게 물었다.

"뉘 감히 가서 촉병을 대적할꼬."

보국장군 서질(徐質)이 나선다.

"소장이 가오리다."

사마사는 본래 서질의 영용함이 남에게 뛰어남을 알고 있는 터이라 마음에 크게 기뻐하여, 곧 서질로 선봉을 삼고 사마소로 대도독을 삼아 군사를 영솔하고 농서를 향해 나아가게 하였다.

위병이 동정에 이르러 바로 강유와 만나서 양군은 진세를 벌렸다.

서질이 개산대부를 들고 말 타고 나서서 싸움을 돋우자, 촉진 가운데서 요화가 내달아서 맞는다.

그러나 서로 싸우기 두어 합이 못 되어 요화는 패해서 칼을 끌고 돌아가고, 장익이 또 말을 놓아 창을 꼬나 잡고 대어 들었으나 역시 두어 합이 못 되어 패해서 진으로 돌아오니, 서질이 군사를 휘몰아 들이친다.

촉병은 크게 패해서 삼십여 리를 물러가고, 사마소도 역시 군사를 거두어 가지고 돌아가서 양군은 각각 영채를 세웠다.

강유는 하후패와 의논하였다.

"서질의 용맹이 대단한데 무슨 계책으로 사로잡았으면 좋겠소."

하후패가 계책을 드린다.

"내일 거짓 패해서 매복계로 이기도록 하지요."

그러나 강유는

"사마소는 바로 중달의 아들인데, 어찌 병법을 모르겠소. 만약 지세가 복잡한 것을 보면 반드시 쫓으려 하지 않을 것이오. 내 생각에는 위병이 여러 차례 우리의 양도를 끊었으니, 이번에 도리어 이 계교를 써서 저희를 꼬이면 가히 서질을 벨 수 있으리다."

하고, 드디어 요화를 불러서 이리이리하라고 분부하고 또 장익을 불러서 이리이리하라고 분부해서 두 사람은 군사를 거느리고 갔다.

강유는 또 한편으로 군사들을 시켜서 길에다 마름쇠[2]를 깔아 놓으며 영채 밖에다 녹각을 두루 둘러놓게 하여 장구한 계책을 세우

---

2) 세 갈래 혹은 네 갈래의 발이 달린 쇠로 만든 무기로서 영채 앞에 깔아 놓아 적군의 돌진을 막는 데 쓴다. 한자로는 철질려(鐵蒺藜) 혹은 질려철이라고 쓴다.

고 있음을 보였다.

서질이 연일 군사를 거느리고 나서서 싸움을 돋우나 촉병은 나오지 않았다.

그러자 초마가 와서 사마소에게 보하되

"촉병이 철롱산(鐵籠山) 뒤에서 목우유마로 양초를 운반하여 장구한 계책을 삼으며 강병이 와서 책응해 주기만 기다리고 있소이다."

한다.

사마소는 서질을 불러서 분부하였다.

"전일에 우리가 촉병을 이긴 것은 저희 양도를 끊었기 때문이다. 이제 촉병들이 철롱산 뒤에서 양초를 나르고 있다니, 네 오늘 밤에 군사 오천을 거느리고 가서 그 양도를 끊도록 하라. 그러면 촉병이 절로 물러갈 것이다."

서질은 영을 받고 초경에 군사를 거느려 철롱산을 바라고 갔다.

과연 촉병 이백여 명이 백여 마리 목우유마에 양초를 실어 가지고 가고 있는 중이다.

위병이 함성을 올리며 서질이 앞을 서서 길을 막으니 촉병들이 양초를 모조리 내버리고 달아난다.

서질은 군사를 반반씩 나누어, 한패는 양초를 영거해서 영채로 돌아가게 하고 자기는 남은 무리들을 거느리고 촉병의 뒤를 쫓았다.

뒤를 쫓아 십 리를 다 못 가서 전면에 수레들이 가로놓여 길이 꽉 막혀 있다.

서질이 군사들로 하여금 말에서 내려 수레들을 한옆으로 치우게 하는데, 이때 양편에서 홀연 불이 일어났다.

서질은 급히 말을 돌려 달아나는데, 후면 산골 협착한 곳에 이르자 거기에도 수레들이 늘어 놓여 길이 막혔고 화광이 충천한다.

서질과 수하 군사들은 그대로 연기를 무릅쓰며 불속을 뚫고 말을 달려 나아갔다.

그러자 이때 일성 포향에 양로군이 짓쳐 나오니 좌편은 요화요 우편은 장익이라, 일진을 크게 몰아쳐서 위병은 대패하였다.

서질은 죽기를 무릅쓰고 필마단기로 달아났다. 이제는 사람이나 말이나 지칠 대로 다 지쳤다.

그가 한창 말을 달리는 중에 전면에서 일지병이 내달으니 이는 곧 강유다.

서질이 소스라쳐 놀라 미처 손을 놀릴 사이도 없이, 강유가 한창으로 그의 탄 말을 찔러 쓰러뜨려서 서질이 말에서 떨어지자 군사들이 달려들어 어지러이 칼로 찍어 죽여 버렸다.

서질이 앞서 양초를 영거해 보낸 절반 군사들도 이때 하후패에게 사로잡혀 모두 항복하고 말았다.

하후패는 위병의 옷과 갑옷을 촉병에게 입히고, 위병이 타고 있던 말에 촉병을 태워 위병의 기호를 들려 가지고 소로로 해서 바로 위병 영채로 달려갔다.

영채에 있는 군사들이 본부병이 돌아온 것을 보고 채문을 열어 안으로 들인다. 촉병들은 영채 안으로 들어가자 함부로 위병들을 들이쳤다.

사마소가 크게 놀라 황망히 말에 뛰어올라 달아나는데, 전면에서 요화가 짓쳐 들어온다.

그가 앞으로 나가지 못하고 급히 뒤로 물러나려는데 강유가 군사를 이끌고 소로를 좇아 짓쳐 나왔다.

사마소는 사면 둘러보아야 빠져 나갈 길이 없어서 마침내 군사들을 끌고 철롱산으로 올라가 그곳을 점거하고 지킬밖에 다른 도리가 없었다.

원래 이 철롱산에는 길이 하나밖에 없고 사면이 모두 험준해서 오르기 어려우며, 그 위에는 샘이 단지 하나밖에 없어 겨우 백 사람이 먹을 만한데, 이때 사마소 수하에 육천 명이 있고 강유가 산에서 내려오는 길목을 막고 있어서 산 위에서는 물이 부족하여 사람이나 말이나 목이 말라 모두 죽을 지경이다.

사마소는

"내 이곳에서 죽는구나."

하고 하늘을 우러러 길이 탄식하였다.

후세 사람이 지은 시가 있다.

> 강유의 묘한 계책 등한히 못 보리라
> 철롱산에 사마소가 속절없이 갇히다니
> 마치 방연이 마릉도에 들어가듯
> 흡사 초패왕이 구리산에 포위되듯.

주부 왕도(王韜)가 있다가

"옛날에 경공(耿恭)[3]이 적의 포위를 받아 곤란을 당했을 때 우물

---

3) 중국 동한 때 장수. 일찍이 흉노에게 포위당했을 때 물 곤란을 겪게 되어 우물을 파고 하늘에 빌어서 물을 얻었다는 이야기가 있다.

에 절을 하고 감천을 얻었다 하옵는데, 장군은 왜 이를 본받으려
아니 하십니까."

하고 말한다.

사마소는 그의 말을 좇아 드디어 산마루에 있는 샘가로 올라가
서 재배하고 빌었다.

"소가 조서를 받들어 촉병을 물리치러 왔사온바, 만약에 소가
죽어야 합당하옵거든 감천으로 하여금 고갈하게 하사 소는 스스
로 목을 찔러 죽삽고 수하 군사들은 모조리 항복하게 할 것이오며,
만일에 소의 수록(壽祿)[4]이 아직 끝나지 않았삽거든, 바라옵건대
창천은 빨리 감천을 내리시와 여러 목숨을 살게 하여 주옵소서."

사마소가 하늘에 빌고 나자 샘물이 솟아 나와서 암만 퍼 써도
마르지 않으니, 이로 인하여 사람과 말이 모두 죽지 않았다.

이런 줄은 모르고 강유는 산 아래서 위병을 포위하고 있으며 수
하 장수들을 향하여

"전일에 승상께서 상방곡에서 사마의를 잡으시려다 못 잡으셔
서 내 심히 한이 되더니, 이제는 사마소가 내 손에 갈 데 없이 잡
히고 말았다."

장담하며 희보를 기다리고 있었다.

한편 곽회는 철롱산 위에서 사마소가 곡경을 치르고 있음을 알
고 군사를 거느리고 구하러 가려 하니, 진태가 계책을 드린다.

"강유가 강병과 합세하여 남안을 취하려 하고 있는데, 이제 강
병이 이미 이르렀으니, 장군이 만약에 군사를 걷어서 구하러 가

---

4) 수명과 복록.

292

시면 강병이 반드시 그 허한 틈을 타서 우리의 뒤를 엄습할 것이라, 이제 먼저 사람을 시켜 강군에 가서 거짓 항복하고 그 사이에서 꾀를 쓰도록 해서 만약 강병만 물리치고 보면 자연 철롱산의 에움은 쉽게 풀 수 있을 것이외다."

곽회는 그의 말을 좇아 드디어 진태로 하여금 오천 병을 거느리고 바로 강왕의 본채로 가서 갑옷을 벗고 들어가 울며 절하고

"곽회가 제 함부로 잘난 체하여 언제나 저를 죽일 마음을 품고 있으므로 그래 와서 항복을 드리는 것이올시다. 곽회 군중의 허실은 제가 다 알고 있으매 다만 오늘밤에 일군을 끌고 가서 겁채만 하면 곧 공을 이룰 수 있으며 또 군사가 위병 영채에 이르면 그때 내응이 자연 있사오리다."

하고 말하였다.

강왕 미당은 크게 기뻐하여 드디어 아하소과로 하여금 진태와 함께 가서 위병 영채를 겁칙하게 하였다.

아하소과는 진태가 데리고 온 항복한 군사들을 뒤에 있게 하고 진태로 하여금 강병을 거느리고 전부가 되게 하였다.

이날 밤 이경에 위병 영채에 이르니 채문이 활짝 열려 있다. 진태는 혼자 앞을 서서 말을 몰아 들어갔다.

이것을 보고 아하소과도 창을 꼬나 잡고 말을 풍우같이 몰아서 영채 안으로 들어가다가 문득 외마디 소리를 지르며 사람과 말이 다 함께 함갱 속에 빠지고 말았다.

진태가 뒤에서 짓쳐 나오고 곽회가 좌편에서 짓쳐 나온다.

강병은 크게 어지러워 서로 짓밟아서 죽는 자가 수가 없이 많았고, 산 자들은 모조리 항복하였으며, 아하소과는 스스로 목을

찔러 죽었다.

곽회와 진태는 군사를 거느리고 바로 강병 영채 안으로 쳐들어 갔다. 미당 대왕은 급히 장막에서 나와 말에 올랐으나, 위병들에게 사로잡혀 곽회 앞으로 끌려 나왔다.

곽회는 황망히 말에서 내려 친히 그 묶은 것을 풀어 주고 좋은 말로 위로하며

"조정에서 본디 공을 충의가 있는 분으로 알고 계신데, 이제 어찌하여 촉국을 돕는단 말씀이오."

하니 미당이 마음에 참괴해서 용서를 빈다.

곽회는 이에 미당을 달래어

"공이 이제 전부가 되어 함께 가서 철롱산의 에움을 풀고 촉병을 물리치면 내 천자께 아뢰어 후히 상을 내리시도록 하오리다."

하고 말하였다.

미당은 그의 말을 좇아서 드디어 강병을 거느려 전부가 되고, 위병은 후군이 되어 그 길로 곧장 철롱산으로 갔다.

때는 삼경인데, 먼저 사람을 시켜서 강유에게 알리니 강유가 크게 기뻐하여 들어와서 서로 보기를 청한다.

이때 위병이 태반이나 강병 틈에 섞여 있었는데, 촉병 영채 앞에 이르자 강유가 군사들을 모두 영채 밖에 둔찰하라고 일러서, 미당은 백여 인만 거느리고 중군장 앞으로 갔다.

강유와 하후패 두 사람이 나와서 그를 맞는데, 이때 위나라 장수들은 미당이 말하기를 기다리지도 않고 뒤에서부터 쳐들어왔다.

강유는 깜짝 놀라 급히 말에 뛰어올라 달아났다. 강병, 위병이 일제히 영채 안으로 짓쳐 들어온다. 촉병들은 뿔뿔이 흩어져서

각각 살길을 찾아서 도망한다.

이때 강유는 손에 아무 병장기도 없고 허리에 오직 활과 화살을 찼을 뿐인데, 황망히 달아나느라 화살이 모두 떨어져 버려 빈 전통만 남았다.

강유가 산 속을 바라고 말을 달리는데 등 뒤에서 곽회가 군사를 거느리고 쫓아오다가 강유의 수중에 아무 병장기도 없는 것을 보자 곧 창을 꼬나 잡고 말을 질풍같이 몰아 뒤를 쫓았다.

점점 가까이 쫓아 들어오는 것을 보고 강유는 빈 활을 당겨서 연하여 십여 차례나 시위 소리를 내었다.

곽회는 연방 몸을 틀어 피하다가 끝내 화살은 날아오는 게 없는 것을 보고, 그제야 강유에게 화살이 없음을 알아, 이에 창을 안장 앞에 걸어 놓고 활에 살을 먹여 강유를 겨누고 쏘았다.

강유는 급히 몸을 틀어 피하면서 번개같이 손을 놀려 날아오는 화살을 잡아들자, 곧 제 활에 시위에 먹여 가지고 곽회가 좀 더 가까이 쫓아 이르기를 기다려 그의 얼굴을 겨누어 힘껏 쏘았다.

시위 소리에 응하여 곽회가 말에서 떨어진다.

강유는 곧 말을 돌려 쫓아나가 곽회를 죽이려 하였으나, 이때 위병들이 갑자기 몰려 들어왔다.

강유는 미처 하수하지 못하고 다만 곽회의 창만 뺏어 가지고 가는데 위병들은 감히 그의 뒤를 쫓지 못하고 곽회를 급히 구해 가지고 영채로 돌아갔다.

곧 살촉을 뽑아내었으나 피가 그대로 흐르고 멎지 않는다. 곽회는 그로 하여 마침내 죽고 말았다.

사마소는 산에서 내려와 군사를 거느리고 뒤를 쫓다가 중로에서 도로 돌아가 버렸다.

하후패도 뒤따라 도망해 이르러 강유와 만나서 함께 말을 달렸다. 이번에 허다한 인마를 잃어 길에서 둔찰하지도 못하고 강유는 그대로 한중으로 돌아갔다.

그러나 비록 싸움에는 패하였어도 곽회를 활로 쏘아 죽였고 또 서질을 죽여서 위국의 위엄을 한 풀 꺾이 놓았으므로 강유는 그 공을 가지고 죄를 속하였다.


한편 사마소는 강병들의 수고를 사례하여 저희 본국으로 돌려보내고 나서 회군하여 낙양으로 돌아갔다.

그 뒤로 형 사마사로 더불어 조정의 권세를 틀어쥐고 자기들 마음대로 하는데, 문무백관이 감히 그들에게 복종하지 않는 자가 없다.

위주 조방은 사마사가 조정에 들어오는 것을 볼 때마다 전율하기를 마지않으며, 흡사 바늘로 등을 찔리는 것 같았다.

어느 날 조방이 정전에 나와 앉았다가 사마사가 칼을 차고 전상에 오르는 것을 보자 황망히 용상에서 내려와 그를 영접하니, 사마사가 웃으며

"어찌 임금이 신하를 맞을 법이 있으리까. 청컨대 폐하는 너무 마음을 수고로이 마소서."

하고 말한다.

조금 있다 여러 신하들이 일을 아뢰니, 사마사는 모두 제가 결단하고 하나도 임금에게는 계주(啓奏)하지 않는다.

다시 얼마 있다가 사마사가 물러나가는데, 고개를 꼿꼿이 쳐들

고 전각에서 내려가 수레에 오르니 앞뒤로 옹위하는 자가 무려 수천 명이다.

조방은 후전으로 들어갔다. 좌우를 돌아보니 오직 세 사람이 있을 뿐이다. 하나는 태상 하후현이요, 하나는 중서령 이풍이요, 또 하나는 광록대부 장즙이니, 장즙은 곧 장 황후의 부친이라 조방의 황장(皇丈)이다.

조방이 근시들을 꾸짖어 물리치고 세 사람과 함께 밀실로 들어가서 의논하는데, 조방이 장즙의 손을 잡고 울며

"사마사가 짐을 어린애처럼 다루며 백관을 초개같이 여기니, 사직이 머지않아 이자에게로 돌아가고 말리다."

하고 말을 마치자 통곡한다.

이풍이 아뢰었다.

"폐하께서는 근심 마옵소서. 신이 비록 재주 없사오나 바라옵건대 폐하의 명조를 받들고 사방의 영걸을 모아 이 도적을 초멸하오리다."

하후현도 아뢴다.

"신의 형 하후패가 촉에 항복함은 사마 형제가 모해하려 함을 두려워하기 때문이오니, 이제 만약 이 도적을 없이 하오면 신의 형이 반드시 돌아올 것이외다. 신이 나라의 국척으로 언감 간적이 나라를 어지럽힘을 앉아서 보오리까. 바라옵건대 한 가지로 조서를 받들어 치고자 하나이다."

조방이 한마디

"다만 능히 하지 못할까 두려울 뿐이로다."

하고 말하니, 세 사람이 울며

"신 등이 맹세하옵고 마음을 한가지로 하여 도적을 쳐서 폐하께 보답하리로소이다."

하고 아뢴다.

조방은 용봉한삼(龍鳳汗衫)[5]을 벗어, 손가락 끝을 깨물어 그 피로 조서를 써서 장즙을 주며

"짐의 조부 무황제께서 동승을 베시기는 대개 동승의 무리가 일을 은밀히 못하였기 때문이니 경 등은 모름지기 삼가고 조심하여 행여 밖에 누설되게 하지 마라."

하고 당부하니, 이풍이

"폐하께서는 어찌 이렇듯 불길한 말씀을 내시나이까. 신 등이 동승 같은 무리도 아니려니와 사마사를 어찌 무황제께 견주오리까. 폐하께서는 의심하시지 마옵소서."

하고 아뢰었다.

세 사람이 천자를 하직하고 나와 동화문 동편에 이르니, 마침 사마사가 칼을 차고 이편으로 오는데 종자 수백 인이 모두 병장기를 지니고 있다.

세 사람이 길가에 서 있는데 사마사가 묻는다.

"세 분이 어찌하여 이처럼 조정에서 늦게 물러나오."

이풍이 대답하였다.

"성상께서 내정(內廷)에서 글을 보시므로 우리 삼인이 시독(侍讀)[6]

---

5) 우리말로 한삼은 손을 감추기 위하여 두루마기 소매에 특히 길게 댄 헝겊을 가리켜서 하는 말이지만, 한문으로 '한삼'은 심의(深衣) 속에 입는 중단(中單, 속옷)을 말하는 것이니, 용봉한삼은 곧 임금이 용포 속에 입는 중단이다.

6) 천자를 뫼시고 경서(經書)를 강독(講讀)하는 것.

하느라 그리 되었소이다.”

사마사가 다시

“무슨 책을 보았소.”

하고 묻고

“하·상·주 삼대의 책이외다.”

하고 대답하였다.

사마사는 또 물었다.

“위에서 그 책을 보시고 무슨 옛 일을 물으십디까.”

이풍이 또 대답하였다.

“천자께서 이윤(李尹)[7]이 상(商)을 돕고 주공(周公)[8]이 섭정한 일을 하문하시기에 우리들이 모두 '지금의 사마 대장군이 곧 이윤·주공이로소이다' 하고 아뢰었소이다.”

사마사는 냉소하며

“무슨 너희들이 나를 이윤·주공에게다 비했겠느냐. 실상은 나를 왕망이나 동탁과 같은 무리라고 했겠지.”

하고 말하자, 세 사람이 모두

“저희들이 다 장군 문하의 사람들인데 어찌 감히 그럴 리가 있사오리까.”

하고 발명하려 들자, 그는 대로하여

“너희들은 아첨꾼이야. 내 다시 묻노니, 아까 밀실에서 천자와

---

7) 상나라 때의 유명한 정승. 탕 임금을 도와 폭군 걸(桀)을 쳐서 멸하고 천하를 정하였다. 탕 임금이 세상을 떠난 뒤 그 손자 태갑(太甲)이 무도하므로 이윤은 그를 동궁(桐宮)에 내쳤다.

8) 주 문왕(文王)의 아들이요 무왕(武王)의 아우. 형 무왕이 세상을 떠난 뒤 성왕(成王)이 나이 어리므로 주공이 섭정하여 천하를 잘 다스렸다.

함께 무슨 일로들 통곡을 하였더냐."

하고 사뭇 호령을 한다.

세 사람은

"실상 아무러한 일도 없었소이다."

하고 말하였으나,

"너희 세 놈의 눈이 너무 울어서 아직도 벌건데 무슨 발명이냐."

하고 사마사는 꾸짖는 것이다.

하후현은 일이 이미 누설되었음을 알고 이에 소리를 가다듬어

"우리가 운 것은 네 위엄이 임금께 진동해서 장차는 찬역을 꾀하게 되겠기 때문이다."

하고 크게 꾸짖었다.

사마사는 대로하여 무사를 꾸짖어 하후현을 잡아 묶으라 하니, 하후현은 팔을 걷어붙이고 주먹을 휘둘러 바로 사마사를 치려 하였으나, 무사들에게 꽉 붙잡히고 말았다.

사마사가 세 사람의 몸을 뒤져 보라고 해서, 무사들이 뒤지는 중에 장즙의 품에서 검붉은 피로 물든 용봉한삼 하나를 찾아내었다.

좌우가 사마사에게 갖다가 바쳐서 사마사가 보니 혈자(血字)로 쓴 밀조가 틀림없다.

조서의 내용은 이러하였다.


사마사 형제가 한가지로 대권을 잡아 장차 찬역을 도모하려 하니, 기왕에 행한 바 조서와 제령(制令)이 다 짐의 뜻이 아니었도다. 그러하니 각부 관병 장사들은 한가지로 충의를 다하여 적

신을 토멸하고 사직을 붙들지어다. 공이 이루어지는 날에 관작을 더하며 중상(重賞)을 내리리라.


보고 나자 사마사는 발언대로하여

"원래 너희 놈들이 우리 형제를 모해하려 했구나. 내 이자들을 도저히 용서할 수 없다."

하고 드디어 세 사람을 저자에 내어다가 허리를 베어 죽이게 하고 그 삼족을 멸하게 하였다.

세 사람의 입에서 꾸짖는 소리가 그치지 않는다. 동쪽 저자까지 가는 동안에 몽둥이로 맞아서 이들이 다 부러지고 빠졌으나 세 사람은 그대로 피를 뿜으며 얼버무리는 말로 사마사를 꾸짖으며 죽어 갔다.

사마사는 그 길로 바로 후궁으로 들어갔다.

위주 조방은 이때 바로 장 황후와 함께 이 일을 의논하고 있는 중이었다.

장 황후가

"내정(內廷)에 이목(耳目)⁹⁾이 자못 많으니 만일에 일이 누설되는 날에는 반드시 첩에게 누가 미칠 터인데요."

하고 말하는데, 문득 사마사가 얼굴이 상기된 채 들어와서 황후는 얼굴이 파랗게 질렸다.

사마사는 칼자루를 어루만지며 조방에게 말하였다.

"신의 아비가 폐하를 세워 임금을 삼았으니 공덕이 주공보다 못

---

9) 글자대로 하면 귀와 눈인데, 여기서는 사마사의 명을 받아 궁중의 비밀을 낱낱이 염탐해다 바치는 자들을 가리켜 하는 말이다.

하지 않고, 신이 폐하를 섬기는 것이 또한 이윤과 무엇이 다르겠소. 그런데 이제 도리어 은혜를 원수로 삼으며 공을 죄로 삼아 두어 명 작은 신하들로 더불어 신의 형제를 모해함은 무엇이오니까."

조방이 듣다 못하여 한마디 대답한다.

"짐은 그런 마음이 없소이다."

사마사는 소매 속으로부터 한삼을 꺼내서 땅에 내어 던지며

"그럼 이것은 누가 내린 것이오."

하고 한마디 하였다.

조방이 혼은 하늘 밖으로 날아가고 넋은 허공에 흩어져서 벌벌 떨며

"이는 다 그자들이 하도 핍박하기로 쓴 것이지, 짐이 어찌 감히 이런 생각을 내었겠소."

하고 발명하려 드는데, 사마사는 다시 뇌까린다.

"그렇다면 함부로 대신을 모반한다 무소한 자들에겐 무슨 죄를 가해야 마땅하리까."

조방은 마침내 무릎을 꿇고 고하였다.

"짐이 과연 죄를 지었으니 바라건대 대장군께서는 용서하시라."

사마사는 한마디

"폐하는 일어나시오. 그러나 국법은 폐할 수 없소이다."

하고, 이에 손가락으로 장 황후를 가리키며

"저게 바로 장즙의 딸이라 마땅히 없애 버려야겠소."

하고 말하였다.

조방이 통곡을 하며 용서를 빌었으나 사마사는 듣지 않고 좌우

를 꾸짖어 장 황후를 잡아내어다 동화문 안에서 흰 깁으로 목을 졸라 죽이게 하였다.

후세 사람이 지은 시가 있다.


그 옛날 복 황후가 궁문 밖으로 끌려갈 제
발 벗고 울부짖으며 천자 앞에 하직했네.
오늘 아침 사마사가 그 전례를 따랐으니
애달프다 인과응보가 자손에게 있었구나.


그 이튿날이다. 사마사는 문무 관료들을 다 모아 놓고

"이제 주상이 황음무도(荒淫無道)하여 창우(娼優)를 가까이 하고 참소하는 말을 믿으며 어진 이의 나올 길을 막으니 그 죄가 한나라의 창읍(昌邑)[10]보다 더하여 능히 천하를 주장할 수 없겠기로, 내 삼가 이윤·곽광(霍光)의 법을 본받아 별로 새 인군을 세워서 사직을 보전하고 천하를 평안히 하려 하니 그대들의 생각은 어떠하오."

하고 물으니, 모든 관원이 다

"대장군께서 이윤·곽광의 일을 행하시니 이는 이른바 천의에 응하고 민의에 순종하시는 바이라 뉘 감히 명령을 거역하오리까."

하고 대답한다.

사마사는 드디어 여러 신하들과 함께 영녕궁으로 몰려가서 태후께 아뢰었다.

---

10) 한 소제(昭帝)의 뒤를 이어 제위에 올랐다가 음란한 탓으로 해서 곽광의 손에 폐함을 당한 창읍왕(昌邑王) 하(賀)를 말한다.

태후가 묻는다.

"그러하다면 대장군은 어떤 사람을 임금으로 세우려 하시오."

사마사가 대답하였다.

"신이 보는 바로는 팽성왕(彭城王) 조거(曹據)가 총명하며 어질고 효성이 있으니 가히 천하의 주인이 될 수 있을까 하나이다."

태후가 말한다.

"팽성왕은 내 아자비라, 이제 그를 임금으로 세우면 내 거북하지 않겠소. 이제 고귀향공(高貴鄕公) 조모(曹髦)가 있으니 곧 문황제의 손자라, 이 사람이 천성이 온순하고 겸손하니 가히 세울 만하다고 보는데 경 등 대신은 좋을 대로 의논해 하오."

이때 한 사람이

"태후 낭랑의 말씀이 지당합시외다. 곧 그를 세우시지요."

하고 아뢴다.

여러 사람이 보니 그는 바로 사마사의 종숙이 되는 사마부다.

사마사는 드디어 사자를 원성으로 보내서 고귀향공을 불러오게 하고, 태후에게 청해서 태극전(太極殿)에 오르게 하였다.

태후는 태극전에 전좌(殿坐)하고 조방을 불러 책망하였다.

"네가 황음무도하여 창우를 가까이 하니 천하를 받지 못할지라, 새수를 드리고 제왕(齊王)의 작위를 회복하기로 하되, 곧 떠나고 천자의 부르심이 없으면 조정에 들어오지 못할 줄로 알라."

조방은 울며 태후에게 절하고 옥새를 바친 다음에 왕이 타는 수레에 올라 통곡을 하며 떠나니, 오직 몇 명의 충의지신이 눈물을 머금고 그를 바랬을 뿐이다.

후세 사람이 지은 시가 있다.

그 옛날 조아만이 한나라 승상일 제
과부와 고아를 능멸해 속이더니
사십여 년이 지나 간 오늘날에
과부와 고아가 또 속을 줄 그 누가 알았으리.


　원래 고귀향공 조모의 자는 언사(彦士)니, 곧 문제의 손자요 동해정왕(東海定王) 조림(曹霖)의 아들이다.

　이날 사마사가 태후의 명으로 불러서 문무 관료들이 난가를 갖추어 서액문(西掖門) 밖에서 봉영하니, 조모가 황망히 답례한다.

　태위 왕숙이

　"주상께서는 답례하심이 부당하오이다."

하고 말하였으나, 그는

　"나도 인신(人臣)이니 어찌 답례하지 않으리까."

하고, 또 문무 관료들이 그를 연에 태워서 궁중에 들어가려 하는데도 굳이 사양하며

　"태후께서 부르심이 무슨 까닭임을 알지 못하는데, 내 어찌 감히 연을 타고 들어가오리까."

하고 드디어 걸어서 태극동당(太極東堂)에 이르렀다.

　사마사가 나서서 맞자 조모가 먼저 절을 해서, 사마사는 급히 그를 붙들어 일으켰다.

　문후하기를 마치고 그를 이끌어 태후에게 뵙게 하니, 태후는 조모를 향하여

　"내가 너를 어렸을 때 보고 제왕의 상(相)이 있다고 하였는데, 네 이제 가히 천하의 주인이 되니 부디 공손하고 검박하며 덕을

쌓고 인(仁)을 베풀어 선제를 욕되게 말지라."

하고 말하였다. 조모는 재삼 겸사하였다.

사마사는 문무 관료들로 하여금 조모를 청하여 태극전에 출어(出御)하게 하고, 이날 그를 세워 새 임금을 삼았다.

가평 육년을 고쳐서 정원(正元) 원년[11]이라 하고, 천하에 대사령을 내리며, 대장군 사마사에게 황월(黃鉞)[12]을 주고 조정에 들어오는데 추창(趨蹌)[13]하지 말며, 일을 아뢰는데 이름 부르지 말며, 칼 차고 전상에 오르게 하는 동시에 또 문무백관들에게도 각기 봉작과 상사(賞賜)가 있었다.

그러자 정원 이년 춘정월에 세작이 급히 보하는데, 진동장군 관구검과 양주자사 문흠(文欽)이 사마사가 제 마음대로 임금을 폐한 것을 이유로 들어 군사를 일으켜 온다 한다. 사마사는 크게 놀랐다.

앞서는 한나라 신하가 근왕의 뜻을 가지더니
이번에는 위나라 장수가 토적할 군사를 일으킨다.

사마사가 대체 어떻게 적을 맞으려는고.

(10권에 계속)

---

11) 254년.
12) 금도끼. 제왕의 의장(儀仗)의 하나.
13) 공손히 몸을 굽히고 빨리 걸어가는 것.